KB036193

꿈을 꾸지 않는다

집 보는 여동생의

청춘 돼지는

카모시다 하지메 지음

조구치 케이지 일러스트

이승원 옮김

디자인 🐼 키무라 디자인 랩

꿈을 꾸지 않는 집 보는 여동생의 청춘 돼지는

카모시다 하지메 지음

미조구치 케이지 일러스트

이승원 옮김

—사쿠타 군에게.

—내일, 시치리가하마의 바닷가에서 만나지 않을래요?

쇼코 올림.

제1장

그 날이 있었기에 오늘이 있다

1

이날, 아즈사가와 사쿠타는 아침부터 고민에 빠져 있었다.

이 사태는 어제 우편함에 들어 있던 한 통의 편지에서 비롯되었다.

그 편지를 보낸 사람의 이름은 바로 『쇼코』다.

사쿠타에게 있어서는 씁쓸한 기억을 떠올리게 하는 이름이지만, 요즘 들어서는 꼭 그렇지만도 않았다. 『쇼코』라는 이름을 듣고 떠올리는 인물이 두 명으로 늘어났기 때문이다. 아니, 두 명이라고 해도 되는지는 아직 확실치 않았다.

아무튼 그중 한 명은 석 달 전에 처음으로 만난 중학교 1학년인 마키노하라 쇼코다. 사쿠타보다 연하이며, 솔직하고 기특한 데다 귀엽기까지 한 여자애다.

다른 한 명은 사쿠타의 기억 속에 존재하는 여고생이자, 그가 중학교 3학년일 때 만났던 마키노하라 쇼코다. 시치리가하마 해변에서 그녀와 이야기를 나눴던 나날로부터 2년가량 지났지만, 그 후로 그녀와 만나지 못했다. 만약 그녀가 순조롭게 진학했다면 지금은 대학교 1학년이 되었을 것이다.

편지에 『사쿠타 군』이라는 표현을 썼다는 점이 사쿠타보다 나이가 많은 쇼코를 연상케 했다.

어제 중학생인 쇼코의 핸드폰으로 전화를 해봤지만 받지 않았기에 편지에 관해 물어보지 못했다. 일단 다음에 또 연락하겠다는 말을 남긴 후 전화를 끊었다. 오늘 아침까지도 쇼코에게서 연락이 오지 않은 탓에 수수께끼는 여전히 수수께끼로 남은 채였다. 덕분에 사쿠타의 가슴에는 안개가 자욱하게 끼어 있었다.

이 찝찝한 기분을 해소하기 위해서는 약속을 지키면 된다. 오늘 시치리가하마 해변에 가서 『쇼코』와 만나면 되는 것이다. 본인에게서 직접 자초지종을 들으면 뭐가 어떻게 된 것인지 조금은 명확해지리라.

사쿠타는 어젯밤에 그런 결론을 내렸다.

하지만 다른 문제가 존재했다.

이 편지를 보낸 사람이 2년 전에 만났던 쇼코라면, 그녀는 사쿠타의 첫사랑이다.

그렇다면, 아무렇지도 않게 만나러 가도 되는 것일까.

사쿠타는 현재 한 여성과 사귀고 있다.

일단 그녀에게 양해를 구해야 할 것 같은 느낌도 들었고, 양해를 구하든 말든 딱히 달라지는 것이 없을 듯한 느낌도 들었다.

어떤 이유가 있든 간에, 애인이 있는 남자가 첫사랑을 만나려 한다……라는 상황에는 변함이 없는 것이다.

"하아……."

이 사태를 해결할 실마리를 찾지 못한 사쿠타는 땅이 꺼져라 한숨을 내쉬었다.

"아얏!"

다음 순간, 발등에서 통증을 느낀 사쿠타는 반사적으로 발치를 쳐다보았다. 그러자 검은색 타이츠에 감싸인 다리와 함께 캐주얼슈즈의 발꿈치가 자신의 발등을 힘껏 짓밟고 있는 광경이 눈에 들어왔다.

"왜 그래?"

상냥한 미소를 지으며 그렇게 말한 사람은 열차 문에 기대고 서 있는 마이였다. 그녀의 풀 네임은 사쿠라지마 마이다. 나이는 사쿠타보다 한 살 많으며, 현재 고등학교 3학년인 그녀는 국민적인 지명도를 자랑하는 연예인이자 사쿠타의 애인이다.

늘씬한 몸매와 큰 키, 염색을 한 적이 없는 흑발, 그리고 야무진 눈매가 그녀를 나이에 비해 차분하고 어른스러운 인상으로 보이게 했다.

바다가 보이는 창문을 등지고 선 그녀의 모습은 한 폭의 그림 같았다. 그저 출입구 앞에 서 있을 뿐인데 말이다.

그런 축복받은 용모 덕분에 여성들에게도 지지를 받고 있으며, 어제 뉴스의 예능 코너에서 다룬 『현재 여고생이 가지고 싶어 하는 얼굴과 몸매 랭킹』에서 당당히 1위를 차지했다.

그 정도로 인기가 좋은 마이는 왜 미소를 머금은 채 사쿠타의 발을 자근자근 밟고 있는 걸까.

"마이 씨, 왜 나한테 이런 벌을 내리는 거예요?"

"나와 같이 등교하는데, 사쿠타가 계속 얼이 나가 있잖아."

"나는 언제나 얼이 나가 있는데요?"

"그럼 내가 무슨 이야기를 했는지 말해봐."

마이는 일부러 호들갑스러운 반응을 보이며 그렇게 말했다.

"으음, 지금 나와 마이 씨가 타고 있는 게 10형이라는 이야기를 했었잖아요."

후지사와 시의 후지사와 역과 가마쿠라 시의 가마쿠라 역을 오고가는 에노시마 전철의 열차 차량은 여러 종류다. 10형은 오리엔트 특급 같은 고풍스러운 느낌의 멋진 외관을 지녔다. 진한 청색 외관에 흰색 라인이 그려져 있으며, 나뭇결 같은 느낌으로 꾸며진 차량 내부는 귀여움과 고급스러움을 겸비하고 있다.

"열차 이야기 같은 걸 한 적 없거든?"

말투는 아까와 같지만, 눈빛은 확연하게 차가워졌다.

"으음, 그럼……."

"농담으로 얼버무리려고 해봤자 헛수고야."

마이는 바로 선수를 쳤다.

"미안해요."

결국 사쿠타는 순순히 사과했다.

"하아……."

마이의 노골적인 한숨이 사쿠타의 고막을 찔렀다. 그리고 사쿠타를 쳐다보는 마이의 눈빛은 어이없음으로 가득 차 있었다.

"어제 일의 답례에 관해서 이야기했었어."

"답례요?"

"노도카의 이사를 도와줬잖아?"

"아."

"그 답례로, 오늘 저녁을 만들어주러 가겠다고 했어."

마이는 고개를 살짝 돌리더니, 약간 부끄러워하듯 고개를 숙였다. 똑같은 말을 두 번 하게 하지 말라는 듯이 입가를 살짝 일그러뜨렸다.

"토요하마의 밥은 어떻게 할 건데요?"

마이의 이복동생인 토요하마 노도카는 우여곡절 끝에 이복 언니와 한집에서 살게 되었다.

"레슨 때문에 늦을 것 같으니까 멤버들과 같이 밥을 먹겠대."

"그렇군요."

노도카는 신인 아이돌 그룹 『스위트 불릿』의 일원이기도 했다. 매일같이 노래와 댄스 레슨을 받으며, 주말에는 각지를 돌며 미니 라이브를 개최하고 있었다. 지명도는 언니인 마이에게 미치지 못하지만, 언젠가 유명해져서 사쿠타를 후회하게 만들어주겠다고 했다. 그리고 사쿠타는 그 날을 고대하고 있었다.

"사쿠타, 오늘 좀 이상해."

마이는 사쿠타의 얼굴을 쳐다보며 느닷없이 그렇게 말했다.

"예? 그렇지 않은데요?"

"내가 밥을 해주러 너희 집에 가는 게 기쁘지 않은 거야? 좀 더 기뻐할 줄 알았어."

마이는 불만 섞인 눈길로 사쿠타를 쳐다보았다.

"당연히 기쁘죠. 하지만 여기는 전철 안이잖아요."

주위에는 다른 승객들이 있었다. 그리고 연예계 활동을 재개한 마이는 남들의 시선을 모았다. 그것은 통학 열차 안에서도 마찬가지였다.

"흐음. 뭐, 지금은 그 정도로 납득해줄게."

마이는 그렇게 말했지만, 사쿠타에게서 눈을 떼지 않았다. 아무래도 전혀 납득하지 않은 것 같았다. 그래도 마이는 표정에서 불만을 지우더니…….

"냉장고 안에 뭐가 있는지 기억해?"

……하고 말하면서 이야기를 돌렸다.

"아직 장을 안 봤으니까 아마 텅텅 비었을 거예요."

"그럼 돌아가는 길에 슈퍼에 들러야겠네."

"저기…… 정말 죄송하지만, 방과 후에 볼일이 있는데…….'

"오늘 아르바이트해?"

"아뇨, 그렇지 않아요."

사쿠타의 볼일이란 바로 『쇼코 씨』와의 만남이다.

상대가 만날 시간을 지정하지는 않았지만, 오늘은 평일이니 방과 후를 노려볼 수밖에 없다고 사쿠타는 생각했다. 꼭

두새벽에 만나자는 것일 리도 없고, 낮에는 수업이 있으니 함부로 돌아다닐 수 없다. 그 점은 『쇼코 씨』도 마찬가지가 아닐까.

"그럼 그 볼일이라는 게 뭔데?"

마이는 지당하기 그지없는 의문을 입에 담았다.

"별것 아니에요."

"별것 아니라니?"

"마이 씨가 신경 쓸 가치도 없는 일이죠."

"그래?"

마이는 그렇게 말하면서도 사쿠타에게서 눈을 떼지 않았다.

솔직히 말해 마이가 방금 그 대답만 듣고 납득한다면 그게 오히려 이상했다. 사쿠타가 신중하게 말을 고르지도 않고 대답했으니까 말이다.

"말하기 싫으면 안 해도 돼."

"딱히 그런 건 아닌데……."

그것은 사쿠타의 본심이었다. 그 편지를 마이에게 비밀로 하고 싶은 것은 아니다. 2년 전에 만난 쇼코에 관해서는 일전에 마이에게 이야기했었으며, 쇼코를 좋아했다는 것도, 쇼코를 쫓아서 미네가하라 고교에 입학했다는 것도 마이는 이미 알고 있었다. 그러니 숨길 필요가 없다.

하지만 마이가 물은 순간, 사쿠타의 몸은 아주 약간 긴장하고 말았다. 그리고 반사적으로 그녀에게 사실대로 이야기하는 것을 주저하고 말았다.

사쿠타도 상황을 제대로 파악하고 있는 것이 아니니, 이야기를 해봤자 마이는 혼란스러워할 것이다. 그렇다면 차라리 입 다물고 있는 편이 나을 것 같은 느낌이 들었다.

"……."

그런 생각을 하는 사이, 열차는 천천히 역에 정차했다.

열차가 멈춰 선 곳은 시치리가하마 역이다. 사쿠타와 마이가 다니는 미네가하라 고교에서 가장 가까운 역이다.

두 사람과 같은 교복을 입은 학생들이 조그마한 역의 플랫폼에 우르르 내렸다. 그들은 허수아비 같은 간이 개찰기에 IC정기권을 차례차례 댔다.

사쿠타와 마이도 그 흐름의 일부가 되어 역을 빠져나왔다.

열차가 멋진 타이밍에 역에 도착해준 덕분에 사쿠타는 마이의 추궁을 피하는 데 성공했다.

다리를 하나 건너고, 건널목을 지났다.

그러자 그들은 교문 앞에 다다랐다.

어찌어찌 추궁을 피하는 데 성공할 것 같은 느낌이 들었다.

사쿠타는 마음속으로 안도의 한숨을 내쉬었다.

하지만, 사쿠타가 안심한 순간…….

"뭘 숨기는 건지 모르겠지만, 언젠가는 들통날걸? 그러니 그때까지 내가 납득할 만한 변명을 생각해둬."

……하고 마이가 말했다. 통나무처럼 두꺼운 못이 사쿠타

의 가슴에 박힌 것이다.

"……."

끽소리도 못 한다는 표현은 이럴 때 쓰는 것이리라.

"알았지?"

마이는 다짐을 받듯, 그리고 어린애를 가르치듯 그렇게 말했다.

"예……."

사쿠타는 순순히 그렇게 대답할 수밖에 없었다.

사쿠타는 오전 수업 동안 창밖에 펼쳐진 바다를 멍하니 쳐다보았다. 그가 생각하고 있는 것은 바로 마이에게 할 변명이었다. 영어 수업 때도, 수학 수업 때도, 물리 수업 때도, 현대 국어 수업 때도…… 수업 종료 직전에 교사들이「곧 중간고사니까 준비해둬라」하고 말했지만, 사쿠타는 그냥 흘려들었다.

지금은 공부 같은 거나 할 때가 아니다. 편지에 관해 마이에게 어떻게 전할지, 그리고 그녀에게 할 변명을 생각하느라 사쿠타는 그야말로 필사적이었다. 하지만 학생의 본분을 망각하며 열심히 생각해봤지만, 마이를 납득시킬 만한 좋은 생각이 떠오르지 않았다.

그러는 사이, 점심시간이 되었다.

벽에 부딪친 사쿠타는 서둘러 점심 식사를 마친 후, 교실을 나섰다.

사쿠타가 향한 곳은 바로 물리 실험실이었다.

"후타바, 들어간다."

"들어오지 마."

사쿠타는 후타바의 말을 무시하며 문을 열었다.

교실 안에는 한 여학생이 있었다. 그녀는 바로 사쿠타의 친구인 후타바 리오다. 키가 155센티미터 정도인 그녀는 오늘도 옷자락이 긴 흰색 가운을 걸치고 있었다. 머리카락을 머리 뒤편으로 모아서 올려 묶었으며, 안경의 렌즈 너머에 존재하는 눈동자에는 한순간 귀찮아하는 듯한 눈빛이 어렸다.

리오는 현재 칠판 앞에 있는 실험 테이블을 이용하고 있었다. 알코올램프의 불길로 데우고 있는 것은 비커나 시험관 같은 실험용 도구가 아니라 커피 사이펀이었다.

"그건 어디서 난 거야?"

사쿠타는 사이펀을 손가락으로 가리키면서 실험 테이블을 사이에 두고 리오와 마주 보며 앉았다.

"물리 선생님이 가지고 온 것 같아."

"그걸 멋대로 쓰는 거야? 후타바는 때때로 대담하다니깐."

"공범자가 있으면 죄의식이 덜하거든."

일방적인 논리다. 하지만 사쿠타는 오늘은 그런 이야기를 하러 온 것이 아니기에 대충 맞장구를 쳐줬다. 리오 또한 길게 이야기할 생각이 없으니 대충 대답한 것이리라.

"어이, 후타바."

끓기 시작한 사이펀의 물이 증기압의 힘을 통해 위쪽에 있는 용기로 이동했다. 처음 봤을 때도 신기했지만, 다시 봐도 정말 재미있는 구조다. 커피 가루에 닿은 물이 서서히 커피 색깔로 물들어 갔다.

"아즈사가와…… 이걸로 대체 몇 번째야?"

사쿠타를 향해 그렇게 말한 리오의 눈에는 어이없음이나 귀찮음이 아니라 연민이 어려 있었다.

"이번에는 사춘기 증후군 때문에 찾아온 게 아냐."

"……."

리오는 뜻밖이라는 표정을 지으며 사쿠타를 쳐다보았다.

"뭐, 어느 정도 연관이 있을지도 모르지만 말이야."

쇼코가 사춘기 증후군과 연관이 있을 가능성은 있다. 아니, 그 가능성은 꽤 크다고 사쿠타는 생각했다.

"흐음."

리오는 딱히 관심이 없다는 반응을 보이면서 사이펀의 밑에 있던 알코올램프를 치웠다. 그리고 뚜껑을 덮어서 불을 껐다. 잠시 후, 맛있게 우러난 커피가 필터를 통해 동그랗게 생긴 아래쪽 용기에 담겼다.

리오는 커피 중 절반을 자신의 머그잔에 따랐다. 그리고 남은 커피를 근처에 놓여 있던 비커에 따르더니, 사쿠타의 앞에 놓았다.

사쿠타는 일단 리오에게 시선을 보냈다. 그 시선에 담긴 의미는 「이 비커, 괜찮은 거야?」다. 정체불명의 실험에 쓰인 비커인가 싶어 조금 불안했다.

　"고농도 염화 나트륨의 융해 실험에 썼을 뿐이니까 걱정하지 마."

　"방금 언급된 단어에서 상당한 위압감이 느껴지는데."

　"염화 나트륨이 뭔지는 알지?"

　"소금 아냐?"

　"맞아."

　"그럼 그냥 소금이라고 말해달라고."

　"실험을 한 다음 열탕 소독을 했으니까 문제없어."

　사쿠타는 안전을 확인한 후, 커피를 한 모금 마셨다. 역시 인스턴트커피와는 맛도, 향기도 달랐다. 당연하다면 당연한 거지만 커피 본연의 맛이 훨씬 강했다. 커피 덕분에 물리 실험실의 분위기 또한 좋아졌다.

　"그럼 구체적으로 이야기해봐. 무슨 일이야?"

　"이것 때문에 너와 상의를 하러 온 거야."

　사쿠타는 교복 호주머니에 꺼낸 편지를 리오에게 내밀었다. 백문이 불여일견일 것이다.

　"이게 뭐야?"

　"『쇼코 씨』에게서 온 편지야."

　"여자에게 받은 편지를 가지고 다니는 거야? 아즈사가와는 정말 기분 나쁜 애네."

리오는 그런 심한 소리를 하면서 편지를 펼쳤다. 그리고 눈을 좌우로 움직이면서 짤막한 편지 내용을 확인했다.

"아하. 그래서 『쇼코 씨』라고 말한 거구나. 내용을 보아하니 중학교 1학년인 그 애가 아즈사가와에게 보낸 편지 같지 않네. 그 애는 꽤 예의가 발랐잖아."

리오도 중학생인 쇼코와 면식이 있었다. 여름 방학 때 사쿠타의 집에서 만났던 것이다.

"이 『내일』이 바로 오늘이지?"

"아마 그럴 거야. 어제 맨션의 우편함에 들어 있었거든."

리오는 편지를 다시 봉투에 넣더니, 사쿠타에게 내밀었다.

"사쿠라지마 선배에게는 이야기했어?"

리오가 가장 먼저 물은 것은 쇼코에 관해서가 아니었다.

"아직 못 했어……."

"즉, 오늘 나와 상의하려는 건 애인에게 바람피우는 걸 들키지 않을 방법이야?"

리오는 담담한 목소리로 그렇게 말하면서 커피를 홀짝였다.

"그렇지 않아. 말도 안 되는 오해 좀 하지 말라고."

"그럼 왜 말하지 않은 건데?"

리오는 주저 없이 그 질문을 던졌다.

"리오는 어떻게 하는 게 정답이라고 생각해?"

사쿠타는 방금 그 말을 못 들은 척하면서 거꾸로 질문을 던졌다.

　"어제 편지를 보자마자 사쿠라지마 선배와 상의하면 좋지 않았을까? 아즈사가와도 느닷없이 편지를 받아서 당황한 상태에서 이야기를 했으면, 혼자만의 문제가 아니라 둘의 문제가 됐을 거야."

　그것은 리오답게 논리적 사고에 근거한 완벽한 모범 답안이었다.

　확실히 리오의 말이 옳았다. 정확하기 그지없는 답안이다. 하지만 유감스럽게도 이제 와서 그 수단을 쓸 수는 없다. 이미 하룻밤이 지난 것이다. 게다가 사쿠타는 등교 도중에 뭔가를 숨기고 있다는 사실을 마이에게 들켰다.

　"후타바."

　"왜?"

　"어째서 어제 그 방법을 가르쳐주지 않은 거야?"

　"네가 나한테 물어보지 않았잖아."

　"그렇군요."

　"그리고 아즈사가와가 이렇게 고민하는 것도 정말 신기하네."

　"그래?"

　"평소 같으면 선배에게 혼나는 것도 상이라면서 바로 이야기했을 거잖아."

　"너는 나를 대체 어떻게 생각하는 거야?"

"학대받는 걸 즐기는 돼지 꿀꿀이."

"……."

물어보지 말 걸 그랬다.

"뭐랄까…… 좀 약았다는 생각이 들었어."

"약았다니?"

리오가 의아한 표정을 지으며 되물었다. 사쿠타의 말을 이해하지 못한 것 같았다.

"정반대 입장이었다면…… 어느 날 마이 씨가 「오늘 첫사랑을 좀 만나고 올게」 같은 소리를 했다면, 나는 질투심에 사로잡힐 자신이 있거든."

"아즈사가와는 이상한 거에 자신이 있구나."

사쿠타는 리오의 말을 못 들은 척하기로 했다.

"아무튼, 만나지 말라는 소리도 못 할 테고, 그런 말을 하고 싶지도 않을 게 뻔하니까, 완전 사면초가일 거야."

"아즈사가와는 그 이야기를 하고 비밀이 없어져서 개운하겠지만, 그 말을 들은 사쿠라지마 선배가 어떤 식으로든 인내심을 발휘해야 할 거라는 걸 신경 쓰는 거구나."

"뭐, 그래."

"확실히 비밀을 무덤까지 가지고 갈 거라면 그편이 쓸데없는 생각을 할 필요가 없으니 괜찮을 거라고 생각해. 하지만……."

리오는 의미심장하게 말을 멈추더니, 사쿠타를 쳐다보았다.

"하지만, 뭐?"

"사쿠라지마 선배는 다르지 않을까? 선배라면 자기 자신도 그 이야기의 등장인물이 되기를 원할 거야. 선배가 카메라 앞에서 당당히 교제 선언을 한 걸 벌써 잊은 건 아니지?"

그것은 얼마 전에 일어났던 일이다. 『사쿠라지마 마이』에게 첫 번째 스캔들이 터진 것이다. 그녀와 사쿠타가 같이 있는 사진이 여러 카메라에 찍혔고, 인터넷을 통해 확산된 그 사진이 주간지에 실리면서 순식간에 세간에 알려졌다.

하지만 그 소문은 마이 본인이 직접 한 말을 통해 잠잠해졌다. 그녀는 영화 제작 발표회 자리에 모인 미디어 앞에서 정중하게 질문에 대답했고, 사쿠타와 교제하고 있다는 사실을 멋쩍어하며 인정한 것이다.

"그때는 그럴 수밖에 없는 상황이었잖아."

세간에는 알려지지 않았지만, 그 사진이 찍힌 기간에는 사춘기 증후군의 영향으로 마이와 노도카의 몸이 뒤바뀌어 있었다. 즉, 사진을 찍힌 이는 노도카지 마이가 아니었다. 마이는 노도카가 죄책감을 느끼지 않도록 사태를 깔끔하게 처리한 것이다.

"설령 그렇다고 해도, 사쿠라지마 선배는 눈앞에 존재하는 문제에 당당하게 맞서는 사람이잖아?"

"그건 그래."

아역 시절부터 연예계에서 혹독한 단련을 해온 마이는 그 정도로 강한 사람인 것이다.

"아즈사가와에 관한 일이니 더 그럴 거라고 생각해."

"맞아. 마이 씨는 내가 생각하는 것보다 더 나를 좋아하는 것 같거든."

"그건 모르겠지만……."

리오는 건성으로 대답했다. 그 이유는 단순했다. 그녀는 스마트폰을 만지면서 대답을 했기 때문이다.

"그런데 아까부터 뭘 하는 거야?"

뭔가를 검색하는 걸까.

리오가 누군가와 이야기를 나누며 스마트폰을 조작하는 건 흔치 않은 일이다.

"귀찮아서 사쿠라지마 선배에게 방금 나눈 이야기를 메일로 보고하고 있어."

"뭐?"

기분 탓인지 왠지 엄청난 폭탄 발언을 들은 것 같은 느낌이 들었다.

"지금 바로 오겠대."

"잠깐만 있어봐!"

아무래도 기분 탓이 아닌 것 같았다.

"메일 주소는 여름 방학 때 사쿠라지마 선배가 가르쳐줬어. 아즈사가와의 집에서 지낼 때…… 무슨 일이 있으면 연락하라면서 말이야."

"내가 궁금한 건 그런 게 아니라고!"

사쿠타는 「왜 이런 당치도 않은 짓을 벌인 거냐」고 말하며 불만을 드러냈다. 그리고 전심전력을 다해 항의했다.

"어이, 후타바."

사쿠타는 리오에게 더욱 불평을 퍼부으려 했지만, 그 말은 입에서 나오지 않았다. 복도 쪽에서 발소리가 들렸다. 귀에 익은 발소리다. 차분함과 우아함이 감도는 발소리다. 사쿠타가 그 발소리의 주인이 누구인지 눈치채지 못할 리가 없다.

사쿠타는 반사적으로 문 쪽을 향해 돌아섰다.

그 직후, 물리 실험실의 문이 열렸다.

문을 연 사람은 물론 마이였다.

"그럼 천천히 이야기 나누세요."

리오는 그렇게 말하면서 자리에서 일어났다.

"배신자."

사쿠타는 멀어져 가는 리오의 등을 쳐다보며 그렇게 말했지만, 그녀는 들은 척도 하지 않았다.

"후타바 양, 고마워."

"별것 아니에요. 그럼 실례할게요."

문 쪽으로 간 리오는 마이를 향해 고개를 숙이더니, 그대로 뒤도 돌아보지 않고 물리 실험실을 나섰다.

발소리가 점점 멀어져 갔다. 그리고 그 발소리가 들리지 않게 되었을 즈음, 마이는 교실 안으로 들어오더니 손을 등 뒤로 돌려서 천천히 문을 닫았다.

"……."

"……."

사쿠타는 마이와 계속 시선을 마주하고 있었다. 눈을 돌렸다간 그녀가 언짢아할 것 같았기에 그럴 수가 없었다.

"저기, 사쿠타."

"예. 무슨 일이죠?"

사쿠타와 마이밖에 없는 이 물리 실험실에서는 묘한 긴장감이 감돌고 있었다.

"여섯 시까지는 돌아올 거야?"

사쿠타는 마이가 화낼 거라고 생각했지만, 어찌 된 영문인지 그녀는 상냥한 어조로 그렇게 말했다.

"예?"

사쿠타는 영문을 모르겠기에 얼빠진 목소리로 그렇게 되물었다.

"오늘 아침에 내가 저녁을 만들어주러 가겠다고 말했었잖아. 벌써 잊은 거야?"

"아, 아뇨. 아마 그때까지는 돌아갈 수 있을 거예요."

편지를 보낸 『쇼코 씨』의 목적은 알 수 없지만, 마이가 여섯 시까지 돌아오라고 한다면 그때까지 돌아가는 이가 바로 사쿠타라는 남자다.

하지만 마이가 무슨 생각을 하는 것인지 짐작조차 되지 않았다. 대체 뭘 어쩌려는 걸까.

"그래? 그럼 그 즈음에 너네 집으로 갈게."

"예."

"……."

"……."

마이는 그 후로 아무 말도 하지 않았다. 마치 자기가 할 말은 다했다는 듯이 말이다.

"으음, 마이 씨. 더 할 말은 없는 거예요?"

"뭐야. 질투라도 해줬으면 하는 거야?"

"뭐, 그런 마음도 없는 건 아니지만…… 진짜로 괜찮은 건가 싶어서요."

사쿠타는 마이의 안색을 살피며 신중한 어조로 물었다.

마이는 입가에 미소를 머금은 채 다가오더니…….

"괜찮을 리가 없잖아."

……사쿠타의 볼을 꼬집었다.

"아야야."

"남친이라는 녀석이 나보다 옛날 여자를 우선했단 말이야. 사쿠타는 이런 상황에서 괜찮을 수 있겠어?"

"괜찮을 리가 없죠. 정말 죄송해요. 아야야."

"흐음, 옛날 여자라는 점은 부정하지 않는 거네."

"저기, 쇼코 씨와 내가 어떤 관계인지는 전에 설명했죠? 딱히 그렇고 그런 사이는 아니었다고요!"

"응, 알아."

마이는 재미없다는 투로 그렇게 말했다. 그런 마이의 손은 여전히 사쿠타의 볼을 꼬집고 있었다.

　"알기 때문에 만나러 가는 걸 허락해준 거야. 그런데 그딴 질문을 하면 어떻게 해."

　"쓸데없는 소리를 해서 정말 죄송해요."

　"그리고…… 뭐라고 말하면 좋을지 모르겠지만, 나도『그녀』가 신경 쓰여.『쇼코 씨』와『쇼코 양』…… 두 사람의 관계도 포함해서 말이야."

　"그건 그래요."

　사쿠타도 그 점에 있어서는 동감이었다. 중학생인 쇼코와 만난 후부터 계속 신경이 쓰였던 것이다. 어떤 식으로든 연관이 있을 것 같지만, 그렇다고 해서 동일 인물일 리도 없는 것이다.

　오늘, 이 편지를 보낸 쇼코를 만나보면 뭔가를 알 수 있을지도 모른다. 사쿠타는 그런 기대감을 품고 있었다.

　"그래서 마이 씨는 허락해주는 거네요."

　"그리고 아직 미련이 남아 있다는 것도 알고 있거든."

　마이는 확신에 찬 어조로 그렇게 말했다.

　"누가, 누구한테요?"

　"사쿠타가, 쇼코 씨한테 말이야."

　"에이, 그런 거 없어요."

　한 번 더 만나보고 싶다는 일념으로 미네가하라 고교에

진학한 것은 사실이다. 분명 좋아하기도 했다. 하지만 현재 사쿠타의 마음속을 가득 채우고 있는 존재는 바로 마이다. 그것은 엄연한 사실이라고 생각한다.

"그런 미련이 아니라…… 쇼코 씨는 2년 전에 사쿠타가 힘들어할 때, 네 버팀목이 되어준 사람이지?"

"맞아요."

만약 쇼코와 만나지 못했다면 지금의 사쿠타는 존재하지 않을 것이다. 그 정도로 쇼코는 특별한 존재다. 하지만, 사쿠타는 그녀에게 제대로 고맙다는 말을 한 적이 없었다. 도움을 받았다는 사실을 자각했을 때, 이미 쇼코는 사쿠타의 앞에서 자취를 감췄던 것이다.

제대로 일단락을 짓지 못한 채, 마음의 준비도 하지 못한 채, 더는 만나지 못한다는 사실도 모른 채, 사쿠타는 쇼코와 헤어지고 말았다. 두 번 다시 만나지 못할 거라고는 생각도 못 했다. 사쿠타는 언제든 다시 만날 수 있을 거라고 생각했기에, 그날은 쇼코에게 또 보자고 말하며 헤어졌던 것이다.

사쿠타의 볼을 꼬집고 있던 마이의 손가락에서 힘이 빠졌다.

"빨개졌네."

마이는 자신이 꼬집었던 사쿠타의 볼을 살며시 매만지며 말했다.

"나는 사쿠타가 괜한 미련 같은 걸 품지 않았으면 해. 그러니 이번 기회에 깔끔하게 결판을 내줬으면 좋겠어."

마이가 말한 『결판』이라는 말에는 여러 가지 의미가 담겨 있는 듯한 느낌이 들었다. 하지만 사쿠타는 그것을 일일이 확인하지는 않았다. 확인을 하지 않더라도, 마이가 가장 하고 싶은 말이 뭔지 알 수 있었기 때문이다. 사쿠타는 마이의 연인으로서, 그 마음에 꼭 부응하고 싶다. 그 정도도 못한다면 폼이 나지 않으니까 말이다.

이런 식으로 용서를 받아버리면, 사쿠타의 완패다.

사고방식이 어른스러운 마이는 사쿠타가 보기에 너무나도 눈부셨다.

"뭔가 할 말 없어?"

마이는 여유 넘치는 미소를 지었다. 사쿠타가 자신을 더욱 좋아하게 되었다는 것을 알고 있다는 듯이 장난기 섞인 미소를 지었다.

하지만 그저 패배를 인정하는 것도 분하기에, 마이와 마주 보고 서 있던 사쿠타는 뒤돌아섰다.

"사쿠타?"

그리고 마이의 말을 무시하며 창가로 향하더니, 창문 하나를 활짝 열었다.

그리고 숨을 크게 들이마시더니…….

"마이 씨, 좋아해애애앳!"

운동장을 향해 힘껏 고함을 질렀다.

"자, 잠깐만, 사쿠타?!"

마이는 갑자기 동요하면서 그렇게 말했다.

"진짜로 사랑해애애앳! ……아얏."

사쿠타는 느닷없이 뒤통수를 얻어맞았다.

사쿠타가 엄살을 피우며 돌아보니, 마이는 난처함과 부끄러움이 뒤섞인 듯한 표정으로 그를 노려보고 있었다.

"부끄러우니까 그만해."

"이 정도는 해야 내 마음을 알아줄 것 같아서요."

"완전 민폐거든?"

"너무해~."

"다른 식으로 성의를 보이란 말이야."

마이는 입술을 살짝 내밀더니, 삐친 듯한 표정을 지었다.

"으음, 그럼…….."

사쿠타는 마이의 어깨에 살며시 손을 얹었다. 그리고 천천히 얼굴을 내밀자, 마이가 자신과 사쿠타의 얼굴 사이에 재빨리 손을 끼워 넣었다. 그리고 사쿠타의 얼굴을 인정사정없이 밀어냈다.

"아야야."

그 행동은 명백한 거절이었다.

"어? 왜 거절하는 거예요?"

"내가 뭐가 아쉬워서 옛날 여자를 만나러 가는 남친과 키스 같은 걸 해야 하는 건데?"

"그 점에 대해서는 방금 용서해준 줄 알았는데요."

"만나는 건 괜찮지만, 솔직하게 말해 마음이 좋지는 않단 말이야."

듣고 보니 지당한 의견이었다. 이성적으로는 만나는 걸 허락해주지만, 감정까지 그 결단에 동의하지는 않은 것이다. 싫지만 어쩔 수 없이…… 같은 상황은 얼마든지 존재한다. 이것도 그중 하나인 것이다.

"내 기분이 풀릴 때까지 앞으로 그런 건 안 해줄 거야."

마이는 흥 하고 말하면서 자신의 기분이 좋지 않다는 것을 어필했다.

푸딩이라도 사 와서 바치면 괜찮을까.

여동생인 카에데라면 그걸로 풀릴 것이다. 좀 맛난 푸딩을 사다주면 제아무리 삐쳤더라도 바로 화를 푼다. 카에데에게 있어 푸딩은 그야말로 마법의 아이템인 것이다.

"미리 말해두겠는데, 푸딩 같은 건 안 통해."

마이는 차가운 눈빛으로 사쿠타의 얄팍한 속내를 꿰뚫어 봤다.

"으음, 그럼 어쩌면 되는데요?"

"오늘 저녁 식사 때까지의 숙제니까 직접 생각해봐."

"너무해~."

사쿠타가 비명에 가까운 목소리로 불만을 드러내자, 마이는 만족한 것처럼 미소를 지었다.

2

사쿠타는 오후 수업 시간 동안 교사의 말에 귀를 기울이지 않으며, 마이가 내준 숙제에 전념했다. 그녀가 내준 문제는 딱 하나다.

—문제, 마이 씨의 기분을 풀어주세요.

……라고 하는 매우 어려운 문제다. 국립 대학 입학 문제보다 난이도가 높은 문제다.

평소 같으면 사쿠타의 진심을 마이에게 전해 서서히 그녀의 마음을 풀겠지만, 이번에는 그 방법이 통할 것 같지 않았다. 운동장을 향해 사랑한다고 고함을 질러봤지만 통하지 않았다. 아마 그 어떤 말을 하더라도 마이의 마음은 풀리지 않으리라.

그럼 작전을 바꿔서, 선물 공세 같은 것을 해보는 건 어떨까. 아, 그랬다간 마이가 「선물 같은 걸로 얼버무리려고 하지 마」하고 말하며 더 언짢아할 것 같았다. 게다가 마이가 좋아할 만한 선물이 짐작조차 되지 않았다. 마이는 국민적 지명도를 자랑하는 여배우다. 원하는 게 있다면 직접 살 것 같은 느낌이 들었다.

숙제는 전혀 진도가 나가지 않았다.

"골치 아프네……."

이렇게 사쿠타가 고민하는 것 자체가 벌인 듯한 느낌이 드는 것은 왜일까. 마이는 여기까지 내다보고 「숙제」를 내준 것이 아닐까.

정말 절묘한 숙제라는 생각이 들었다. 사쿠타는 오후 내내 마이에 대해서 생각했다. 아니, 오늘 오전에도 그랬다. 하루 종일 마이에 대해서만 생각한 것이다.

그런데도 정답을 찾지 못한 가운데, 수업이 끝났다는 사실을 알리는 벨이 울렸다.

종례가 순식간에 끝나자, 방과 후가 되었다.

가방을 들고 자리에서 일어선 사쿠타는 꿍꿍거리면서 복도로 나갔다.

바로 그때, 옆에서 튀어나온 덩치가 큰 학생과 부딪칠 뻔했다.

"아, 미안해. 뭐야, 사쿠타잖아."

고개를 돌려보니, 그 학생은 사쿠타의 친구인 쿠니미 유마였다.

"뭐야, 쿠니미잖아."

10월 중순인데도 유마의 피부는 여전히 까맸으며, 『미네가하라 고등학교 농구부』라는 자수가 되어 있는 체육복을 입고 있었다.

"오늘도 부활동을 하는 거야?"

"뭐, 거의 매일 하거든."

게다가 유마는 부활동뿐만 아니라 패밀리 레스토랑에서 아르바이트도 한다. 정말 터프한 녀석이라는 생각이 들었다.

사쿠타는 유마와 나란히 걸었다. 목적지는 다르지만, 유마가 체육관으로 향한다면 1층까지는 같이 갈 수 있다.

"어이, 쿠니미."

"응?"

"너는 애인이 화났을 때 어떻게 기분을 풀어줘?"

"응? 갑자기 무슨 소리를 하는 거야?"

사쿠타가 느닷없이 그런 소리를 하자, 유마는 웃음을 터뜨렸다.

"사쿠라지마 선배와 다투기라도 했어? 그럼 싹싹 빌면서 용서해달라고 해."

어찌 된 영문인지 유마는 좀 기뻐 보였다.

"쿠니미, 너는 애인과 절대 다투지 마. 네 애인은 여러모로 좀 그러니까 말이야."

유마의 애인은 미네가하라 고교에 다니는 2학년 여학생이자, 사쿠타와 같은 반인 동급생이다. 그녀의 이름은 카미사토 사키. 학교 안에서 귀여운 걸로 소문났으며, 반 안에서 가장 눈에 띄는 여자 그룹을 이끌고 있다. 반의 리더 격 존재이기도 했다. 그런 데서 오는 자존심 때문인지는 모르겠지만, 반에서 외톨이인 사쿠타를 꽤나 못마땅하게 여겼다. 일전에는 유마와 이야기를 하지 말라는 소리까지 했다. 그

때는 사쿠타도 진심으로 놀랐다.

그녀라면 유마를 향해서도 때때로 날선 태도를 취할 것이다. 틀림없다.

"여러모로 좀 그렇다는 게 구체적으로 무슨 소리야?"

"자신의 정의감을 나에게도 나눠주는 멋진 애인이라는 소리야."

"뭐, 카미사토는 똑 부러지는 애이긴 하지."

유마는 사쿠타가 한 말의 의미를 이해했으면서도 항상 이런 태도를 취했다. 시치미를 떼면서 호의적으로 해석하는 것이다. 애인의 험담 같은 것은 절대 하지 않았다.

"솔직히 말하자면 자주 다투기는 해."

유마는 뭔가를 떠올렸는지 쓴웃음을 지었다.

"그럴 때 어떻게 기분을 풀어주는데?"

"평범한 방법을 쓸 뿐이야."

"쿠니미의 평범한 방법은 분명 엄청 끝내줄 것 같으니까 빨리 말해봐."

"사쿠타는 나를 대체 어떻게 생각하는 거야? 진짜로 평범한 방법이라고. 무료 통화 어플리케이션의 메시지 기능으로 재미있는 스티커를 보내는 것 같은 방법 말이야."

"그런 게 통해?"

"서로가 그런 스티커를 보내다 보면 왠지 다툰 게 바보처럼 느껴지면서 자연스레 화가 풀려."

"내가 스마트폰이 없는 걸 뻔히 알면서 그런 소리를 하는 거야?"

"사쿠타가 물어봐서 대답해준 것뿐이라고."

웃으면서 그렇게 대답한 유마는 계단에서 마주친 후배를 향해 손을 들며 인사를 건넸다.

"다른 방법은 없어?"

"전에 가고 싶어 했던 곳에 데이트를 하러 간다든가?"

"호오."

"전에 가지고 싶어 했던 걸 선물한다든가?"

"그리고?"

"아, 『꿀꺽 베어~』라는 곰 캐릭터를 좋아하니까, 관련 상품을 선물한 적도 있어."

"쿠니미도 고생이 많네."

유마가 뜻밖에도 꽤 많은 의견을 내놓자, 사쿠타는 무심코 그를 동정했다.

"뭐, 애인을 위해 하는 일을 고생이라고 생각할 리가 없잖아?"

"여자들의 호감도를 높일 듯한 그딴 소리는 듣고 싶지 않았다고."

"네가 물어놓고 그런 소리를 하는 거냐."

유마는 불평을 늘어놓으면서도 왠지 즐거워 보였다.

"뭐, 참고는 됐어. 땡큐."

"그래? 그럼 나는 부활동을 하러 가볼게."

건물 입구 근처에 도착한 유마는 손을 들어 보이면서 연결 복도 쪽으로 향했다. 그 복도는 체육관으로 이어져 있었다.

사쿠타는 멀어져 가는 유마의 등을 쳐다보면서, 그가 해준 조언을 떠올려 보았다.

"……."

하지만 곧 벽에 부딪치고 말았다.

"마이 씨한테서 가고 싶은 장소나 가지고 싶은 물건 같은 건 들은 적이 없어."

그게 이유였다.

이래서야 유마가 해준 조언이 전혀 도움이 되지 않는다. 우선 마이에게서 그런 정보를 캐낼 필요가 있는 것이다. 하지만 마이라면 사쿠타가 은근슬쩍 떠보더라도 바로 속셈을 눈치채리라. 그리고 사쿠타를 궁지에 몰아넣을 것이 틀림없다.

아무래도 다른 방법을 생각해봐야 할 것 같았다.

사쿠타는 그런 생각을 하면서 신발장 쪽으로 향했다. 신발을 갈아 신고, 실내화를 신발장에 넣었을 즈음, 사쿠타는 위화감을 느꼈다.

"큰일 났네. 응가를 누고 싶어."

이것은 심리적 배설 욕구다. 아무래도 긴장을 한 것 같았다. 하지만 화장실에 가는 바람에 쇼코와 엇갈리기라도 했다간 큰일이다.

사쿠타는 곧 이 욕구가 가라앉으리라고 생각하면서 건물을 나섰다.

　그는 평소보다 조금 빠르게 걸으며, 느긋하게 걷는 다른 학생들을 차례차례 제쳤다.

　이윽고 교문이 보였다. 교문 밖에서는 노란색과 검은색 줄무늬로 된 건널목 차단기가 하늘로 올라가고 있었다.

　그런 눈에 익은 일상 풍경 속에서, 하교하는 학생들이 평소처럼 걷고 있었다. 하지만 교문으로 다가가면 갈수록 평소와는 어딘가 다른 분위기가 느껴졌다. 교문을 나서는 학생들이 뭔가를 신경 쓰고 있었다.

　사쿠타가 교문으로 더 다가가자, 멈춰 서 있는 여학생의 뒷모습이 눈에 들어왔다. 그 여학생의 긴 머리카락이 바람에 휘날리고 있었다. 그 사람은 사쿠타가 잘 아는 인물인 마이였다.

　"마이 씨, 뭐하는 거예요?"

　사쿠타는 그대로 무시하고 지나칠 수도 없기에, 마이에게 말을 걸었다.

　"아, 사쿠타."

　사쿠타를 향해 돌아선 마이는 「마침 잘 왔어」 하고 말했다.

　"이 애가 사쿠타에게 볼일이 있대."

　마이가 그렇게 말하면서 쳐다본 이는 교문 옆에 서 있던 다른 학교 교복 차림의 소녀였다. 안경을 낀 그 소녀는 사쿠타보다 어려 보였으며, 얼굴에는 아직 앳된 느낌이 남아 있었다. 그리고 사쿠타는 그 소녀가 입은 교복이 왠지 눈에 익었다.

"……."

기분 탓일지도 모르지만, 후지사와로 이사 오기 전…… 사쿠타가 요코하마 시에 살던 시절에 다니던 중학교의 교복과 비슷했다. 기억의 바다에 드리운 실이 뭔가에 휘감기는 감촉이 느껴졌다. 뭔가가 마음에 걸렸다.

"나한테 볼일이 있는 거야?"

사쿠타는 그것을 확인하기 위해 세일러 교복 차림의 그 소녀에게 그렇게 말했다.

"예. 카에의 오빠분 맞죠?"

그 소녀는 들어본 적이 있는 호칭을 썼다. 사쿠타를 『카에의 오빠분』이라고 부른 사람은 지금까지 살면서 딱 한 명뿐이었다.

"저기, 저를 기억하나요? 같은 맨션의…… 위층에 살던 카노 코토미예요."

사쿠타가 떠올린 순간, 그 소녀는 자신의 이름을 밝혔다.

"……방금 생각났어."

그녀는 사쿠타와 카에데가 후지사와 시로 이사 오기 전, 요코하마 시에 살던 시절의 지인이다. 그리고, 코토미는 카에데의 친구이기도 했다.

"저, 저기……"

코토미는 머뭇거리면서 주위를 쳐다보았다.

하교 시간대의 교문은 많은 학생들로 붐비고 있었다. 안 그래도 다른 학교의 교복은 눈에 띄는 데다, 국민적 지명도를 자랑하는 마이, 그리고 좋지 않은 방면으로 교내에 이름이 알려진 사쿠타와 같이 있으니 주목을 받지 않을 리가 없었다.

낮은 웃음소리도 드문드문 들렸다. 아마 점심시간에 사쿠타가 지른 고함 때문이리라. 코토미는 그 사실을 모르기에 자신이 비웃음을 사고 있다고 생각했는지 몸을 더욱 움츠렸다.

"사쿠타, 장소를 바꾸는 게 어떨까?"

"그래야겠네요."

마이가 코토미를 배려해 그런 제안을 하자, 사쿠타는 약간 머뭇거리며 그렇게 대답했다. 사쿠타는 이 상황 탓에 적지 않게 당황했다. 설마 옛 지인과 만나게 될 줄은 몰랐던 것이다. 이런 형태로 재회를 하게 될 거라고는 꿈에도 생각 못 했으리라.

"저, 저기…… 느닷없이 찾아와서 죄송해요. 폐가 됐죠?"

"아, 그건 괜찮은데……"

사쿠타는 서서히 돌아가기 시작한 머리로 어떻게 할지 생각했다. 일부러 이곳까지 찾아와 준 코토미를 다른 볼일이 있다는 이유로 돌려보내는 것은 좀 그랬다. 중학생인 코토미에게 있어, 전철을 갈아타며 다른 시까지 오는 일은 엄청난 모험이었으리라. 그런 코토미의 용기를 헛되이 할 수는 없었다. 게다가 카에데와 연관된 일일지도 모르는 것이다.

"으음, 마이 씨. 정말 미안하지만……."

사쿠타가 떠올린 수단은 딱 하나뿐이었다.

"알았어. 바다에는 내가 가볼게."

사쿠타의 말을 끝까지 들어보지도 않고 그렇게 말한 마이는 한숨을 내쉬었다.

"쇼코 양과 안면이 있으면 한눈에 알아볼 수 있는 거지?"

물론『쇼코 씨』가 나타나더라도…… 라는 의미다.

"예. 그럴 거예요."

부탁을 해놓고 이런 말을 하는 것도 좀 그렇지만, 마이에게 부탁을 해도 정말 괜찮은 걸까. 사쿠타는 자신의 인생이 수라장을 향해 진로를 잡은 것 같은 느낌이 들었다.

하지만 느닷없이 나타난 코토미를 내버려 두고 약속 장소에 갈 수도 없었다.

"이렇게 됐으니 어쩔 수 없지."

마이도 긴장한 듯한 코토미에게서 범상치 않은 분위기를 느낀 것 같았다. 코토미의 얼굴을 쳐다보는 마이의 표정 또한 왠지 딱딱해 보였다.

"이야기가 끝나면 마중 와."

마이는 일방적으로 결론을 내린 후, 걸음을 옮겼다.

갈림길에서 역이 있는 오른편으로 향하는 다른 학생들의 흐름에서 벗어난 마이는 그대로 바다로 향했다.

이렇게 됐으니 어쩔 수 없다.

마이가 방금 말한 대로다.

사쿠타가 심호흡을 한 후…….

"그럼 우리도 가자."

……하고, 코토미에게 말했다.

"어서 오세요."

사쿠타가 카노 코토미를 데리고 가게 안으로 들어가자, 카운터에 서 있던 아르바이트생이 힘차게 두 사람을 맞이했다.

두 사람은 미네가하라 고교에서 5분 정도 거리에 있는 패스트푸드점에 들어섰다.

비어 있는 바다 쪽 자리로 코토미를 데리고 간 사쿠타는 테이블을 사이에 두고 그녀와 마주 앉았다. 이곳은 점포 전개를 폭넓게 하고 있는 체인점이지만, 바다가 훤히 보이는 입지 조건 덕분에 마치 특별한 음식점 같은 분위기를 지니고 있었다.

코토미 또한 창 너머로 보이는 바다를 보고 비슷한 느낌을 받는지 「와아, 멋지네요」 하고 약간 긴장된 목소리로 말하며 감탄했다.

이런 멋진 곳을 다른 점포와 같은 가격으로 이용한다고

생각하니, 왠지 이득을 본 것 같은 느낌이 들었다. 하지만 유감스럽게도 「이번 달 말을 끝으로 폐점합니다」라고 적힌 종이가 입구에 붙어 있었다.

사쿠타는 번호표를 준 후, 오렌지 주스를 받아왔다. 그러자 코토미는 약간 머뭇거리면서 오렌지 주스에 빨대를 꽂았다. 하지만 주스를 마시지는 않은 채…….

"느닷없이 찾아와서 죄송해요. 혹시 약속이 있으셨나요?"

……하고 정중하게 물었다.

"괜찮으니까 신경 쓰지 마."

실은 전혀 괜찮지 않았다. 나중에 바다에 가는 게 너무 무서웠다. 하지만 이제는 털어버릴 수밖에 없다. 때때로 인간은 포기할 줄도 알아야 하니까 말이다.

"죄송해요."

코토미는 또 사과했다.

그녀는 예전과 마찬가지로 여전히 똑똑해 보였다. 사쿠타는 코토미가 유치원에 다니던 시절부터 알고 지냈다. 그녀는 어릴 적부터 뭐든 잘하는 아이였다. 뭘 시키든 또래 아이들보다 잘했다. 그리고 뭘 하든 실수만 연발하던 카에데를 항상 도와주고는 했다.

음식을 먹는 데 시간이 걸리는 카에데를 기다려주기도 했으며, 발이 느린 그녀의 손을 잡아끌며 함께 달리기도 했다.

같은 맨션의 3층과 4층에서 살았기에, 두 사람은 매일같이 함께 놀았었다.

그리고 코토미와 카에데는 초등학교에 다닌 6년 동안 항상 같은 반이었다.

그런 두 사람은 중학교에 들어가서 다른 반이 되었다.

그래도 첫 한 달 동안은 사이좋게 함께 등교했었다.

두 사람의 관계가 조금씩 바뀌기 시작한 것은 골든위크가 끝난 다음부터였을 것이다. 반 친구와 보내는 시간이 길어지면서, 두 사람이 같이 노는 모습은 거의 보지 못했다. 코토미가 집에 놀러 오는 일 또한 두 사람이 중학생이 된 다음부터는 없었다.

사쿠타는 그 이후의 코토미를 모른다.

예전의 코토미는 안경을 쓰지 않았고, 지금보다 더 어린애 같았다. 그리고 예전에 비해 얼굴 생김새도 조금 날카로워진 것 같았다.

"아, 제 안경…… 신경 쓰이나요?"

사쿠타의 시선을 눈치챈 코토미는 안경을 벗었다. 그리고 약간 부끄러워하면서 말했다.

"콘택트렌즈는 잘 끼지 못해요. 렌즈를 넣으려고 할 때마다 눈을 꼭 감아버리거든요……."

코토미는 콘택트렌즈를 끼는 시늉을 했다.

뭐든 척척 잘하던 코토미도 잘 못하는 게 있는 것 같았다. 사쿠타는 불현듯 사람은 알다가도 모르는 존재라는 생각이 들었다.

그러고 보니 코토미가 이제 와서 자신을 찾아온 진의 또한 짐작조차 되지 않았다.

"그런데 왜 갑자기 나를 찾아온 거야?"

그러니 이렇게 단도직입적으로 물어볼 수밖에 없다.

"그리고 내가 여기에 사는 걸 어떻게 알았어?"

사쿠타는 자신이 후지사와로 이사한다는 것을 아무에게도 가르쳐주지 않았다. 집단 괴롭힘을 당해서 마음에 상처를 입은 카에데를 위해, 아무도 자신들을 알지 못하는 마을로 이사를 가야만 했기 때문이다.

"저는…… 계속 잊으려고 했어요."

코토미는 고개를 숙인 채 그렇게 말했다. 그런 코토미의 시선은 구겨진 빨대 포장지를 향하고 있었다.

"카에가 심한 짓을 당하고 있을 때, 저는 아무것도 못 했어요……. 그리고 카에와 오빠는 이사를 가버렸죠……."

"……."

"그 후…… 카에가 집단 괴롭힘을 당한 게 알려졌어요. 선생님, 교육 위원회 사람, 그리고 전혀 모르는 사람들도 몰려오더니…… 카에한테 심한 짓을 하던 애들이 전교생들한테서 「죽어」, 「사라져」 같은 소리를 듣게 됐죠……. 그리고 이번에는 그 애들이 학교에 오지 않게 됐어요."

"……그랬구나."

그것은 처음 듣는 이야기다. 후지사와로 이사 온 다음부터는 예전에 살던 곳을 떠올리지 않으려고 했다. 스마트폰을 바다에 던져버리면서, 사쿠타는 그 이전에 쌓았던 모든 인간관계를 끊은 것이다.

"학교에서 그녀들이 없어진 다음부터는 악당을 쫓아낸 듯한 분위기가 교내에 감돌더니…… 그 다음부터는 아무도 카에를 언급하지 않았어요. 그리고 그 이야기를 해서도 안 되는 듯한 암묵의 룰이 생긴 것 같은 느낌이 학교에 감돌았죠……."

"그래서 아까 잊으려 했다고 말한 거구나."

"죄송해요."

"탓하는 게 아냐. 애초에 카노 양은 사과를 할 필요가 없어. 카에데에게 심한 짓을 한 건 다른 애들이잖아?"

"하지만 저는 아무것도 하지 않았어요. 카에가 괴롭힘을 당하고 있을 때도, 반이 달라서 그저 걱정만 했어요……."

"어쩔 수 없잖아. 반이 다르니 할 수 있는 게 없었을 거야."

그게 학교라는 곳이다. 반과 반 사이에는 눈에 보이지 않는 견고한 벽이 존재하는 것이다. 외부인은 자신이 소속되어 있지 않은 교실에 들어가면, 딱히 나쁜 짓을 하지도 않았는데도 바늘방석에 앉은 기분을 맛보게 된다. 남의 반에 들어가서 환영받는 경우는 거의 없다.

설령 다른 반인 코토미가 카에데를 감싸더라도 집단 괴롭힘은 더 악화되었을 것이다. 다른 반의 녀석을 끌어들이다니, 건방지다……라는 이유로 말이다.

"카에가 이사를 간 후에도 그랬어요. 카에의 이름을 입에 담는 걸 피하며 그저 계속 잊으려고 했죠. 숨이 막히는 것 같았어요……."

코토미는 괴로워하듯 자신의 가슴에 손을 댔다.

"그러던 와중에 사쿠라지마 마이 씨의 스캔들이 터졌어요."

코토미는 그제야 사쿠타를 쳐다보았다.

"마이 씨의?"

한순간, 왜 이 타이밍에 코토미가 마이의 이름을 언급한 것인지 이해할 수가 없었다.

"인터넷에 올라온 사진을 보고…… 교제 상대가 카에의 오빠분과 닮았다고 생각했어요."

주간지에 실린 사진은 모자이크 처리가 되어 있지만, 인터 넷상에 퍼진 사진은 그렇지 않았다. 대부분 멀찍이서 찍은 사진이지만, 사쿠타를 아는 사람이 본다면 바로 알아볼 수 있을 만한 사진이 잔뜩 떠돌아다녔던 것이다. 그리고 지금 도 여전히 떠돌아다니고 있으리라.

"혹시나 싶어서 검색을 해보다…… 사쿠라지마 마이 씨가 다니는 학교를 알았어요. 그래서 이 학교에 가면 카에의 오 빠분과 만날 수 있을지도 모른다는 생각이 들었죠……. 그 랬더니 더는 가만히 있을 수가 없었어요."

그래서 교문에서 발견한 마이에게 말을 걸었고, 잠시 후 사쿠타가 교문에 나타난 것이다.

"저기, 카에는 잘 있나요?"

"잘 지내. 집을 너무 좋아해서 집 밖으로 나가지 않지만 말이야."

코토미는 그 말을 듣더니 기뻐해도 되는 것인지 감이 오지 않는다는 듯한 표정을 지었다.

"진짜로 잘 지내니까 카노 양이 부담을 가질 필요는 없어."

"예……."

"오늘은 그걸 물으러 온 거야?"

"아뇨."

코토미는 머뭇거리면서 고개를 저었다.

"이걸……."

코토미는 가방에서 책 한 권을 꺼냈다. 하드커버로 된 소설이었다. 제목은 『독사과를 준 왕자님』이었다.

"카에한테 빌린 책인데, 아직 돌려주지 못했어요……."

사쿠타는 그 책을 넘겨보았다. 새 책처럼 흠집 하나 나지 않았다. 빌린 책이기 때문에 소중히 보관해온 것이리라.

"저기……."

"응?"

사쿠타는 천천히 책을 덮었다.

"카에를 만나는 건 무리일까요?"

사쿠타는 코토미가 이 말을 할 거라고 생각했다. 하지만 그렇기 때문에 사쿠타는 잠시 생각에 잠기는 듯한 시늉을 한 다음…….

"만나지 않는 편이 좋을 거야."

……하고, 바다를 쳐다보며 대답했다.

"……."

"당황할 테니까 말이야."

"그렇……군요. 잘 지내고 있는 카에가 저를 만나면 옛날 일을 떠올릴 거예요."

방금 그 말은 『코토미가 당황할 거다』라는 의미에서 한 말이다. 하지만 코토미가 오해를 한 채로 두는 편이 나을지도 모른다고 생각한 사쿠타는 일부러 해명하지 않았다.

"죄송해요. 제 생각만 했네요……."

"카노 양은 카에데와 만나서 뭘 어쩔 거야?"

"예?"

"카에데를 만나서 무슨 말을 할지 생각해뒀어?"

"……아뇨."

코토미는 잠시 동안 생각에 잠긴 후, 고개를 숙인 채 그렇게 말했다.

"그럼 적어도 그거라도 정한 후에 만나는 편이 좋을 거야."

"……."

"카에데와 직접 만났을 때 자연스럽게 말이 나온다면 좋겠지만, 왠지 그렇지 않을 것 같은 느낌이 들거든."

사쿠타는 말을 하면서도 좀 지나치다고 생각했다. 하지만 그게 사실인 이상, 코토미에게 솔직하게 말하는 편이 분명 좋을 것이다.

"저기……."

"응?"

"오빠의 연락처를 물어봐도 될까요?"

　코토미는 가방에서 스마트폰을 꺼냈다. 판다 무늬가 그려진 케이스가 장착되어 있었다.

"아, 미안한데 나는 핸드폰도, 스마트폰도 없어."

"예?"

　코토미는 믿지 않는다는 듯이 눈을 치켜떴다.

"카에데가 거북해하거든."

"아……."

　코토미는 그 말을 듣고 뭐가 어떻게 된 것인지 눈치챘다. 벨소리나 핸드폰 진동음을 느낄 때마다 카에데는 화들짝 놀라는 것이다. 아니, 놀란다기보다 무서워한다는 표현이 올바르리라.

"그, 그럼, 제 번호를 드릴게요."

　코토미는 가방에서 메모장을 꺼냈다. 그리고 종이를 한 장 뜯더니 거기에 열한 자리로 된 전화번호를 적었다.

　그리고 그것을 사쿠타를 향해 내밀었다.

"카에데를 만나서 무슨 말을 하면 좋을지는 모르겠어요.

하지만 예전처럼 소설 이야기를 할 수 있었으면 좋겠어요."

"그래? 고마워."

사쿠타는 그런 날이 왔으면 좋겠다고 생각했다. 진심으로 그렇게 생각했다. 카에데가 친구와 만나서 즐겁게 이야기를 나누는 모습을 상상하는 것도 힘드니까 말이다.

오늘이 그런 날을 향한 첫걸음이 되어준다면 얼마나 좋을까. 사쿠타는 그런 생각을 하면서 코토미의 전화번호가 적힌 조그마한 메모를 건네받았다.

얼추 이야기가 끝난 후, 남아 있던 오렌지 주스를 단숨에 들이켠 사쿠타와 코토미는 가게를 나섰다.

사쿠타는 코토미를 배웅하기 위해 시치리가하마 역으로 향했다.

그동안, 사쿠타와 코토미는 아무런 대화도 나누지 않았다. 코토미가 뭔가를 생각하고 있는 것 같았기에, 사쿠타는 그녀에게 말을 걸지 않았던 것이다.

"저기, 오빠."

코토미는 역 플랫폼에서 열차를 기다리던 와중에 사쿠타에게 말을 걸었다.

"왜?"

"아까 그 책, 제가 가지고 있어도 될까요?"

"……."

사쿠타는 바로 대답하지 못했다. 코토미가 이 책을 돌려주러 온 이유가 얼추 짐작이 되었기 때문이다. 그것은 『빌린 물건은 꼭 돌려주자』라는 어릴 적 가르침을 지키기 위해서가 아니다.

　코토미 본인은 아까 이렇게 말했다.

　―잊으려고 했다.

　하지만 잊을 수가 없었다.

　자신이 생활하는 방에 카에데와의 연결점인 책이 있으니 카에데를 잊을 수 없는 것이다. 우연히 그 책이 눈에 들어올 때마다 카에데를 떠올리고 말았으리라.

　그렇기 때문에 코토미는 사쿠타를 찾아온 것이다. 그렇게 생각하면 앞뒤가 맞았다.

　"힘들면 그냥 내팽개치는 것도 괜찮지 않을까?"

　사쿠타는 선로를 쳐다보며 그렇게 말했다. 그런 선택지도 때로는 필요할 것이다.

　"모든 일에 성실하게 임하려고 하면 피곤하잖아."

　"……그렇, 겠죠."

　코토미는 작은 목소리로 동의했다.

　"그런데도 카노 양이 카에데에게 직접 이 책을 돌려주고 싶다면, 나는 물론 말리지 않을 거야."

　"그런가요."

　"하지만 아름다운 결말이 기다리고 있을 거라는 보증은

없고, 그런 날이 올지 오지 않을지도 알 수 없어."

"……."

사쿠타가 그렇게 말하자, 코토미는 다시 생각에 잠겼다. 코토미의 마음이 흔들리고 있다는 것은 표정만 봐도 알 수 있었다. 이 책을 사쿠타에게 주고 편해지고 싶다는 마음, 그리고 가장 바람직한 형태로 이 일을 해결하고 싶다는 마음이 그녀의 가슴을 절반씩 차지하고 있다. 그리고 가슴속에서 치열하게 힘겨루기를 벌이고 있는 것이다.

하지만 그렇기 때문에 사쿠타는 가방 안에서 책을 꺼냈다. 코토미는 고민을 하고 있다. 그렇다면 카에데와의 연결점을 가지고 있어도 괜찮을 것 같다고 생각한 것이다.

"……."

코토미의 시선이 책의 표지로 향했다. 『독사과를 준 왕자님』이라는 타이틀이 사쿠타의 눈에도 들어왔다. 이 책은 코토미에게 있어서 독사과다. 그리고 아마 카에데에게 있어서도 독사과일 것이다.

코토미는 천천히 손을 뻗어서 그 책을 움켜잡았다. 그런 그녀의 손가락 끝에는 여전히 망설임이 어려 있었다.

하지만 열차가 플랫폼에 서자, 코토미는 손가락에 힘을 주며 그 책을 품에 안았다.

그리고 사쿠타를 향해 고개를 숙인 후, 열차를 탔다.

"집까지 조심해서 가."

"예."

천천히 문이 닫혔다.

코토미는 움직이기 시작한 열차 안에서 사쿠타를 향해 고개를 숙였다. 사쿠타는 그런 코토미를 향해 천천히 손을 흔들었다. 그리고 코토미가 탄 열차가 가마쿠라 방면으로 사라지자, 그는 역에서 나왔다.

사쿠타는 왔던 길을 따라 해안 쪽으로 향했다.

코토미와 이야기를 나누는 사이, 태양은 서쪽으로 꽤 기울었다. 에노시마 너머로 가라앉으려 하고 있었다.

황단보도의 신호가 파란색으로 변하자, 도로를 건넜다. 횡단보도 너머에는 모래사장으로 이어지는 계단이 있었다. 그 계단을 하나씩 걸어 내려가던 사쿠타의 발에는 불가사의하게도 긴장감이 어려 있지 않았다.

마지막 계단을 내려가자, 발을 통해 모래의 감촉이 느껴졌다. 몸이 약간이지만 아래쪽으로 기울었다.

사쿠타는 발이 모래에 파묻히는 와중에도 계속 앞으로 나아갔다.

그의 눈앞에는 시치리가하마의 바다가 펼쳐져 있었다.

오늘은 바람도 약하고, 파도도 잔잔했다. 서핑을 하기에는 좀 그렇지만, 이렇게 바다를 바라보며 보내기에는 딱 좋았다.

저녁노을이 드리워진 수면은 마치 다른 세계인 것처럼 검붉은 색을 띠고 있었다.

저 수평선이 세계의 끝이다.

하지만 머나먼 것 같은 저 장소까지의 거리는 겨우 4킬로미터 정도밖에 되지 않는다. 미네가하라 고교의 마라톤 대회에서 달리는 거리가 더 길다.

평일이라 그런지 주위에는 사람이 거의 없었다. 근처에 있는 이라고는 스마트폰으로 열심히 사진을 찍고 있는 여자대학생 그룹과 개를 산책시키고 있는 아저씨, 그리고 미네가하라 고교의 교복을 입은 여학생뿐이었다.

그녀는 바람에 흩날리는 머리카락을 손으로 누르면서 바닷가에 서 있었다.

사쿠타는 그런 그녀의 옆에 섰다.

"마이 씨, 많이 기다렸죠?"

"그 애는?"

그녀는 차분한 목소리로 사쿠타에게 물었다.

"역까지 데려다줬어요."

"그랬구나."

그녀가 짤막하게 대답한 순간, 파도가 밀려왔다 빠져나갔다.

"미안해."

마이가 그렇게 말했다.

"예?"

"그 애, 일전의 스캔들 기사를 보고 찾아온 거지?"

눈치가 빠른 마이는 코토미가 자신에게 말을 걸며 사쿠타에 대해 물은 순간, 그 점을 눈치챘으리라.

"사과 삼아 좋은 걸 해줬으면 좋겠는데 말이죠."

"스킨십은 안 할 거야."

"너무해~."

"내 기분이 풀릴 때까지 안 할 거라고 말했지?"

마이는 그것과 이것은 엄연히 별개라고 눈빛으로 말하고 있었다.

"그럼 그건 포기할게요. 대신 마이 씨에게 부탁하고 싶은 게 있는데요."

사쿠타는 몸을 숙이더니, 모래사장에 반쯤 파묻혀 있는 돌을 주웠다.

"일단 들어는 볼게."

왜 마이는 말을 들어보지도 않고 약간 어이없다는 반응을 보이는 걸까. 어쩌면 사쿠타가 어이없는 소리를 할 거라고 생각하는 건지도 모른다. 정말 너무하다.

"마이 씨, 저녁 먹은 다음에 시간 있어요?"

"있는데, 왜?"

"그럼 공부 좀 가르쳐줘요."

"다음 주에 중간고사라서?"

마이는 재미없다는 듯한 투로 그렇게 말했다. 왠지 실망한 표정을 짓고 있었다.

"뭐, 그것도 이유 중 하나이기는 해요."

"다른 이유도 있어?"

"마이 씨와 같은 대학에 가고 싶거든요."

사쿠타는 아까와 똑같은 어조로 바다를 향해 그 결론을 말했다.

"……."

사쿠타의 말이 뜻밖이었는지, 마이는 뚱딴지같은 표정을 지었다. 하지만 사쿠타를 쳐다보는 그녀의 얼굴에는 즐거움이 어려 있었다.

"누구한테 조언을 받은 거야?"

"쿠니미를 대상으로, 애인과 화해하는 방법에 관해 설문 조사를 했죠."

"아하."

가능하면 더 쉬운 수단을 선택하고 싶었지만, 『같은 대학에 가고 싶다』 이외에는 마이가 『가고 싶다』거나 『하고 싶다』고 말한 것이 없었다.

기억을 뒤지고 뒤져서 찾아낸 것이 바로 대학 진학이다.

"용서해줄까 했는데 관둘래."

"어, 왜요?! 쿠니미한테 물어봤기 때문이에요?"

"사쿠타의 표정이 시큰둥해서야."

"뭐, 공부를 하기 싫거든요."

"나와 같은 대학에 가고 싶다며?"

"그건 그거, 이건 이거라고나 할까요."

"하아. 뭐, 사쿠타답기는 하네."

"가능하면 바니걸 복장으로 가르쳐줬으면 좋겠어요."

"기어오르지 마."

마이는 사쿠타의 머리를 때렸다.

"아야."

실은 하나도 아프지 않았다. 하지만 사쿠타는 머리를 감싸 쥐며 마이를 올려다보았다.

"아, 맞다."

마이는 사쿠타와 눈이 마주치자, 뭔가가 생각난 것처럼 장난기 섞인 미소를 지었다. 표정이 정말 즐거워 보였다. 사쿠타를 궁지로 몰아넣을 작전이 생각났다는 증거다.

"나, 대학에 들어가는 걸 1년 미룰까?"

"예?"

"사쿠타가 한사코 나와 같은 대학에 들어가고 싶다니까 말이야."

아니나 다를까, 마이는 당치도 않은 말을 했다.

"저기, 아니, 그건……."

"그러면 사쿠타와 함께 지내는 시간이 늘어날 것 같거든."

"그건 그럴지도 모르지만……."

"뭐야. 싫어?"

마이는 허리에 두 손을 대더니 어설픈 연기를 했다. 일부러 그러는 게 티가 날 정도로 어설프게 화난 듯한 반응을 보인 것이다.

"싫은 게 아니라…… 좀 걱정되는 게 있거든요."

마이가 1년 기다려주는 이상, 사쿠타는 절대로 불합격을 해서는 안 된다. 사쿠타에게는 합격이라는 길만이 존재했다. 마이는 거기까지 내다봤기 때문에 이렇게 즐거운 표정으로 사쿠타를 궁지에 몰아넣고 있는 것이다. 마이는 사쿠타의 퇴로를 전부 틀어막은 채, 싱글벙글 웃고 있었다.

"걱정하지 마."

"그 말은 내가 떨어져도 마이 씨는 화를 내지 않겠다는 의미예요?"

"사쿠타를 기다리는 1년 동안 내가 가정 교사가 되어주겠다는 의미야."

"노력이 꼭 보답 받는다는 보장은 없는데요?"

"사쿠타, 나를 좋아하지?"

"그야, 뭐……."

사쿠타의 퇴로는 너무나도 간단히 막히고 말았다.

"그래도 마이 씨, 진심이에요?"

"좋은 아이디어 아냐?"

마이는 구김 없는 미소를 지었다. 그 미소에는 「쓸데없는 소리 하지 마」라는 강렬한 메시지가 담겨 있었다. 하지만 자신이 짊어져야 하는 위험 부담을 고려해볼 때, 사쿠타는 순순히 물러설 수 없었다.

"마이 씨가 허비해야 하는 1년이라는 시간이 너무 아까워서요."

"사쿠타와 함께 대학을 다닐 수만 있다면 하나도 아깝지 않아."

사쿠타가 탐색전 삼아 던진 공을, 마이는 오른쪽 담장 너머로 날려버렸다.

마이의 기분을 풀어주는 것에는 성공했지만, 그 대가는 너무나도 컸다. 아무래도 어마어마한 제안을 하고 만 것 같았다. 이제 와서 눈치채 봤자 소용없기는 하지만……

"그럼 나는 먼저 돌아갈게."

마이는 가방을 어깨에 고쳐 멨다.

그 모습을 본 사쿠타 또한 몸을 일으켰다.

"같이 돌아가죠."

"뭐?"

마이는 깜짝 놀란 듯한 표정을 지으며 걸음을 멈췄다.

"『쇼코 씨』를 기다리지는 않을 거야?"

"해도 이미 지는 데다…… 기다린다고 해서 꼭 온다는 보장도 없잖아요."

태양은 이미 에노시마의 뒤편으로 모습을 감췄다. 저 태양이 완전히 가라앉고 나면 밤이 찾아올 것이다.

"카에데도 굶주린 배를 잡고 저를 기다리고 있을 거예요."

"사쿠타가 하고 싶은 대로 해."

"아, 그러고 보니 쇼코 씨에게 꼭 전하고 싶은 말이 있네요."

"어떻게 전할 건데?"

사쿠타는 그 물음에 답하지 않더니, 신발로 모래사장에 선을 그었다. 우선 한 줄, 그리고 또 한 줄, 그렇게 선을 계속 그었다.

직선도 있었고, 곡선도 있었다. 교차되는 선도 있는가 하면, 이어지는 선도 있었다.

마이가 지켜보는 가운데, 사쿠타는 약 5분 만에 그 작업을 끝냈다.

"자아, 마이 씨. 이제 그만 돌아가요."

사쿠타는 마이를 향해 그렇게 말하면서 걸음을 내디뎠다. 계단을 올라가서 돌아보니, 사쿠타가 그은 선이 모래사장에 남아 있었다.

그것은 사쿠타가 쇼코에게 보내는 메시지다.

쇼코와 만났던 당시의 사쿠타는 인생의 밑바닥에서 자포자기에 빠져 있었다.

쇼코와의 만남을 계기 삼아 다시 일어섰고, 그녀의 말이 사쿠타에게 있어 마음의 버팀목이 되었다.

그리고 이렇게 고등학생이 되었으며, 남들과는 좀 다를지도 모르지만 사쿠타 나름대로 충실한 나날을 보내고 있다. 그런 『현재』를 쇼코에게 전하기 위한 메시지다.

─애인이 생겼어요. 사쿠타 올림.

옆에서 지켜보던 마이는 약간 어이없어하면서도, 싫지만은 않은 듯이 미소 지었다.

"『귀여운』을 앞에 붙일 걸 그랬나요?"

"사쿠타가 마음속으로 그렇게 생각하기만 하면 돼."

"마음속으로는 엄청 귀엽다고 생각해요."

"아, 예. 그러신가요."

진심으로 한 말이지만, 마이는 그냥 흘려 넘겼다. 그리고…… 마이가 걸음을 옮기며 손을 꼭 잡아주자, 사쿠타는 사소한 일은 전혀 신경 쓰이지 않았다.

3

마이와 둘이서 식재료를 사기 위해 후지사와 역 근처의 슈퍼마켓에 들렀다가 나와 보니, 밖은 어느새 어두워져 있었다. 태양은 졌고, 하늘에서는 별이 반짝이고 있었다.

여섯 시밖에 되지 않았는데도 해가 진 걸 보면, 날이 꽤나 짧아진 것 같았다. 가을이 깊어가며 서서히 겨울이 다가오는 기척이 느껴졌다. 햇빛이 사라지자, 순식간에 기온이 내려갔다. 바람도 차가웠다.

사쿠타와 마이는 맨션을 향해 자연스럽게 발걸음을 옮겼다.

"마이 씨."

역에서 멀어지면서 자연스럽게 인파가 줄어들었을 즈음, 사쿠타는 별것 아니라는 투로 입을 열었다.

"응?"

마이는 사쿠타를 향해 고개를 돌렸다.

"학교에 가기 싫다고 생각한 적 있어요?"

"갑자기 무슨 소리를 하는 거야? 아, 갑자기도 아니네."

마이는 의아한 표정을 지었지만, 곧 이해했다.

"카에데 때문에 물은 거지?"

"왠지 오늘은 옛날 생각이 나게 하는 일이 많았거든요."

오래간만에 카노 코토미와 재회했으며, 『쇼코 씨』에게서 편지도 받았다. 두 사람 다 사쿠타가 과거에 두고 온 이들이다. 그리고 두 사람 다 카에데와 연관이 있었다.

"아, 그래도 마이 씨 생각을 가장 많이 했어요."

"그런 건 아무래도 상관없어."

거짓말이 아닌데도, 마이는 별일 아니라는 듯이 넘겨버렸다.

"나는…… 초등학생 때도, 중학생 때도, 학교에 가는 게 정말 싫었어."

"그랬어요?"

"전에 이야기했지? 아역 배우라서 학교에서도 붕 뜬 존재였고, 같은 반에 친구도 없었어."

"참, 그랬었죠."

"학교에 가도 여자애들이 툭하면 내 험담을 하고, 바보 같은 남자애들이 장난만 치는 탓에…… 정말 성가셨어. 일 때문에 학교에 가지 않는 날이 더 편했을 정도야."

"뭐랄까, 마이 씨는 너무 특수한 경우라 참고가 안 되네요."

"사쿠타가 물어놓고 그럴 거야?"

마이의 박력 넘치는 시선이 사쿠타에게 꽂혔다. 영화관 스크린을 통해 관객들의 시선을 단숨에 끌어 모으는 그 눈빛은 정말 엄청났다. 직시했다간 그 자리에서 얼어붙어 버릴 것만 같으니 피하는 편이 좋으리라.

"아니, 그게……."

"그럼 사쿠타는 어땠어?"

"나요?"

"작년에 『병원행 사건』 소문이 퍼진 바람에 반에서 고립되었지? 그때 어떻게 했어?"

"마이 씨도 알다시피 개의치 않으며 학교에 다녔어요. 지금도 일단은 매일같이 학교에 가고요."

"역시 사쿠타는 대단하네."

"주위의 시선을 신경 쓰다가 남들에게 자의식 과잉이라는 소리를 듣는 것도 짜증 날 것 같거든요."

"사쿠타는 자의식이 너무 부족한 것 같기도 해."

마이는 어찌 된 영문인지 약간 어이없어했다.

"사람들은 보통 남들의 시선을 신경 써."

"텔레비전에 나오는 마이 씨가 그런 소리를 하는 거예요?"

"방금 그 말은 무슨 뜻이야?"

마이는 이해했으면서 시치미를 뗐다. 하지만 이건 함정이다. 사쿠타가 그 말을 입에 담게 한 다음, 꾸짖어줄 심산인 것이다.

"말 그대로의 뜻이에요."

그렇기 때문에 사쿠타는 애매한 말로 얼버무렸다. 마이가 작은 목소리로 「건방져」 하고 말하더니, 불만을 표시하듯 입술을 삐죽 내밀었다.

하지만 곧 평소 같은 표정을 짓더니…….

"학교는 좀 특수한 공간이야."

……하고 별것 아닌 이야기를 하는 듯한 말투로 말했다.

"그런가요?"

"다들 당연시하고 있지만, 동급생들은 전부 동갑이잖아."

"뭐, 동급생이니까요."

대체 마이는 무슨 말이 하고 싶은 것일까.

"그건 주위와 자신의 차이를 가장 쉽게 알 수 있는 환경이 아닐까?"

"아~, 그런 뜻이었군요."

사쿠타는 마이다운 의견이라고 생각했다. 다른 사람들은 좀처럼 이런 식으로 생각하지 않을 것이다.

보통은 학교라는 환경에 의문을 품지 않으니까 말이다.

특이하다고 생각하기 전에, 당연한 거라는 인식이 뇌리에 새겨진다.

빠르면 철이 들기 전에 보육원이나 유치원에 보내지고, 그후, 초등학교, 중학교, 고등학교를 차례차례 다니게 되는 것이다. 하나같이 동년배가 모이는 환경이다.

그렇기 때문에 이 세상은 그런 것이라는 착각을 하게 된다. 다들 같은 또래로 이뤄진 집단 안에서 『자기 자신』을 확립시키려 하며, 다들 자신이 있을 곳을 필사적으로 찾는 것이다.

하지만 듣고 보니 마이의 말이 옳을지도 모른다는 생각이 들었다. 같은 또래 집단 안에 있기 때문에 타인과 자신의 사소한 차이에 눈길이 간다. 저 녀석은 키가 크다, 저 애는 귀엽다, 저 녀석은 머리가 좋다, 저 애는 잘생겼다…… 서로를 기준으로 삼으며 차이점을 찾는다. 나이가 같기 때문에 나이 이외의 차이점을 찾게 된다. 자신과 저 녀석은 뭐가 다른가, 어떤 면에서 뛰어난가, 어떤 면에서 열등한가…… 그런 점들을 찾게 된다. 어떻게 다른지 찾게 되는 것이다.

그런 비교라는 방식을 통해, 자신이라는 존재를 찾는 것이다.

하지만 이 방법은 결국 우열을 정하는 것이나 마찬가지이기에, 그저 숨이 막힐 뿐인 듯한 느낌이 든다.

그게 마이가 말한 특수한 환경이다. 자신의 가치를 비추는 동급생이라는 거울이 너무 많다. 하나하나 신경 쓰다간 그야말로 끝도 없을 것이다.

"나는 어릴 적부터 연예계에서 활동했어. 그리고 다양한 연령대의 사람들 사이에 섞여서 영화나 드라마 촬영을 했기 때문인지…… 학교에는 왜 이렇게 아이들이 잔뜩 있는 걸까, 하는 생각이 늘 들었지."

"그런 생각을 하니까 마이 씨는 학교에 익숙해지지 못한 거예요."

"사쿠타한테는 그런 소리를 듣고 싶지 않거든?"

마이는 사쿠타의 볼을 꼬집었다. 하지만 전혀 아프지 않았다. 그저 살짝 잡기만 한 것이다.

"뭐, 그래도 마이 씨가 익숙해지지 못한 것도 이해는 돼요."

"이제 와서 아부하는 거야?"

마이는 불만을 표시하듯 볼을 부풀렸다.

"그야 다른 애들과는 달리 일을 했었잖아요. 그러니 남들과는 다른 관점을 가졌을 테죠. 솔직히 말해 약았다고요."

성인 배우나 성인 감독 등, 자신과 얽히는 사람들의 폭이 늘어나면 늘어날수록 자신을 비추는 거울의 숫자 또한 늘어난다. 학교 안에서는 보이지 않던 것이 그런 환경 속에서는 보이기도 할 것이다.

패밀리 레스토랑에서 아르바이트를 갓 시작했을 즈음, 사쿠타는 그런 느낌을 받았다. 고등학교에 입학하고 자신도 어른이 되었다고 생각했지만, 자신보다 나이가 많은 대학생과 같이 일을 하면서 그런 기분은 완전히 가셨다. 겨우 서너

살밖에 차이가 나지 않는데, 생활 스타일과 금전 감각, 행동 범위의 넓이가 꽤나 달랐던 것이다.

학교 안에서는 알 수 없는 것도 많다. 하지만 학교 안에 있으면 학교라는 공간이 이 세상의 전부라는 생각이 든다. 밖에도 세상이 존재한다는 사실을, 학교에서는 가르쳐주지 않는다.

"뭐, 사쿠타의 말은 부정하지 않을게."

"공감하는 거죠?"

"으스대지 마."

바로 그때, 대화가 중단됐다. 횡단보도를 건넌 후, 마이가 다시 입을 열었다.

"카에데, 좀 변했어."

"키가 큰 걸지도 몰라요."

언젠가는 마이를 따라잡을지도 모른다.

"그런 게 아니라……."

"알아요."

카에데는 마이와 꽤 가까워졌다. 처음 만났을 즈음에는 마이가 집에 오면 문 뒤에 숨어 있었던 카에데가 요즘에는 평범하게 대화를 나누게 되었다.

게다가 중학교 교복을 집에서 입었던 적도 있다.

이것은 결코 작은 변화가 아니다. 큰 변화라고 해도 되는 것이다.

그런 이야기를 나누는 사이, 사쿠타와 마이는 맨션 앞에 도착했다.

"그럼 옷 갈아입고 갈게."

마이는 그렇게 말하면서 들고 있던 자그마한 시장바구니를 사쿠타에게 건넸다. 참고로 사쿠타는 그것보다 더 크고 무거운 시장바구니를 아까부터 계속 들고 있었다. 시장바구니 안에 든 것은 오늘 저녁 식사를 만들 때 쓸 식재료다.

"나중에 봐."

마이는 가볍게 손을 흔들면서 그렇게 말하더니, 맨션 안으로 들어갔다.

오른편으로 돌아선 사쿠타도 오토 록인 문을 열었다. 사쿠타는 마이의 맞은편 맨션에 살고 있었다.

그는 엘리베이터를 타고 5층까지 올라갔다.

그리고 열쇠로 문을 열면서…….

"다녀왔어~."

……하고 사쿠타는 집 안을 향해 말했다. 그리고 짐은 현관에 내려놓았다.

잠시 후, 발소리를 내며 누군가가 다가왔다.

"오빠, 어서 오세요!"

여동생인 카에데가 힘찬 목소리로 사쿠타를 맞이했다. 그녀는 오늘도 판다 무늬 잠옷을 입고 있었으며, 공부를 하고 있었는지 노트 한 권을 소중히 품에 안고 있었다.

사쿠타는 신발을 벗더니 우선 부엌에 식재료를 가져다 뒀다.

카에데가 그런 사쿠타를 따라왔다. 그리고 애완 고양이인 나스노가 발치에서 재롱을 부렸다.

"아, 맞다. 카에데."

"예, 오빠."

"저녁 말인데, 조금만 기다려줄래?"

"카에데의 뱃가죽은 등과 닿으려고 하는데요?!"

"마이 씨가 와서 만들어주겠대."

"마이 씨가 해주는 요리는 맛있으니까 참을게요!"

카에데는 꽤나 이해타산적인 애로 자란 것 같았다.

"그럼 나는 옷 갈아입고 올게."

사쿠타는 자신의 방으로 가서 교복 상의를 벗었다. 그리고 바지와 와이셔츠를 차례차례 벗었다. 그리고 팬티 한 장만 입고 있을 때……

"오빠."

카에데가 그에게 말을 걸었다.

"무슨 일이야?"

사쿠타는 문 앞에 선 카에데를 어깨 너머로 쳐다보았다. 기분 탓인지 카에데의 표정에 긴장감이 어려 있는 것 같았다.

"오늘은 카에데가 중대 발표를 할 거예요."

카에데는 노트를 쥔 손에 힘을 줬다. 유심히 보니 그것은 공부용 노트가 아니었다. 카에데가 일기를 쓰는 노트다. 표지에 『아즈사가와 카에데』라는 이름이 적혀 있는 그 노트는 예전에 사쿠타가 사준 것이기도 했다.

"꼭 지금 해야만 하는 거야?"

중대 발표라는 것을 팬티 차림으로 들어도 되는 걸까.

"카에데의 결심이 약해지기 전에 오빠가 들어줬으면 해요."

카에데가 저렇게 말하니 어쩔 수 없다.

"알았어."

사쿠타는 팬티 한 장만 입은 채 카에데를 향해 돌아섰다.

"그 중대 발표가 뭔데?"

"바로 이거예요!"

카에데는 노트를 펼치더니 사쿠타에게 보여줬다.

"짜잔~!"

카에데는 그 뒤를 이어 자기 입으로 효과음을 냈다.

글자가 작아서 잘 보이지 않았기에 일단 다가가 보았다.

가장 윗줄에는…….

―카에데의 올해 목표!

……라고 귀여운 글씨체로 적혀 있었다.

"이게 뭐야?"

"카에데의 올해 목표예요."

"그렇게 적혀 있긴 하네."

하지만 지금은 10월 중순이다. 이 시기에 카에데에게서 『올해 목표』 같은 말을 들었기에 사쿠타는 약간 놀라고 말

았다.

하지만 그 점을 지적하지는 않았다. 그것보다 신경 쓰이는 항목이 아랫줄에 있었기 때문에 그런 건 아무래도 상관없었던 것이다.

—**오빠와 외출한다.**

—**오빠와 산책한다.**

—**오빠와 바다에서 놀아재낀다.**

이런 내용을 보니, 올해가 이제 두 달 반밖에 남지 않았다는 게 사소한 문제처럼 느껴졌다.

"놀아재끼는 거야?"

"놀아재끼는 거예요."

"놀아재껴야만 하는 거야?"

"예!"

그 외에도······.

—**오빠와 전철을 탄다.**

—**오빠와 푸딩을 사러 간다.**

—**오빠와 데이트를 한다!**

······같은 항목이 페이지를 가득 채우고 있었다.

"저기, 카에데."

"예?"

"오빠가 안 들어간 항목은 없는 거야?"

"있어요."

뜻밖의 대답이었다. 사쿠타는 물어보기 잘했다는 생각이 들었다.

"바로 이거예요!"

카에데는 힘차게 노트 한가운데를 손가락으로 가리켰다.

—오빠 이외의 사람에게 걸려온 전화도 받는다.

사쿠타가 바란 항목이 바로 거기에 적혀 있었다.

"……."

왠지 버림받은 듯한 느낌이 든 사쿠타는 약간 충격을 받았다.

하지만 카에데는 사쿠타가 건 전화만 받으니, 목표로서 이렇게 적히는 것도 어쩔 수 없다.

카에데의 목표를 하나하나 확인하던 사쿠타의 눈길은 드디어 마지막 줄에 도달했다. 거기에는…….

—학교에 간다.

……하고, 다른 것보다 좀 더 작은 글자로 적혀 있었다.

"오빠, 어때요?"

"일단 목표가 너무 많은 거 아냐?"

"이게 목적을 달성하기 위해 카에데가 고민하고 고민한 끝에 도달한 프로세스예요."

카에데는 가슴을 폈다. 정말 평평하기 그지없는 가슴이다. 대체 카에데의 자신감은 어디서 우러나오는 것일까.

"그래?"

"예!"

"두 달 반 안에 이걸 전부 달성할 수 있겠어?"

카에데는 노트를 쳐다보았다.

그런 그녀의 표정은 점점 일그러졌다.

"집 밖에 나가는 게 어려울 것 같아요……."

첫 번째 관문조차도 통과하기 어려운 것 같았다. 하지만 그럴 만도 했다. 카에데는 집을 정말 좋아하니까 말이다. 그래서 약 2년 동안 집 밖에 나간 적이 없으니 쉽지는 않을 것이다.

"오, 오빠, 어쩌면 좋을까요?"

"일단 밖에 나가고 싶어질 만한 목표를 늘려보는 건 어때?"

누군가와 접점을 만들거나 학교에 간다 같은 난이도가 높은 목표보다는, 자신의 욕망에 충실한 목표가 달성하기 쉬울 것 같은 느낌이 들었다.

"예를 들자면 어떤 건가요?"

"으음."

카에데가 기대에 찬 눈길로 쳐다보았다. 답은 눈앞에 있었다. 잠옷 후드에 그려진 판다 얼굴과 사쿠타의 눈이 마주쳤다.

"판다를 보러 가는 건 어때?"

"판다!"

카에데의 얼굴에 환한 미소가 어렸다.

"대왕판다 말인가요?!"

"너구리판다도 보러 가는 거야."

"판다, 보고 싶어요!"

카에데는 즉시 목표란에 한 줄 추가했다.

그리고 다 쓴 후, 자랑하듯 사쿠타에게 보여줬다.

—**오빠와 판다를 보러 간다.**

뭘 하든 간에 사쿠타와 세트인 것 같았다.

"카에데. 집 밖에 나갈 수 있을 것 같은 느낌이 들어요."

"그래? 그거 다행이네. 무리는 하지 말고 천천히 노력해 보자."

"예!"

카에데는 힘차게 대답했다. 정말 긍정적이었다. 바로 그 때, 카에데의 배에서 「꼬르륵」 하는 소리가 났다.

"결과를 달성하기 전에 우선 밥부터 먹어야겠네."

"마이 씨는 언제 올까요?"

사쿠타가 집에 돌아온 후로 얼추 이삼십 분이 지났다.

"올 때가 됐는데 말이야."

사쿠타가 그렇게 말한 순간, 손님이 왔다는 사실을 알리듯 인터폰이 울렸다.

사쿠타는 팬티 차림으로 문을 열었다간 마이에게 미움을 받을 것 같았기에 옷을 입고 현관으로 향했다.

"오오."

문을 연 사쿠타는 놀라움과 기쁨이 섞인 환성을 질렀다.

현관 앞에는 마이가 서 있었다. 처음 보는 옷차림을 한 마이가 문 앞에 서 있었다.

"그 옷, 정말 귀여워요."

마이는 헐렁해 보이는 스웨터를 입고 있었다. 허벅지가 스웨터에 가려질 만큼 끝자락이 길었다. 그 아래로는 검은색 타이즈와 부츠만이 보였다. 머리카락은 스웨터의 풍성한 느낌에 맞춰 땋지 않고 늘어뜨렸다. 옛날 여중생들이 할 법한 머리 모양이지만 마이가 하니 불가사의하게도 세련되어 보였다.

"고마워."

마이는 여유 넘치는 표정을 지으며 그렇게 말했다. 마이의 얼굴에는 「이 정도로 기뻐하지 마」하고 적혀 있었다. 하지만 칭찬하지 않으면 마이는 화낸다. 그리고 그 점을 언급하면 더 화내기 때문에 사쿠타는 그냥 입을 다물고 있기로 했다.

"자아, 들어오세요."

사쿠타가 마이에게 그렇게 말한 순간······.

"나를 무시하지 마."

불만 섞인 목소리가 들려왔다.

마이의 옆에는 그녀에 비해 몸집이 조그마한 금발 소녀가 서 있었다. 그녀는 뚱한 표정을 짓고 있었다.

"아, 미안해. 못 봤어."

물론 거짓말이다. 문을 연 순간부터 사쿠타의 시야 한편에 눈부신 금발이 들어왔었다.

　"그런데 왜 토요하마가 여기 있는 거야?"

　오늘은 아이돌 레슨이 있어서 늦게 돌아온다고 마이에게서 들었다. 그래서 마이가 저녁을 만들어주러 오기로 했던 것이다.

　"농땡이야?"

　"농땡이 아냐~!"

　"레슨 스튜디오의 바닥이 내려앉아서 오늘은 공사를 하게 됐대."

　마이는 그렇게 말하면서 신발을 벗었다. 그리고 「실례할게」 하고 말하면서 안으로 들어왔다.

　"거기는 꽤 낡았거든."

　노도카는 불만을 쏟아놓더니, 입술을 삐죽 내밀었다. 바로 그때, 방 안쪽에서 발소리가 들려왔다.

　"마이 씨, 어서 오세요. 아, 노도카 씨도 왔군요."

　뒤늦게 현관에 얼굴을 비친 사람은 카에데였다. 예전 같으면 누가 오든 문 뒤편에 숨은 채 살펴보기만 했을 것이다. 사쿠타는 카에데가 장족의 발전을 했다는 생각이 들었다.

　"카에데, 실례할게."

　"예! 마이 씨는 오늘도 정말 멋지네요."

　카에데는 마이를 보더니 솔직한 목소리로 그렇게 말했다.

두 사람은 이야기를 나누면서 거실로 이동했다.

"사쿠타, 언니한테 무슨 짓을 한 거야?"

노도카는 긴 부츠를 벗으면서 그렇게 말했다. 그녀의 어조는 단정적이었으며, 사쿠타를 범인 취급하고 있었다.

"갑자기 무슨 소리를 하는 거야?"

"그게⋯⋯."

노도카의 시선은 왠지 즐거워 보이는 마이의 등을 향했다.

"웬일로 옷 고르는 데 시간이 걸렸단 말이야."

사쿠타도 그 말을 듣더니 마이의 뒷모습을 쳐다보았다.

"저 옷, 좋네. 가능성으로 가득 차 있어."

허벅지까지 가리는 헐렁한 스웨터를 보니, 저 안에 어떻게 되어 있을지 계속 망상하게 됐다.

"혹시나 해서 말해두겠는데, 언니는 쇼트 팬츠를 입었다구."

노도카는 변태를 쳐다보는 눈길로 사쿠타를 위협하듯 노려보며 그렇게 말했다.

"내 꿈을 박살 내지 말라고."

상자를 열어볼 때까지는 그 안이 어떻게 되어 있을지 알 수 없다. 어디까지나 양자론적으로 본다면 말이다.

한편 노도카는 사쿠타의 항의를 무시하면서 말을 이었다.

"머리 모양도 거울 앞에서 몇 번이나 바꿨단 말이야."

"흐음~."

저 머리 모양을 하기 전에 어떤 머리 모양을 했던 걸까.

전부 다 보고 싶다. 다음에 부탁해봐야겠다.

"언니가 그런 건…… 전부 사쿠타를 위해서잖아?"

노도카는 불만을 느끼고 있는 것 같았다. 얼굴이 불만으로 가득 차 있었다.

"토요하마도 그럭저럭 귀여운 옷을 입었네."

"윽! 그, 그럭저럭은 완전 괜한 소리거든?!"

노도카의 볼은 순식간에 빨개졌다.

"그럼 귀엽다고 하면 되겠네."

사실 귀엽기는 했다. 프릴이 달린 체크무늬 스커트는 허리 선이 높은 타입이라 노도카의 가는 허리가 강조되고 있었다. 그리고 상의 또한 프릴이 달린 블라우스였으며, 화려함과 귀여움이 양립하고 있었다.

"나, 나는 아이돌이니까 옷차림에 항상 신경 써! 앗! 시, 신경 쓴 적 없거든?!"

"아, 응. 그렇구나."

"……"

사쿠타가 납득을 해줬지만, 노도카는 납득이 되지 않은 듯한 표정을 짓고 있었다.

"노도카, 사쿠타와 놀지 말고 이리 와서 요리를 도와줘."

"노, 논 적 없거든?!"

노도카는 사쿠타를 밀쳐내더니, 도망치듯 마이를 쫓아갔다.

현관에 홀로 남겨진 사쿠타는 일단 문을 잠갔다. 그리고 마이의 앞치마 차림을 감상하기 위해 들뜬 가슴을 안고 거실로 향했다.

4

마이가 만들어준 것은 맛있는 방어찜이었다. 방어의 살은 씹히는 맛이 있었고, 무는 너무 단단하지도 너무 부드럽지도 않을 만큼 절묘하게 익었다.

"방어가 입안에서 방방 뛰어요."

요리가 맛있어서 흥분한 카에데는 방어와 무를 입안에 가득 집어넣었다.

"마이 씨는 요리도 정말 잘하네요."

"카에데도 연습하면 충분히 만들 수 있어."

"정말요?"

"응."

"하지만 오빠가 전에 만들어준 방어찜의 방어는 이렇게 방방 뛰지 않았어요."

"그랬지."

아마 방어에 맛이 배라고 너무 익힌 탓이리라. 그 결과, 지나치게 익힌 방어의 살이 퍼석해졌다. 생선찜은 어려운 요리다.

맛있고 즐거운 식사 타임이 끝난 후, 사쿠타는 마이와 단둘이서 설거지를 했다. 사쿠타가 씻은 것을 마이가 닦은 후, 선반에 놓았다.

처음에는 사쿠타가 혼자서 하겠다고 말했지만…….

"둘이서 하면 금방 끝나. 그리고 사쿠타는 공부도 해야 하잖아."

……하고 마이가 말하며 그에게 압박을 가했다. 즉, 빨리 설거지를 끝내고 공부를 하라는 단호한 메시지다. 그리고 사쿠타에게는 거부권이 없었다.

"중간고사 때문에 공부하는 거야?"

텔레비전 앞에서 나스노를 쓰다듬고 있던 노도카가 싱크 대 쪽을 쳐다보았다.

"응. 그리고 사쿠타가 나와 같은 대학에 가고 싶다니까, 가정 교사가 되어줄 생각이야."

"뭐? 언니, 대학에 갈 거야?"

아무래도 마이가 진학할 생각이라는 걸 노도카는 몰랐던 것 같았다. 노도카가 느닷없이 큰 목소리로 그렇게 말하자, 나스노는 화들짝 놀라면서 도망쳤다.

노도카가 저런 반응을 보이는 것도 무리는 아니다.

마이는 국민적 지명도를 자랑하는 여배우, 『사쿠라지마 마이』다. 그녀의 실력과 지명도를 생각하면, 고등학교를 졸업한 다음에는 일에 전념할 거라고 생각하는 쪽이 자연스러우리라. 또한 마이를 둘러싼 상황이 그녀의 대학 진학을 허락

할 거라고는 생각하기 어려웠다. 마이와 마찬가지로 연예계에서 활동하고 있는 노도카만 봐도 충분히 상상이 되었다.

"대학에는 갈 생각이야. 사쿠타가 합격한다면 말이야."

사쿠타는 어느새 마이의 진학 계획의 일부가 되어 있었다.

"어느 학교에 갈 건데?"

"요코하마에 있는 공립 대학이야."

"그럼 나도 그 대학에 들어가야지."

"토요하마는 오지 마."

"뭐? 왜?"

"합격 정원이 한 명 준단 말이야."

겉모습만 보면 머리 나쁘고 노는 것만 좋아하는 금발 날라리 같지만, 노도카는 공부를 잘한다. 그녀는 요코하마에 있는 학업 수준이 높은 상류층 학교에 다니고 있었다.

"마지막 한 자리를 노려서야 무조건 떨어질걸?"

"마지막 한 자리든 아니든, 합격만 하면 되잖아. 그리고 토요하마야말로 대학에 갈 거야? 톱 아이돌이 되어서 나를 후회하게 만들어주겠다며?"

"요즘 아이돌 업계는 거의 포화 상태야."

"그래서?"

"대학에 가서 『고학력 아이돌』이라는 걸로 나를 어필해볼 거야."

금발 날라리 화장과의 갭을 생각하면 꽤 매력적인 방법일지도 모른다.

"그럼 일본 제일의 국립 대학에 현역으로 합격하라고."

"그러면 좋겠지만……."

노도카는 변명거리를 찾으며 사쿠타의 시선을 피했다.

"결국 언니와 같은 대학에 가고 싶은 것뿐이잖아. 너, 지망 동기가 불순해."

"네가 그런 소리 하지 마! 사쿠타도 장래 같은 걸 생각해서 대학을 고른 게 아니잖아."

"마이 씨의 장래를 생각한 결과, 이렇게 된 거라고."

"……."

노도카는 입을 쩍 벌린 채 어이없어했다. 「이 녀석, 진짜 최악이네」 하고 그녀의 눈이 이야기하고 있었다.

"사쿠타는 자기 인생을 뭐라고 생각하는 거야?"

"죽을 때까지 하는 심심풀이 같은 거야."

"……인생을 얕보고 있네. 그것도 엄청 말이야."

"뭐, 톱 아이돌이 목표인 토요하마는 이해가 안 되겠지만, 뭔가가 되기 위해 사는 것만이 인생은 아니잖아."

노도카는 사쿠타의 말을 듣고 한순간 생각에 잠겼다. 하지만 방금 그 말이 어떤 의미인지 이해가 되지 않았는지…….

"그럼 사쿠타에게 있어서의 인생이란 어떤 거야?"

……하고 물었다.

"으음. 뭐, 그건……."

사쿠타가 말을 이으려던 순간, 전화가 울렸다.

집 전화의 벨소리였다.

"누구지?"

전화기 화면에는 열한 자리의 전화번호가 표시되어 있었다. 누군가의 핸드폰 번호인 것 같았다. 번호가 눈에 익다고 생각한 순간, 사쿠타의 심장이 크게 뛰었다.

그것은 중학교 1학년인 쇼코의 전화번호였다.

"여보세요?"

사쿠타는 태연한 척하면서 전화를 받았다.

『저, 저기, 마키노하라예요. 안녕하세요.』

아직 앳된 목소리가 들렸다. 목소리도, 태도도, 중학생인 쇼코였다. 『쇼코 씨』가 아니라 『마키노하라 양』이라는 사실을, 목소리와 태도가 가르쳐줬다.

"응. 안녕."

『어제 전화를 주셨죠? 연락이 늦어서 죄송해요.』

"아, 괜찮아. 나도 또 전화를 하겠다고 메시지를 남겼으면서 안 했네. 미안해."

『저기, 그런데 무슨 일인가요?』

"좀 물어보고 싶은 게 있어서 말이야."

바로 그때, 사쿠타는 마이와 문득 시선이 마주쳤다. 마이는 사쿠타의 말을 듣고 그의 전화 상대가 쇼코라는 사실을 눈치챈 것 같았다.

『확인하고 싶은 거라고요?』

"응. 마키노하라 양은 우리 집 우편함에 편지를 넣은 적이 있어?"

『아뇨.』

쇼코는 영문을 모르겠다는 목소리로 그렇게 말했다. 사쿠타는 고개를 갸웃거리는 중학생 쇼코의 모습을 머릿속으로 상상했다.

"그렇구나. 그럼 됐어."

『저기, 도움이 되지 못해서 죄송해요.』

"아냐. 전화 줘서 고마워."

『예.』

바로 그때, 수화기 너머에서 쇼코를 부르는 성인 여성의 목소리가 들렸다. 아마 쇼코의 어머니가 그녀를 부른 것이리라.

『죄, 죄송해요. 저는 이만 병실에 돌아가야 해요.』

"지금 병원이구나."

『아, 예……. 실은, 검사 때문에 이틀 전부터 입원 중이에요.』

그녀의 말투에서는 「아차」하는 기색이 느껴졌다. 사쿠타에게는 알리지 않을 생각이었던 것 같았다.

『그, 그래도 걱정하지는 마세요. 진짜로 괜찮거든요. 그리고 내일 퇴원해요.』

쇼코는 빠른 어조로 그렇게 말했다. 사쿠타에게 걱정을

끼치고 싶지 않은 것이리라. 그걸 느낀 사쿠타는…….

"다음에 하야테를 데리고 또 놀러 와. 카에데도 기뻐할 거야."

……하고 쇼코에게 말했다.

『예. 그럼 사쿠타 씨. 안녕히 주무세요.』

"잘 자."

전화가 끊어졌다. 잠시 후, 사쿠타는 수화기를 내려놓았다.

"쇼코였어?"

마이가 그렇게 물었다.

"예. 그런데 편지에 관해서는 모르는 것 같았어요."

"그랬구나."

"편지?"

노도카는 두 사람이 무슨 이야기를 하는 것인지 모르기에 고개를 갸웃거렸다.

"저, 저기, 오빠."

사쿠타가 걸음을 옮기려고 한 순간, 카에데가 그의 손을 잡았다.

"응? 무슨 일이야?"

"다, 다음에 쇼코 씨한테서 전화가 오면, 카에데가 받아도 될까요?"

"응. 괜찮아."

"카에데는 전화를 받아보고 싶은 거야?"

마이는 뜻밖이라는 듯한 표정을 지으며 카에데를 쳐다보았다.

"예. 카에데의 목표예요."

"목표?"

"바로 이거예요!"

카에데는 목표가 적힌 노트를 펼쳐서 마이와 노도카에게 보여줬다.

"여기를 보세요."

그리고 전화 항목을 손가락으로 가리켰다.

"아하. 올해 목표구나."

마이는 고개를 들더니, 뭔가가 생각났다는 듯한 눈길로 사쿠타를 쳐다보았다.

"펜 좀 줘봐."

사쿠타는 전화기 옆에 놓여 있던 볼펜을 마이에게 건넸다.

그러자 마이는 테이블 위에 펼쳐놓은 카에데의 노트에 뭔가를 적었다.

뭘 적는지 신경 쓰인 사쿠타가 쳐다보니…….

—오빠와 함께 마이 씨의 집에 놀러 간다.

……라는 글이 추가되어 있었다.

"카에데가 가도 되나요?"

"응. 언제든 환영이야."

카에데는 그 말을 듣더니 멋쩍은 듯이 미소를 지었다.

"그런데, 카에데. 무슨 일 있었어? 의욕이 넘치네."

"카에데는 눈치채고 말았어요."

"뭘 말이야?"

노도카가 카에데에게 물었다.

"카에데가 자립을 하지 않는 한, 오빠는 평생 결혼을 하지 못해요."

카에데의 입에서 충격적인 이유가 흘러나왔다.

"자세하게 말해봐."

사쿠타는 카에데가 목표를 만든 이유가 자신의 결혼과 연관이 있을 거라고는 생각도 못 했다.

"생각해봐요. 오빠와 결혼을 하는 사람은 덤으로 카에데까지 얻게 되잖아요."

"완전 이득이네."

"예. 이득이에요. 아뇨! 이득이 아니라고요!"

"마이 씨라면 개의치 않을 거야."

사쿠타는 그렇게 말하면서 은근슬쩍 마이를 쳐다보았다. 하지만 마이는 사쿠타에게 눈길도 주지 않았다.

"나는 카에데와 같이 사는 것도 괜찮아."

마이는 카에데의 머리카락을 쓰다듬었다.

결과적으로 잘됐다고 생각해도 되려나.

"하지만 카에데가 자립을 하는 건 좋은 일이라고 생각해. 지금 바로 나와 전화 연습을 해볼래?"

"마이 씨와 말인가요?"

"응. 내가 사쿠타의 방에서 핸드폰으로 전화를 걸 테니까, 카에데가 받는 거야."

"아, 예! 해볼래요."

"그럼 지금 바로 해보자."

마이는 카에데의 결심이 약해지기 전에 바로 시도해보기 위해 사쿠타의 방에 들어갔다. 사쿠타의 방은 마이에게 있어 거리낌 없이 들어갈 수 있는 장소인 것 같았다.

노도카와 몸이 바뀌었을 때 사실상 자신의 방처럼 이용했기 때문일까. 애인의 방에 너무 스스럼없이 들어가는 것도 연인 관계에 있어서 좋지 않을 것 같은 느낌이 들었다.

마이는 사쿠타의 방에 들어갔지만, 바로 전화를 걸지 않았다.

아마 마이는 스마트폰을 꺼둔 것이리라. 마이는 사쿠타의 집에 올 때, 벨소리와 진동음에 민감하게 반응하는 카에데를 배려해 핸드폰을 꺼두고는 했다.

30초 정도 지났을 즈음, 집 전화가 울렸다.

사쿠타, 카에데, 노도카의 시선이 전화기를 향했다. 전화기 화면에 표시된 번호는 마이의 핸드폰 번호였다.

"……."

카에데는 전화기 앞에 선 채 그대로 굳어버렸다.

"걱정하지 마. 마이 씨한테서 온 전화야."

"아, 예."

카에데의 손이 천천히 수화기를 향했다.

어찌어찌 수화기를 쥐기는 했지만, 좀처럼 들지 못했다.

카에데의 손은 희미하게 떨리고 있었다.

그러는 사이, 부재중 전화로 연결되었다.

—발신음 후에 메시지를 남겨주십시오.

그 멘트가 들린 후, 마이의 목소리가 스피커를 통해 들렸다.

"나는 아즈사가와 사쿠타 군과 사귀고 있는 사쿠라지마 마이라고 해요."

마이는 일부러 자기소개를 했다. 카에데를 안심시키기 위해서일 것이다.

"오늘은 카에데 양과 이야기를 나누고 싶어서 전화를 했어요."

카에데의 몸은 여전히 떨렸다.

사쿠타는 그런 카에데의 어깨에 손을 얹었다.

"괜찮아."

"아, 예."

카에데는 심호흡을 계속했다. 그 사이에도 마이는 카에데에게 계속 말을 걸었다.

이윽고 눈을 감은 카에데가 수화기를 들었다.

"여, 여보세요?!"

카에데는 긴장했는지 새된 목소리로 그렇게 말했다. 그래도 카에데는 수화기를 귀에 딱 대고 있었다.

"카에데, 축하해. 잘했어."

그 목소리는 사쿠타의 방 쪽에서 들렸다.

"오빠, 해냈어요!"

카에데는 사쿠타를 향해 고개를 돌리더니 기쁨에 찬 표정으로 그렇게 외쳤다. 그런 그녀의 눈동자는 기쁨과 안도에서 우러난 눈물이 맺힌 채 반짝이고 있었다.

"여보세요~. 카에데. 내 말 들려~?"

"아, 예. 들려요!"

카에데는 또 수화기를 귀에 댔다.

"이제 내 전화는 받을 수 있겠네."

"하, 할 수 있을 것 같아요."

"그럼 또 전화할게."

"예. 전화 기다릴게요."

시간적으로는 1분도 채 되지 않는 짧은 통화였다. 하지만 카에데에게 있어서는 커다란 한 걸음이다. 정말 커다란 한 걸음이다. 이런 날이 현실이 되어 찾아왔다는 사실에, 사쿠타는 솔직히 놀랐다.

카에데는 심호흡을 반복하면서 천천히 수화기를 내려놓았다.

"카에데, 노력했구나."

사쿠타가 그렇게 말한 순간…… 이변이 발생했다. 마치 실이 끊어진 꼭두각시처럼 카에데의 몸에서 힘이 빠진 것이다.

"카에데!"

사쿠타는 쓰러지려 하는 카에데를 향해 손을 뻗어서 그녀를 잡았다. 그리고 카에데와 함께 바닥에 주저앉았다.

자칫했으면 카에데는 그대로 바닥에 쓰러지고 말았을 것이다.

"어이, 카에데."

"무슨 일이야?"

방금 그 소리를 듣고 방에서 나온 마이의 목소리에는 긴박감이 어려 있었다.

"모르겠어. 카에데가 갑자기……."

걱정스러운 눈길로 카에데의 얼굴을 쳐다보던 노도카가 마이를 돌아보면서 그렇게 말했다.

"카에데?"

"괘, 괜찮아요."

카에데는 지친 얼굴로 억지 미소를 지었다.

하지만 카에데의 몸에는 열이 있었기에, 사쿠타는 그 말을 순순히 믿을 수 없었다.

사쿠타는 카에데의 이마에 손을 댔다.

"……."

역시 뜨거웠다. 열이 있었다.

"미안해. 무리하게 했나 보네."

상냥한 목소리로 그렇게 말한 마이는 카에데를 향해 몸을 숙였다.

　"아뇨. 마이 씨 덕분에 카에데는 목표 중 하나를 달성했어요."

　괴로워하면서도 마이를 향해 미소를 머금은 카에데는 만족스러운 표정을 짓고 있었다. 자신이 세운 목표 중 하나를 달성한 카에데는 방금 자기 입으로 말한 것처럼 진심으로 기뻐하고 있는 것 같았다. 최근 2년 동안 하지 못했던 것을 해냈으니 그럴 만도 했다.

　"응. 카에데, 정말 잘했어."

　마이가 머리를 쓰다듬어주자, 카에데는 간지러워하면서 웃었다.

　"하지만 오늘은 이쯤 하자. 나와 노도카는 돌아갈 테니까, 사쿠타는 카에데를 보살펴줘."

　이런 상황에서 공부를 하는 것은 무리라고 판단한 마이가 그런 제안을 하자, 사쿠타는 「예」 하고 말하며 고개를 끄덕였다.

　카에데를 침대에 뉘인 후, 사쿠타는 마이와 노도카를 배웅하기 위해 집 밖으로 나갔다.

　"뭔가를 이해한다는 건 어렵네."

　마이는 엘리베이터 안에서 혼잣말을 하듯 그렇게 중얼거

렸다.

짤막한 말이지만, 사쿠타는 그 말의 진의를 바로 이해했다. 사쿠타 또한 같은 생각을 하고 있었던 것이다.

사쿠타와 마이는 아무렇지도 않게 전화를 받을 수 있다. 성격이 내성적인 사람도 지인에게서 전화가 오면 긴장하지 않고 받을 수 있을 것이다.

하지만 카에데에게 있어서 그것은 쉽지 않은 일이다. 노력하고, 또 노력해야, 겨우 해낼 수 있는 일이다. 그리고 겨우 해냈나 싶더니, 강렬한 스트레스를 느낀 바람에 아까처럼 열이 나고 말았다. 그 정도로 어려운 일인 것이다.

마이가 방금 말한 것처럼, 그런 카에데의 감각을 이해하는 건 정말 어렵다. 아마 제대로 이해하는 것은 무리이리라. 할 수 있는 사람은 못 하는 사람의 마음을 결코 이해할 수 없다. 그게 단순하면 단순할수록 말이다……

그 이외에는 별다른 대화를 나누지 않은 채, 엘리베이터는 1층에 도착했다.

"그럼 내일 봐."

맨션 밖으로 나오자, 마이는 사쿠타에게 빨리 카에데에게 돌아가 보라는 듯이 그렇게 말했다.

"무슨 일 있으면 연락 줘."

노도카는 걱정스러운 목소리로 그렇게 말했다.

"알았어."

사쿠타는 가벼운 어조로 그 말에 답했다. 노도카가 침울한 표정을 짓게 할 필요는 없으니까 말이다.

마이와 노도카가 맞은편 맨션 안으로 들어갔다. 오토 록으로 된 유리문이 닫히자, 사쿠타는 집으로 돌아갔다.

"카에데, 들어갈게."

사쿠타가 노크를 하고 문을 열자, 카에데는 침대에서 몸을 일으키려고 했다.

"오늘은 이만 자."

"노트, 어디 있나요?"

열 때문에 얼굴이 빨개진 카에데가 그렇게 말했다.

"거실에 있어. 가져올 테니까 잠깐만 기다려."

사쿠타는 카에데의 방을 나섰다. 카에데의 노트는 거실 테이블 위에 있었다. 사쿠타는 그것을 가지고 카에데의 방에 다시 들어갔다.

"자."

카에데는 노트를 건네받더니…….

—**오빠 이외의 사람에게 걸려온 전화도 받는다.**

……라는 목표에 빨간색 펜으로 동그라미를 쳤다. 그리고 자랑하듯 사쿠타에게 보여줬다.

"이대로 가면 내일은 밖에 나갈 수 있을지도 몰라요."

"그래."

"판다도 보러 갈 수 있을 거예요."

"카에데가 건강을 해치면 판다가 걱정할 거야."

"걱정하지 마세요. 오늘은 이제 잘 거니까요."

사쿠타는 침대에 누운 카에데에게서 노트를 건네받았다. 그리고 그제야 눈치챘다.

카에데의 손목 언저리가 약간 변색되어 있었다. 처음에는 빛 때문에 그렇게 보이는 줄 알았는데, 그렇지 않았다.

마치 멍이 든 것 같았다.

그것을 본 순간, 사쿠타는 불길한 예감을 느꼈다. 몸이 갑자기 삐걱거리기 시작했다.

사쿠타는 엄습하는 불안감에 저항하면서, 이미 잠이 든 카에데의 잠옷 소매를 걷었다.

피부가 시퍼렇게 변색되어 있었다. 팔꿈치 아래까지 멍이 들어 있었다.

대체 무엇으로 두들겨 맞으면 이런 멍이 생기는 걸까.

"……."

사쿠타는 떠올릴 수밖에 없었다.

지금도 눈꺼풀 뒤편에 새겨져 있는 기억. 잊고 싶어도 잊을 수 없는 기억. 그것이 이 순간, 선명한 색깔을 띤 채 사쿠타의 뇌리에 되살아났다.

2년 전, 카에데가 집단 괴롭힘을 당했을 때의 일이다. 인터넷에 올라온 글이나 친구들의 메시지를 볼 때마다 정체불명의 멍과 상처가 카에데의 몸을 좀먹어 들어갔다.

역시 카에데의 사춘기 증후군은 사라지지 않았던 것이다. 후지사와로 이사 오고, 카에데를 인터넷과 멀리하게 했으며, 타인과 거리를 두며 생활한 덕분에 새로운 멍과 상처가 생기지는 않았다. 하지만 근본적으로 해결이 된 것은 아니었다.

결국, 카에데의 마음은 구원받지 못한 것이다.

가늘고 새하얀 카에데의 팔에 생긴 시퍼런 멍은, 2년 동안 카에데의 시간이 멈춰 있었다는 사실을 사쿠타에게 알려줬다. 그리고 당시의 처절한 기억이 선명하게 되살아났다.

극복해야만 하는 순간이 온 것일지도 모른다.

변하려 하는 카에데가 노트에 써둔 목표를 달성하기 위해서는 이 가시덤불 길을 통과해야만 하는 것이다.

길고 험난한 길일 것이다.

하지만 사쿠타는 겁먹지 않았다. 그의 마음속은 투지로 가득 차 있었다.

이제 와서 놀랄 필요는 없다. 겁먹을 필요도 없는 것이다.

왜냐면, 이 날을 맞이하기 위한 마음의 준비는 옛날 옛적에 되어 있으니까…….

제2장

카에데 퀘스트

1

파도 소리가 들렸다.

모래사장에 밀려온 파도는 크게 숨을 들이마시듯 빠져나
갔다.

눈에 보이는 것은 시치리가하마의 바다다.

눈에 익은 그 경치 속에는 지금보다 어린 사쿠타가 있었다.

사쿠타가 바닷가에서 쳐다보고 있는 세상은 색깔을 띠고
있지 않다. 바다도, 하늘도, 수평선도, 회색으로 보였다.

그렇기 때문에, 사쿠타는 이게 꿈이라는 사실을 의식이
흐릿한 상태에서도 금세 눈치챘다.

2년 전…… 중학생 시절을 꿈을 통해 보고 있는 것이다.

사쿠타의 마음이 꺾여 있던 시기다.

그리고 마키노하라 쇼코와 처음으로 만났던 시절이기도
했다.

"사쿠타 군은 알고 있나요?"

오늘도 의미심장한 목소리로 말을 걸어온 그녀는 어느새
사쿠타의 옆에 있었다.

사쿠타의 오른편에 3미터 정도 떨어져서 앉은 그녀의 뒤
편에는 에노시마가 존재했다.

"시치리가하마(七里ヶ浜)는 이름에 7리가 들어가지만, 실
은 1리 정도밖에 안 돼요. 그런데 시치리가하마라고 부르니

좀 웃기네요."

"쇼코 씨는 남의 생각을 방해하는 게 취미인가요?"

"사쿠타 군의 상담 상대가 되어주는 게 취미예요."

쇼코는 미소를 지으며 그렇게 말했다.

"……."

"아, 방금 짜증 나는 사람이라고 생각했죠?"

"엄청 짜증 나는 사람이라고 생각했어요."

"하지만 2퍼센트 정도는 연상의 누님이 상담 상대가 되어줘서 러키라고 생각했죠?"

쇼코는 「알고 있다고요」 하고 말하면서 연신 고개를 끄덕였다.

"우와~, 더 짜증 나네~."

사쿠타는 바다를 쳐다보며 무미건조한 목소리로 그렇게 말했다.

"마음에도 없는 소리를 하기는~. 사쿠타 군은 부끄럼쟁이군요."

유감스럽게도 쇼코는 전혀 위축되지 않았다. 눈곱만큼도 말이다. 마치 개구쟁이 어린애를 지켜보는 보모 같은 눈길로 사쿠타를 쳐다보고 있었다. 이제 불평을 해봤자 손해라는 생각마저 들었다.

"동생 생각을 하고 있나요?"

사쿠타가 약간 방심한 순간, 쇼코는 온화한 어조로 한가운데 직구를 던졌다. 아까까지의 눈치 없는 언동은 전부 어디에 가버린 걸까.

"쇼코 씨 생각을 하고 있었어요."

"아하. 엉큼한 생각을 했군요. 뭐, 사쿠타 군은 혈기왕성한 청소년이니까 용서해줄게요."

멋대로 오해하고, 멋대로 납득하는 건 좀 그만했으면 좋겠다고 사쿠타는 생각했다.

"그런 생각 안 했어요."

사쿠타는 굳은 목소리로 그렇게 말했다.

"그럼 역시 동생 생각을 한 거죠?"

그 말이 맞지만 순순히 인정하기 싫었던 사쿠타는 이야기를 돌렸다.

"쇼코 씨는 어째서 내 말을 믿어주는 건지 생각했어요."

사실 사쿠타는 쇼코와 만난 후부터 그 점도 계속 신경 쓰였다.

"응?"

"아무도 내 말을 믿어주지 않았어요. 카에데의 몸에 생기는 상처와 멍…… 그리고 사춘기 증후군을요."

카에데의 마음은 집단 괴롭힘에 의해 좀먹어 들어가고 있었다. 이윽고 사춘기 증후군이 발병하자, 마음이 느끼는 아픔이 상처와 멍이 되어 그녀의 몸에 나타났다.

—진짜 짜증 나.

인터넷 게시판에 이런 글이 적히면, 카에데의 팔에 날붙이에 베인 듯한 상처가 생겼다.

—역겨우니까 죽어(웃음).

이런 메시지가 핸드폰에 오면, 허벅지에 커다란 멍이 생겼다.

제아무리 세세하게 설명을 해봤자 아무도 믿어주지 않았다. 그 광경을 직접 본 어머니도 현실을 받아들이는 것을 거부하며 카에데와 거리를 뒀다. 상의를 했던 의사는 자해 행위라고 단정 지으면서 사춘기 증후군이라는 말에 귀를 기울이지 않았다. 사쿠타의 말을 애들의 헛소리로 치부한 것이다.

설명을 하면 할수록, 사쿠타가 필사적이 될수록, 사쿠타를 쳐다보는 남들의 시선은 더욱 차가워졌다.

그들의 눈에는 공통된 생각이 깃들어 있었다.

그들은 사쿠타를 거짓말쟁이로 취급했다. 사쿠타는 도움을 청하며 손을 뻗어봤지만, 돌아오는 것은 경멸 어린 시선뿐이었다.

제아무리 「진짜란 말이야!」 하고 외친들, 그 누구의 마음에도 닿지 않았다.

그런 상황은 악순환을 낳고 있었으며, 친했던 친구들도, 한 명, 또 한 명, 사쿠타와 거리를 두기 시작했다.

사쿠타의 주위에서 친구가 사라지는 데는 그렇게 긴 시간이 걸리지 않았다.

—아즈사가와, 좀 위험해 보여.

누군가의 짧은 중얼거림은 인터넷을 통해 순식간에 퍼져 나갔고, 모든 반 아이들은 사쿠타와 거리를 두기 시작했다. 교사를 비롯한 학교 전체가 사쿠타와 얽히는 것을 피했다.

　누구도 진상을 언급하려 하지 않았다. 사쿠타에게 무슨 일이 생긴 건지 물어보는 친구도 없었다. 다들 잘못된 인식을 수동적으로 믿고 있었다. 남들이 그렇게 이야기한다는 이유만으로…….

　지금은 그것도 어쩔 수 없다고 생각한다. 일단 분위기를 살피고, 그 분위기에 맞추는 것이 중요하다. 학교에서 그렇게 가르치기 때문이다. 자신이 특별하다고 생각해도, 그 생각을 숨긴 채 튀지 않도록 살아가는 게 올바른 행동이라고 배우는 것이다.

　그러니 사쿠타 본인의 말보다, 누군가가 말한 사쿠타에 대한 평가가 대다수의 학생들에게 있어서는 진실이 되는 것이다. 왜냐하면 다들 그렇게 말하니까 말이다. 사실의 진위보다 남들의 공통적인 인식이 중요시된다. 사쿠타와 그렇게 친하지 않은 반 아이들에게 있어서는 그것만으로 충분했다. 그 이상도, 그 이하도 아닌 것이다.

　그 결과, 『모두』의 소극적 찬성이 만들어낸 분위기의 괴물이 사쿠타를 가로막아 섰다.

　밀어도 보고, 당겨도 봤지만, 승산이 없었다. 실체가 없기 때문에 대미지를 줄 수가 없었다. 이 괴물을 어떻게 할 방법이 없다는 사실을 아는 데는 그렇게 긴 시간이 걸리지 않았다.

그리고 그 사실을 눈치챈 순간, 사쿠타는 자신의 안에 존재하는 무언가가 부서지는 것을 느꼈다. 분명히 느낀 것이다.

자신은 올바르지만, 틀림없이 올바르지만, 틀린 것으로 치부되고 있다. 세상은 이렇게 불합리한 것이다. 너무 바보 같고 어이없어서 무심코 웃음이 나왔다. 메마를 대로 메마른 웃음이 말이다.

바로 그때부터 사쿠타의 눈에 비치는 세상은 색깔을 잃었다.

세상이 잿빛으로 보이게 되었다.

"이 세상에 존재하는 사람들의 눈에는 전부 다른 세계가 비치고 있을 거예요."

쇼코는 수평선을 쳐다보면서 조용히 입을 열었다.

"제가 보는 수평선보다, 사쿠타 군이 보는 수평선이 더 먼 것처럼 말이에요."

쇼코는 몸을 앞으로 숙이더니, 사쿠타의 얼굴을 아래쪽에서 올려다보려 했다.

키가 큰 사쿠타가 더 먼 곳까지 볼 수 있다는 점을 강조하려는 것이리라.

"이 바람도 마찬가지예요."

쇼코는 상체를 다시 일으키더니, 양손을 활짝 펼쳤다.

쇼코는 온몸으로 바다에서 불어오는 바람을 맞이했다. 그녀의 머리카락이 바람에 휘날렸다.

"기분 좋다고 느끼는 사람도 있겠지만, 피부와 머리카락이 끈적거려서 싫어하는 사람도 있을 거예요."

쇼코가 전자라는 건 눈을 감고 있는 그녀의 얼굴에 어린 기분 좋아 보이는 표정만 봐도 알 수 있었다.

"그러니까 말이죠."

"정의도 사람마다 다 다르다는 거죠? 그 정도는 나도 알아요."

사쿠타는 약간 퉁명한 목소리로 그렇게 말했다. 쇼코는 그런 그를 보더니 웃음을 흘렸다.

"그런 사춘기 남자애 같은 소리를 할 생각은 없어요. 정의 같은 말을 입에 담으면 부끄럽거든요."

"그럼 무슨 말을 하려는 건데요?"

"승산이 없는 몬스터에게 졌다고 분통을 터뜨리고 있는 사쿠타 군은 장래가 유망하다는 말을 하고 싶네요."

"내려다보는 듯한 말투네요."

"제가 연장자니까요."

쇼코는 가슴을 펴면서 의기양양한 목소리로 그렇게 말했다.

"……."

"아, 방금 『가슴도 작으면서 연장자?』 하고 생각했죠?"

"그런 생각 안 했고, 딱히 분통을 터뜨린 적도 없어요. 그저 인생이라는 것에는 꿈도 희망도 없다는 걸 알고 우울해하고 있었던 것뿐이에요. 그러니 내버려 두세요."

"싫어요."

쇼코는 딱 잘라서 그렇게 말했다. 그녀가 부드러운 말투로 그렇게 말하니, 부정당한 느낌이 들지 않았다.

"예?"

"싫어요. 내버려 둘 수 없어요."

쇼코는 맑은 눈동자로 사쿠타를 쳐다보았다. 진지하면서도, 왠지 미소 짓고 있는 느낌이 들었다. 굳이 한마디로 표현하자면 상냥한 표정을 짓고 있었다.

"……."

사쿠타는 그런 그녀를 보고 말문이 막히고 말았다.

"이렇게 만난 것도 인연이잖아요. 그러니 꿈도 희망도 없는 사쿠타 군에게 인생의 선배로서 멋진 조언을 해줄게요."

쇼코는 연극을 하는 듯한 말투로 그렇게 말했다.

"사람들은 보통 『멋진 조언』이라는 소리를 안 할걸요? 자화자찬 같잖아요."

쇼코는 그 말에는 대답하지 않으며 바다를 쳐다보았다.

"……."

그런 쇼코의 눈이 너무나도 예뻤기에, 사쿠타도 덩달아 바다를 쳐다보았다. 쇼코가 쳐다보고 있는 것은 수평선 저편이다. 저곳에 무언가가 있는 걸까.

"제 인생에도 커다란 꿈이나 희망 같은 건 없었어요."

사쿠타는 그 말이 어떤 뜻인지 신경이 쓰였다. 하지만 질문을 하지는 않았다. 사쿠타와 시선을 맞춘 쇼코가 고개를 저었기 때문이다.

"그래도 저는 인생의 의미를 찾아냈어요."

"……."

"사쿠타 군, 저는 말이죠. 인생이라는 게 상냥해지기 위해 존재하는 거라고 생각해요."

"……상냥해지기, 위해……."

"상냥함에 도달하기 위해, 저는 오늘을 살아가고 있어요."

"……."

"어제의 저보다, 오늘의 제가 좀 더 상냥한 인간이었으면 좋겠다고 생각하며 살고 있어요."

"……."

이유 같은 것은 모른다.

모르지만, 쇼코의 말은 사쿠타의 몸에 서서히 스며들더니 온몸을 따뜻하게 만들었다. 햇볕을 잔뜩 쬔 모포처럼 사쿠타를 감싸줬다.

코 안쪽에서 뜨거운 무언가가 폭포 같은 기세로 샘솟았다. 그것을 막을 방법은 없었다. 눈물의 방파제는 순식간에 부서지더니, 눈에서 이슬이 흘러나왔다.

그 이슬은 비가 되어 모래사장에 떨어졌다. 그것은 따뜻한 눈물로 된 비였다.

잿빛이던 세상에 한줄기 빛이 쏟아졌다. 그 빛에 빨려 들어가듯 사쿠타가 고개를 들자, 쇼코를 중심으로 이 세상이 색깔을 되찾았다. 바다의 짙은 파란색도, 하늘의 푸른색도, 전부 색깔을 되찾았다.

"저기, 쇼코 씨."

사쿠타는 눈물을 닦지 않은 채, 이를 악물면서 쇼코에게 말을 걸었다.

"예?"

쇼코는 상냥한 미소를 지으며 사쿠타를 쳐다보았다.

"나도 쇼코 씨처럼 살아도 될까요?"

쇼코의 표정이 살며시 부드러워졌다.

"당연하잖아요."

쇼코는 만면에 미소를 짓더니, 사쿠타의 마음을 받아줬다.

"타인에게 이해받지 못하는 고통을 아는 사쿠타 군이라면, 분명 누구보다도 상냥해질 수 있을 거예요. 분명 누군가의 버팀목이 될 수 있을 거예요."

시야가 눈물에 의해 흐릿해졌다. 쇼코가 어떤 표정을 짓고 있는지 알 수 없었다. 하지만, 쇼코라면 분명 해님처럼 환하게 웃고 있을 것이다. 그것만은 의심할 여지가 없었다.

이것이 사쿠타와 쇼코가 나눈 마지막 대화다.

눈을 떠보니, 눈가가 약간 굳어 있었다.

아무래도 자면서 눈물을 흘린 것 같았다.

사쿠타는 눈물 자국이 남아 있지 않은지 눈가를 만져보려고 했지만, 손을 움직일 수가 없었다.

팔이 무거웠다. 아니, 팔뿐만 아니라 온몸에서 압박감이 느껴졌다. 마치 누군가에게 몸을 짓눌리고 있는 것만 같았다.

사쿠타는 아래쪽을 쳐다보았다.

아니나 다를까, 쿨쿨 자고 있는 여동생의 모습이 눈에 들어왔다.

"어이~, 카에데."

사쿠타가 말을 걸었지만, 카에데는 대답하지 않았다.

"쿠울~."

잠시 후, 카에데는 숨소리로 대답을 대신했다.

"어이~."

사쿠타는 한 번 더 말을 걸었다.

"오빠가 만든 방어찜의 방어는 퍼석퍼석해요."

이번에는 꽤나 구체적인 잠꼬대를 했다. 마이에게 요리를 배워서 입안에서 방방 뛰는 방어를 맛보여 줘야 할 것 같았다.

"어이, 카에데. 일어나~."

"……방방~."

"또 그 소리냐."

이대로는 안 될 것 같았다.

결국 사쿠타는 팔을 억지로 빼내서 카에데의 어깨를 잡고 흔들었다.

"응~, 으음~."

카에데는 약간 짜증이 섞인 신음을 흘리면서 눈을 떴다.

"좋은 아침이야, 카에데."

"좋은 아침이에요, 오빠."

카에데는 아직 졸려 보이는 눈으로 하품을 했다.

"일어났으면 비켜줘. 무겁단 말이야, 카에데."

"뭐라고요?! 카에데는 여동생인데요?!"

"여동생이든 말든 간에 무거운 건 무겁다고."

"하지만 카에데는 애교 많은 강아지 타입 여동생을 목표로 삼고 있어요."

"사이즈 적으로 무리일 것 같은데?"

사쿠타는 멋지게 성장한 카에데를 쳐다보았다. 최신 데이터에 따르면, 카에데는 키가 1센티미터 더 자라서 163센티미터에 도달했다. 귀여운 강아지 사이즈와는 거리가 먼 것이다. 귀여운 대형견을 목표로 삼는 수밖에 없으리라.

"충격을 받았어요……."

"그러고 보니 노트에 그런 목표는 적혀 있지 않았잖아."

"그건 카에데가 오빠 몰래 목표로 삼고 있던 이상적인 여동생상(像)이에요."

"그렇구나. 그거 유감이네."

"예. 유감이에요. 이 분한 마음을 원동력 삼아, 오늘부터는 집 밖에 나가는 연습을 열심히 해볼 생각이에요."

카에데는 시합에서 진 젊은 스포츠 선수처럼 겸허하고 긍정적인 코멘트를 입에 담았다. 그 의욕은 높이 사고 싶지만, 그 전에 그녀의 몸 상태를 확인해봐야 한다.

사쿠타는 카에데의 이마에 손을 댔다.

"……"

역시 뜨거웠다. 아까부터 맞닿은 몸을 통해 느껴지던 카에데의 체온이 왠지 높은 것 같았다. 그리고 그것은 기분 탓이 아니었던 것이다. 이래서야 오늘부터 집 밖에 나가는 연습을 시작하는 것은 무리일 것 같았다.

"열이 내려가서 건강해지면 그때 시작하자."

"예. 건강해지면 뭐든 다 할 수 있다고 얼마 전에 텔레비전에 나온 성대모사 전문 개그맨이 말했어요."

"성대모사 전문 개그맨이 옳은 말 했네."

"예, 옳은 말 했어요."

"그럼 오늘은 얌전히 누워 있어."

"예. 오늘은 열심히 누워 있고, 내일부터 열심히 할게요!"

2

―내일부터 열심히 할게요!

카에데는 힘찬 목소리로 그렇게 말했지만, 다음 날인 수요일에도 열은 내려가지 않았다.

체온계에 표시된 숫자는 37.2도였다.

약간 몸이 나른할 정도의 미열이다.

딱히 감기에 걸린 듯한 증상은 없었다. 그저 이 미열은 목요일 아침에도, 금요일 아침에도 내려가지 않았다.

성가신 미열이다. 정신적 문제에서 비롯된 증상인 것 같으며, 감기약을 먹어도 좋아지지 않았다. 일시적으로 해열 작용을 하는 것 같기는 하지만, 약 기운이 떨어지면 체온계의 숫자가 37.2도, 37.3도를 왔다 갔다 했다.

이 디지털 숫자를 확인할 때마다 카에데는 분통을 터뜨렸다. 좀 나른하기는 해도 몸이 움직이는 상태에서 누워 있으려니 심심한 것 같았다.

사쿠타는 그런 카에데의 긍정적인 면을 높이 사서…….

"열이 내려갈 때까지 작전을 짜봐."

……카에데에게 숙제를 내줬다.

"작전?"

"아니면 이미지 트레이닝을 해."

"왠지 멋지네요. 세계적으로 활약하는 프로 같아요."

"일류 선수는 시합에 나가기 전에 꼭 한다더라고."

"카에데도 일류가 될래요."

"그럼 어떻게 집 밖에 나갈지를 이미지해둬."

"우선 문을 열 거예요."

"신발은 신지 않을 거야?"

"우선 신발을 신을래요."

"옷도 갈아입는 편이 좋을지도 몰라."

카에데는 항상 판다 무늬 잠옷을 입고 집안에서 생활했다.

"우선 귀여운 옷으로 갈아입을까 해요."

"멋 부리는 건 중요하지."

"매우 중요해요."

"그런 식으로 네가 목표를 달성하는 이미지를 계속 쌓아 나가는 거야, 카에데."

"예, 오빠."

이런 대화가 매일 반복됐다.

카에데는 활기차고 평소와 다름없이 보였다. 뭔가에 불안을 느끼고 있는 것 같지는 않았다. 그렇기 때문에 손쓸 방법이 없었다.

발열의 원인은 사쿠타에게 보이지 않는 카에데의 마음속에 존재했다.

그렇기 때문에 사쿠타가 할 수 있는 것은 응원뿐이다.

하지만 힘내라고 말했다간 카에데가 정신적으로 궁지에 몰릴 것이며, 힘낸다고 해서 어떻게 될 것 같지는 않았다.

현재 카에데의 상태를 보고 기합이 부족하다고 말하는 어른이 있을지도 모른다. 카에데가 집단 괴롭힘을 당할 때, 그런 소리를 했던 낡은 사고방식을 지닌 교사가 있었다. 20세기의 근성론으로 21세기의 여자 중학생을 구하는 것은 무리인데도 말이다.

그럼 어떻게 하면 좋을까.

특효약이 없는 이 상황에서 사쿠타가 할 수 있는 일은 기다리는 것뿐이다.

10월 17일, 금요일 방과 후. 사쿠타는 아르바이트를 하는 패밀리 레스토랑에서 평소와 마찬가지로 자신이 받는 시급만큼 일했다. 계산을 마친 남학생 두 명이 돌아간 후…….

"자아, 어떻게 하지?"

사쿠타는 자신의 마음속에 존재하는 망설임을 일부러 입에 담았다. 이런 별것 아닌 행동을 통해, 자신도 모르는 사이에 마음에 쌓인 스트레스가 다소 발산되었다.

오후 여덟 시가 지나자, 패밀리 레스토랑의 손님은 서서히 줄어들면서 빈자리가 드문드문 생기기 시작했다.

아무래도 오늘의 피크 타임은 지난 것 같았다.

사쿠타는 손님들이 자리를 비운 테이블의 식기를 들어 그것을 주방으로 옮겼다.

그리고 싱크대에 햄버그 접시와 라이스 접시를 놓았다.

"여기 둘게요."

"그래."

아르바이트인 대학생에게 그렇게 말한 후, 플로어로 향했다. 바로 그때…….

"하아…… 어쩌지?"

아까 전의 사쿠타보다도 우울한 한숨 소리가 들렸다. 발생지는 아담한 체구의 소녀였다.

"한숨 소리가 엄청 크네."

"우왓, 선배?!"

화들짝 놀라면서 한걸음 물러선 이는 바로 후배인 코가 토모에다. 학교 후배이자, 아르바이트 후배이기도 한 요즘 여자애다. 매일 아침 여섯 시에 일어나서 세팅하는 저 쇼트 보브 헤어스타일이 오늘도 잘 어울렸다.

"또 엉덩이가 커져서 고민하는 거야?"

사쿠타가 말을 걸자, 토모에는 양손을 엉덩이 쪽으로 돌리더니 그를 노려보았다.

"커진 적 없거든?! 그리고 또는 뭐야?!"

"그럼 다음 주 시험 때문에 우울한 거야?"

"그것만이 아니라……."

"다른 것도 있어?"

"문화제."

토모에는 입술을 삐죽 내밀면서 중얼거렸다.

"뭐?"

"다음 달에 열리는 문화제 때문이란 말이야."

"어디의?"

"우리 학교!"

"흐음~."

"선배, 제정신이야? 문화제는 학생에게 있어서의 일대 이벤트잖아?"

토모에는 놀람과 어이없음이 뒤섞인 표정을 지으며 그렇게 말했다. 믿기지 않는다는 듯한 말투였다.

"문화제는 일부 잘나가는 학생들이 들떠서 마구 날뛰다 분위기에 취해 연인 사이가 된 다음, 나중에 돌이켜 보며 꽤 좋은 추억이었다고 생각하는 이벤트잖아? 나와는 상관없어."

지금 생각해보니 2학기 들어서부터 유마의 연인인 카미사토 사키가 문화제 준비를 진두지휘했다. 사쿠타는 학급 회의 시간이면 항상 잠만 잤기 때문에 자세한 건 기억이 나지 않지만 말이다…….

그리고 지난달에는 마이와 노도카가 몸이 뒤바뀌는 사춘기 증후군에 걸렸던 탓에, 사쿠타는 자신의 반이 문화제 때 뭘 하는지 같은 것을 신경 쓸 마음의 여유가 없었다.

"우와~, 역시 선배는 대단하네."

말만 들어보면 칭찬하는 것 같지만, 토모에의 눈은 슬픔으로 가득 차 있었다. 마치 불쌍하기 그지없는 사람을 쳐다보는 듯한 눈길이었다.

"선배는 정말 엉망진창이라니깐."

"뭐가 말이야?"

"사쿠라지마 선배와 사귀는 것만으로도 인생의 승리자인데, 여전히 반 안에서 고립되어 있지?"

"코가는 문화제 때 뭘 할지, 그리고 역할 분담 같은 걸로 시끌벅적한 반 안에서 어떤 태도를 취할지를 가지고 고민 중인 거야?"

"뭐, 뭘 할지는 이미 정했거든?! 역할 분담은 아직 하지 않았지만……."

사쿠타가 대충 입에서 나오는 대로 지껄인 말이 토모에의 정곡을 제대로 찌른 것 같았다. 토모에는 원망 섞인 눈길로 사쿠타를 쳐다보았다. 볼을 부풀린 채 삐친 듯한 표정을 짓고 있었다. 사쿠타에게 바보 취급을 당했다고 생각하는 걸까. 아마 그럴 것이다.

"그런데 코가의 반은 뭘 하기로 했어?"

"귀신의 집."

"뭐? 그 귀여운 얼굴로?"

"선배, 방금 그 말 엄청 짜증 나거든? 내 얼굴과 귀신의 집은 아무 상관도 없잖아! 그, 그리고 나는 딱히 귀엽지도 않단 말이야!"

"에이, 상관이 없을 리가 없잖아. 코가가 귀신 분장을 해봤자 전혀 무섭지 않을 거라고."

고양이 요괴로 분장을 해봤자, 귀여운 캣 걸 코스프레를 한 것처럼 보일 게 뻔했다.

"그, 그럼, 선배. 당일에 우리 반에 와. 반드시 비명을 지르게 만들어줄게."

"됐어. 귀신같은 거에는 흥미가 없거든. 나는 그런 걸 전혀 무서워하지 않아. 그리고 지금도 코가의 뒤편에 장발 여자 유령이 있다고."

사쿠타는 토모에의 뒤편을 손가락으로 가리켰다. 그리고 미소를 지으면서 손을 흔들었다.

"히, 히익!"

토모에는 비명을 지르며 그 자리에서 펄쩍 뛰었다.

"뭐, 거짓말이지만…… 어?"

토모에는 많이 놀랐는지 계산대 옆에서 엉덩방아를 찧었다. 비명 소리를 들은 주위의 손님들이 그녀를 쳐다보았다.

"시, 실례했습니다."

토모에는 그렇게 말하면서 몸을 일으켰다. 그리고 눈물이 맺힌 눈동자로 항의하듯 사쿠타를 쳐다보았다.

"너, 이래가지고 귀신의 집을 할 수 있겠어?"

"이제 와서 그딴 소리를 해봤자 씨알도 안 먹힐 기다 아이가!"

"아, 응. 그렇구나."

토모에는 완전히 맛이 간 것 같았다. 너무 동요한 나머지 사투리가 튀어나왔다.

"뭐, 이렇게 겁이 많아서야 우울할 만도 하네."

"내가 이러는 원인은 귀신의 집이 아냐. 아까 선배가 말한 것 때문이란 말이야."

"응? 내가 무슨 말 했었어?"

"귀신 역할을 교대로 하게 됐는데, 조 편성 때문에 문제가……."

사쿠타가 별생각 없이 말했던 역할 분담 때문에 문제가 발생한 것 같았다.

"평소 친하게 지내는 애들끼리 한 조로 묶으면 되잖아."

인원수에서 좀 차이가 나는 점만 감안한다면 금방 정해질 것이다.

"그렇기는 한데, 남자 그룹과 여자 그룹을 묶는 과정에서 이런저런 일이 벌어졌다고나 할까……."

"그냥 잘나가는 애들끼리 묶어주면 되는 거 아냐?"

딱히 누가 정한 것은 아니지만, 반이라는 집단 안에는 멋대로 서열이라는 게 생겨난다. 그 서열에는 강제력이 있기 때문에 상위 서열은 하위 서열이 자신의 뜻을 거스르는 것을 용납하지 않는다. 거스른다면 「저 녀석, 되게 잘난 체하네」 같은 소리를 들으며 반 안에서 고립되고 만다.

진짜로 잘난 체를 하는 건 타인에게 「잘난 체를 한다」고 말하는 사람이라고 사쿠타는 생각한다. 타인을 내려다보는 것만 봐도 그건 명백했다.

대체 언제부터 일본은 봉건제도를 부활시킨 것일까. 사쿠타도 일본의 국민이니, 그런 제도가 생겼으면 바로 알려줬으면 좋겠다.

"선배가 말한 것처럼 됐으면 좋았을 텐데, 조 편성을 제비뽑기로 정하게 됐거든……."

토모에는 시선을 돌렸다. 왠지 거북해 보였다. 그리고 사쿠타는 그 모습을 보고 눈치챘다. 토모에가 당사자라는 사실을 말이다.

"그리고, 남자 쪽 잘나가는 그룹과 같이 하게 된 게 코가의 그룹인 거구나."

"으……."

"그 탓에 여자 쪽 잘나가는 그룹에게 찍힌 거지?"

"……으, 응."

토모에는 체념한 것처럼 사실을 인정했다.

"코가는 여전히 요즘 여고생답게 살고 있구나."

"그야 나는 여고생이거든."

토모에가 이렇게 골치 아파 하는 이유가 있었다. 사실 그녀는 원래 여자 쪽 잘나가는 그룹에 소속되어 있었던 것이다. 그리고 이런저런 일이 있은 후, 그 그룹에서 탈퇴했다. 그리고 외톨이 기간을 거친 다음, 지금의 그룹에 들어간 것이다. 정말 운이 없는 애다.

"하다못해 남자들도 불평을 해주면 좋을 텐데, 걔들은 그냥 납득해버렸어."

"뭐, 『귀여운 코가 양이 있으니까 괜찮네』 하고 생각한 거겠지."

"……."

토모에는 수치심과 분노 때문에 얼굴을 새빨갛게 붉혔다. 아무래도 토모에도 자각을 하고 있는 것 같았다. 역시 주위를 잘 살피는 것 같았다. 어쩌면 이 조 편성이 결정된 순간, 바보 같은 남자들이 기뻐해버린 걸지도 모른다. 여자 그룹 사회의 무시무시함도 모르면서…….

"그런데 코가는 대단하네."

"하나도 대단하지 않아."

"점점 마성의 여자가 되어가고 있잖아."

역시 미니데빌에 걸맞게 소악마다움을 유감없이 뽐내고 있었다.

"고민에 빠진 후배한테 그런 소리를 해야겠어? 선배, 진짜 짜증 난대이."

토모에는 삐쳤는지 고개를 휙 돌렸다.

그녀의 시선은 박스석을 향했다. 현재 그곳에는 남자 중학생 네 명이 앉아 있었다. 다들 손에 든 휴대용 게임기나 스마트폰의 화면을 쳐다보면서 대화를 나누고 있었다. 웃음소리와 함께 들려온 것은 그들 사이에서 유행하고 있는 듯한 RPG게임에 대한 이야기였다.

레벨이 어떻다는 둥, 그 무기는 엄청 강하다는 둥, 라스트

보스는 완전 비겁하다는 둥…… 아무튼 그런 이야기를 즐겁게 나누고 있었다.

"아아~. 게임처럼 알기 쉬우면 좋을 텐데……."

토모에는 퉁명한 어조로 중얼거렸다.

"코가는 게임 같은 것도 해?"

왠지 코가의 이미지에 맞지 않는 것 같았다. 하더라도 서투를 것 같았다.

"스마트폰 게임을 조금 해. 나나가 좋아해서 같이 하는 거야."

"흐음."

"선배, 『또 주위 사람들에게 맞춰서 귀찮은 짓을 하고 있구나』 하고 생각했지?"

"코가는 호감도를 더 높여서 남자애들 사이에서 더 인기를 얻으려는 건가, 하고 생각했어."

"뭐? 게임을 하면 호감도가 올라가는 거야?"

"뭐, 코가에게 자연스럽게 말을 걸 계기가 될걸?"

"……."

사쿠타가 지적을 하자, 토모에는 입을 다물었다. 왠지 짐작 가는 구석이 있는 것 같았다.

"아무튼, 코가가 하고 싶은 말이 뭔지는 알았어."

남자 중학생 4인조는 여전히 게임 이야기를 하고 있었다.

"몬스터와 싸워 경험치를 얻고, 레벨을 올려서, 특기를 익히며, 마법도 쓸 수 있게 되는 데다, 죽어도 다시 시작할 수 있을 뿐만 아니라, 마지막에는 마왕을 폭력으로 굴복시킨 후 돌아가면, 자기는 용사가 되고, 세상은 구원받잖아."

"나는 그렇게 삐뚤어진 생각을 한 적 없어."

토모에가 그렇게 말했지만, 사쿠타는 무시했다.

"현실은 게임처럼 알기 쉽지 않지."

토모에가 싸우고 있는 것은 반의 분위기라는 마왕이며, 카에데가 싸우고 있는 것은 불안이라는 이름의 눈에 보이지 않는 마왕이다.

제작진이 준비한 최강의 무기도 없거니와, 최강의 마법도 없다. 애초에 세상에는 폭력으로 쓰러뜨릴 수 없는 마왕이 잔뜩 있었다.

게다가 골치 아픈 점은 그런 마왕을 만들어낸 이는 바로 인간이다. 무자각적인 집단의식이 마왕을 만들어내는 것이다.

인간의 불안이 마왕의 양식이 된다는 설정의 게임을 한 적이 있는데, 그것도 명백한 허구라고 할 수는 없을지도 모른다. 확실히 인간의 마음은 마왕을 만들어내며, 쑥쑥 자라나는 것이다.

"……"

"선배, 무슨 일 있었어?"

토모에는 입을 다문 사쿠타에게 질문을 던졌다. 토모에의 어조는 질문이라기보다 확인에 가까운 뉘앙스였다.

"아무 일도 없어. ……그냥 문화제가 언제인지 생각했을 뿐이야."

"선배, 거짓말이 너무 서투네."

역시 토모에는 그 정도 거짓말에 속지 않았다. 하지만 그녀는 사쿠타가 밝히지 않은 『진실』을 추궁하지는 않았다. 사쿠타의 마음을 헤아려준 것이다.

"11월 3일, 문화의 날에 해."

그리고 토모에는 사쿠타의 거짓말에도 어울려줬다. 정말 착한 후배다. 남자들에게 인기가 있는 것도 납득이 되었다.

"코가가 귀신의 집을 몇 시에 하는지는 정해졌어?"

"아직 정해지지 않았어."

그렇게 말한 토모에의 눈은 왜 그런 걸 묻는 거냐고 말하고 있었다.

"그럼 정해지면 가르쳐줘."

"선배, 오려고?"

"토모에는 반신반의하는 표정을 지으며 물었다.

"내가 비명을 지르게 만들 거라면서?"

"반드시 지르게 만들어줄게."

토모에는 건방진 미소를 지었다. 바로 그때, 손님이 왔다는 사실을 알리는 벨이 울렸다. 토모에는 손님을 마중하러 갔다. 「어서 오세요」 하고 말하는 그녀의 얼굴에서는 아까까지의 우울한 분위기를 찾아볼 수 없었다.

그런 토모에의 얼굴을 보고 만족한 사쿠타도 일을 다시 시작했다.

그 후, 열심히 아르바이트를 한 사쿠타는 아홉 시가 되자 퇴근을 하기 위해 타임카드를 찍었다. 기계에 빨려 들어간 카드에 『21:00』이라는 숫자가 찍혔다.

"먼저 실례할게요."

사쿠타는 옷을 갈아입은 후, 카에데가 기다리는 집으로 돌아갔다.

후지사와 역 앞에 있는 패밀리 레스토랑에서 집까지는 걸어서 10분 정도 걸린다.

맨션에 도착한 사쿠타는 엘리베이터를 타기 전에 우편함을 확인해봤다. 그날 이후로 『쇼코 씨』에게서 편지가 오지는 않았지만, 일단 신경이 쓰였던 것이다.

"……."

하지만 오늘도 편지는 없었다. 안에 있는 것은 피자 가게의 전단지뿐이었다.

"뭐, 어떻게든 되겠지."

올지 안 올지도 모르는 편지를 기다려봤자 소용없다. 사쿠타의 생각이나 강한 열망, 그리고 노력의 결과로 어떻게 되는 문제가 아닌 것이다. 어디까지나 편지를 보내는 상대방에게 달린 문제다.

기대를 해봤자 피곤할 뿐이다. 일이 벌어진다면 그때부터 생각해도 된다.

사쿠타는 그렇게 결론을 내린 다음, 엘리베이터를 탔다.

집에 도착한 사쿠타가 문을 열자…….

"오빠, 어서 오세요."

현관에서 대기하고 있던 카에데에게 기습을 당했다.

"으, 응. 다녀왔어."

솔직히 말해 좀 놀랐다.

카에데는 그런 사쿠타를 곁눈질하며 종종걸음으로 방 안에 들어갔다.

왠지 허둥대는 것 같았다. 대체 무슨 일인 걸까.

사쿠타가 의문을 느끼고 있을 때였다.

"진짜로 오빠가 돌아왔어요."

카에데의 목소리가 들려왔다. 마치 누군가와 이야기를 나누고 있는 것 같은 어조였다. 하지만 현관에는 손님의 신발이 없었다. 애초에 카에데는 극도로 낯가림이 심하기 때문에 인터폰이 울려도 사쿠타가 집에 없으면 아무도 없는 척했다. 사쿠타가 있을 때도, 그가 응대하는 모습을 멀찍이서 쳐다보는 것이 한계다. 손님을 맞이하는 것은 불가능했다.

"마이 씨의 말이 맞았어요."

신발을 벗고 안에 들어가 보니, 카에데는 통화를 하고 있었다. 수화기를 양손으로 쥔 채 상대방의 이야기에 귀를 기울이고 있었다.

방금 그 말로 볼 때, 이야기 상대는 마이인 것 같았다.

마이는 오늘 오후부터 스튜디오에서 버라이어티 방송 녹화가 있다면서 4교시가 끝나자마자 조퇴했다. 이미 녹화가 끝난 걸까.

"예. 오빠를 바꿔드릴게요."

사쿠타는 카에데가 내민 수화기를 받았다.

"마이 씨?"

『어서 와.』

"다녀왔어요."

『나, 베란다에서 사쿠타를 계속 쳐다보고 있었는데, 전혀 눈치채지 못했지?』

"예? 방금요?"

『그래.』

"아하, 그랬군요."

카에데가 현관에서 사쿠타를 기다리고 있었던 이유가 밝혀졌다.

『카에데는 좀 어때?』

사쿠타는 그 말을 듣고 카에데를 쳐다보았다. 카에데는 통화 중인 사쿠타를 즐거운 듯이 쳐다보고 있었다.

"옆에서 싱글벙글거리고 있어요."

사쿠타는 자신의 눈에 들어온 광경을 마이에게 있는 그대로 전했다.

『그래? 다행이야.』

마이는 안도의 한숨을 내쉬었다.

『오늘 버라이어티 방송의 스튜디오 녹화를 한다고 내가 말했지?』

"예."

『의료 관련 방송인데, 테마가 스트레스였거든. 그래서 녹화가 끝난 다음, 전문가 선생님에게 카에데에 대한 상담을 받아봤어.』

왜 이 시기에 마이가 그 방송에 섭외된 것인지는 얼추 상상이 되었다. 분명 일전의 스캔들 때문이리라. 대중의 주목에 의한 스트레스에 관해서라면, 마이야말로 그 누구보다 신선하고 주목도 또한 높은 에피소드 토크를 선보일 수 있는 것이다.

『카에데는 현재 익숙하지 않은 행동을 해서 몸과 마음이 놀란 상태일 거라고 했어.』

"아, 저도 같은 생각이에요."

사쿠타 이외의 누군가에게서 온 전화를 받는다. 겨우 그런 것도 카에데에게 있어서는 비일상적인 행위다. 그래서 잘해낸 다음에도 가슴이 계속 두근거리는 것이다.

그리고 그것은 카에데에게만 한정된 이야기가 아니다. 다른 이들도 며칠 동안 정신적으로 힘들어하는 경우가 얼마든지 있는 것이다. 카에데는 남들보다 그 영향을 크게 받는 것뿐이다.

카에데는 사쿠타의 시선을 받더니 영문을 모르겠다는 듯이 고개를 갸웃거렸다.

『몸과 마음이 놀란 상태는 시간이 경과하면 호전된대. 하지만 카에데 같은 케이스는 반복도 중요하다고 했어.』

"반복?"

『익숙하지 않은 행위라도 여러 번 반복하다 보면, 조금씩 특별하지 않게 되잖아? 그런 식으로 이게 일상적인 일이라는 인식을 심어주면 놀랄 필요가 없어진다는 거야. 그러니 한 번 해본 걸로 끝내지 말고 계속해보는 편이 좋을 거래.』

"그래서 전화를 한 거군요."

『응. 사쿠타가 맨션에 들어가는 모습이 베란다에서 보였거든. 사쿠타와 상의를 한 다음에 할까도 했지만…… 자신이 해냈다는 기억이 엷어지기 전에 또 해보는 편이 좋을 것 같았어. 카에데는 괜찮아 보여?』

사쿠타는 여전히 즐거워 보이는 카에데의 이마를 향해 손을 뻗었다.

약간 열이 있는 것 같지만, 아침부터 그랬기에 딱히 큰 변화는 없어 보였다. 사쿠타는 귀와 어깨 사이에 수화기를 끼우더니, 카에데의 팔을 잡고 소매를 걷어보았다. 손목과 팔꿈치 사이에는 여전히 멍이 남아 있었다. 하지만 최근 며칠 동안 멍은 서서히 옅어지고 있었다. 이제 거의 사라졌다.

　마지막으로 사쿠타는 카에데를 향해 「체온계」 하고 입만 벙긋거려서 말했다. 겨드랑이에 체온계를 끼우는 제스처를 하면서 말이다. 그러자 카에데는 「알았어요」 하고 말하면서 테이블 위에 놓인 체온계를 잠옷 안으로 집어넣었다.

　"겉보기에는 괜찮아 보여요. 오늘 아침보다 건강해진 것 같아요."

　『그렇구나.』

　카에데는 잠옷 사이로 체온계를 쳐다보았다. 잠시 후, 삐뼷 하는 전자음이 들렸다. 그러자 카에데는 체온계를 꺼내서 사쿠타에게 보여줬다. 사냥감을 잡은 고양이처럼 의기양양한 표정을 지으면서 말이다.

　체온계의 디지털 표시판에는 37.1이라는 숫자가 표시되어 있었다. 아직 미열이 있기는 하지만, 이번 주 들어서 가장 낮은 수치다. 전화 통화 직후에 바로 열이 났던 지난번에 비하면 상태가 꽤 호전되었다.

　한 번 해낸 것은 또 해낼 수 있으며, 그런 식으로 『성공』을 반복하다 보면 카에데의 내면에 존재하는 불안이 조금씩 가라앉을 것이다. 그게 반복되다 보면, 그 불안은 어느새 용기와 자신감으로 바뀌리라.

　그리고 그런 『성공』을 쌓아가다 보면, 카에데가 노트에 마지막으로 적은 『학교에 간다』라는 목표에도 다가갈 수 있을 거라고 믿고 싶다.

　마이 덕분에 시야를 자욱하게 가리고 있던 짙은 안개가 조금은 옅어진 것 같은 느낌이 들었다.

　아직 길도, 방향도, 주위의 경치도 보이지 않지만, 발치를 쳐다보며 한 걸음씩 확실하게 나아가는 것은 가능하리라.

　지금의 카에데는 그렇게 나아가려 하고 있었다.

　"마이 씨, 카에데를 신경 써줘서 고마워요."

　『괜찮아. 나한테도 책임이 있는걸.』

　카에데가 원한 것이라고는 해도, 카에데가 열이 난 것은 마이와도 직접적으로 연관이 있었다. 그렇기 때문에 신경이 쓰였다고 마이는 말하고 싶은 것 같았다. 하지만 그런 것은 방편에 불과했다. 카에데의 사정을 알면서 전화 연습에 어울려주는 것은 아무나 할 수 있는 일이 아니다. 그리고 그 탓에 쓰러지는 모습을 보고도 카에데를 위해 또 전화를 하는 것 또한 아무나 할 수 있는 일이 아니다. 보통은 주저하고 말 테니까 말이다.

　마이는 그런 점을 고려하며 카에데에게 어울려주고 있는 것이다. 그 사실이 기쁘게 느껴졌고, 믿음직했으며, 또한 사쿠타에게 안도감을 안겨줬다.

　『사쿠타도 무리하면 안 돼..』

　"예? 나 말이에요?"

　마이는 갑자기 화제를 약간 틀었다.

『옆에서 지켜보는 사람도 힘들잖아.』

"······."

『카에데가 변하려 하는 건 좋은 현상이지만, 앞으로도 이번처럼 열이 나거나, 상처 입는 일은 피할 수 없을 거라고 생각해. 그런 카에데의 모습을 곁에서 지켜보는 건 자기 자신이 괴로운 일을 겪는 것보다도 더 힘들 거야.』

역시 마이는 알고 있다. 노도카와 몸이 바뀌었을 때, 괜한 소리를 하지 않고 적당히 거리를 뒀던 마이가 하는 말은 묵직했다. 마이는 노도카가 진짜로 자신을 필요로 할 때 이외에는 그녀의 의지를 존중하며 멀찍이서 지켜보기만 했다.

마음속으로는 너무나도 걱정이 되었을 것이다. 말을 걸고 싶었을 것이다. 그런데도 노도카를 위해서 그러지 않은 것이다.

"뭐, 나는 괜찮아요."

『정말이야?』

"힘들 때는 마이 씨에게 어리광을 부릴 거니까요."

『그래서 기운이 난다면 받아줄게.』

화를 낼 줄 알았는데, 마이는 받아들여 줬다.

"어? 그래도 돼요?"

『자기 애인의 어리광 정도는 받아줘야 하지 않겠어?』

마이의 장난기 어린 목소리가 사쿠타의 귀를 희롱하듯 간질였다.

"우와~. 지금 바로 마이 씨를 만나고 싶어요."

『안 돼. 이제 목욕을 할 거야.』

"그 말을 들으니 더 만나고 싶은데요."

『지금은 참아. 카에데가 새로운 발표도 할 거니까 말이야.』

"그게 무슨 소리예요?"

마이는 카에데에게서 어떤 이야기를 들은 것 같았다.

『그건 카에데한테 들어.』

"흐음."

마이의 말만으로는 뭐가 어떻게 된 것인지 짐작조차 되지 않았다.

『그럼 끊을게. 잘 자.』

"아, 예. 잘 자요."

사쿠타가 반사적으로 대답을 하자, 전화가 끊어졌다. 마이는 이제부터 목욕을 할 거라고 말했다. 사쿠타는 그 광경을 상상하면서 수화기를 내려놓았다.

바로 그때였다.

"오빠, 드디어 완성했어요."

카에데는 몸을 앞쪽으로 숙이며 사쿠타에게 다가왔다.

어느새 그녀는 노트를 꼭 끌어안고 있었다.

"그거, 축하할 일이야?"

"축하할 일이에요."

"축하할 일인지 아닌지는 모르겠지만, 대체 뭐가 완성된 건데?"

"이거예요!"

카에데는 입으로「짜잔~」하고 효과음을 내면서 사쿠타의 얼굴을 향해 펼친 노트를 내밀었다.

그 노트에 적힌 내용을 위에서부터 차례차례 열거하자면……

—1. 귀여운 옷으로 갈아입는다(꼭 귀여운 옷을 입을 것!).

—2. 잠시 쉰다.

—3. 현관으로 이동한다.

—4. 잠시 쉰다.

—5. 신발을 신는다.

—6. 잠시 쉰다.

—7. 오빠의 등과 합체한다.

—8. 오빠 에너지를 보급한다.

—9. 그리고, 오빠와 함께 집 밖으로 나간다.

—또한, 카에데가 쓰러지면 오빠에게 안아달라고 한다(공주님 안기 방식으로!).

자, 무엇부터 태클을 걸면 좋을까.

우선 여기에 적혀 있는 것이 집 밖으로 나가기 위한 작전이라는 것은 알겠지만, 신경 쓰이는 포인트가 너무 많았다.

"유사시의 대처법도 준비해뒀어요."

"응. 그게 중요하지."

"예. 중요해요."

이대로 가다간 사쿠타는 꽤나 높은 확률로 카에데에게 공주님 안기를 해줘야 할 것 같았다.

"완벽해요."

카에데의 자신감은 대체 어디서 나오고 있는 것일까. 그 점이 수수께끼이기는 하지만, 카에데에게 의욕이 넘치는 것은 좋은 일이다. 매우 좋은 일이기에, 사쿠타는 카에데에게 태클을 걸지 않고 참았다. 방금 마이에게 카에데를 지켜보겠다고 이야기했었다. 그러니 여러모로 할 말이 있기는 하지만······.

"완벽한 작전이네."

······하고 사쿠타는 호평을 했다.

"예. 완벽한 작전이에요."

카에데는 한 점의 의심도 하지 않는 것처럼 순진무구한 미소를 지었다. 사쿠타는 그런 카에데의 미소를 쳐다보면서, 마이에게 어떻게 위로를 해달라고 할지 몰래 생각하기 시작했다.

3

토요일이 되자, 카에데의 열도 완전히 가라앉았다.

36.5도. 팔의 멍도 사라졌기에 일단 안심이 되었다.

다음 주에는 사흘 동안 중간고사 기간이다. 그래서 이번 주 주말에는 마이가 공부를 가르쳐주러 왔다. 그리고 마이는 자신이 입지 않는 옷을 가지고 와서 기운을 되찾은 카에데에게 그 옷들을 입혀봤다.

이것은 카에데가 짠 작전의 일환이다.

노트에 적힌 첫 번째 항목.

─1. 귀여운 옷으로 갈아입는다(꼭 귀여운 옷을 입을 것!).

이것을 실현하기 위해, 마이가 협력해주고 있는 것이다.

하지만 마이는 카에데에게 여러 가지 옷을 입히는 걸 계속 즐기기만 했다. 솔직히 말해 사쿠타보다 카에데를 더 신경 썼다. 그가 말을 걸어도「지금 바쁘니까 나중에 이야기하자」하고 말했다. 사쿠타에게 공부를 가르쳐주는 것은 겸사겸사, 라는 듯한 느낌이었다.

마이와 함께 온 노도카는…….

"언니한테서 옷을 물려받아서 좋겠네."

……하고 말하며 마이의 옷을 입은 카에데를 쳐다보았다.

"토요하마도 마이 씨한테 옷을 물려받으면 되잖아."

"나는 키가 작아서 어울리지 않아."

"스타일 면에서도 말이야."

사쿠타는 수학 문제를 풀면서 그 점을 지적했다.

"혹시 가슴 크기를 말하는 거야?"

"남자들이 보통 그런 점을 지적할 것 같아?"

"사쿠타는 보통 남자가 아니잖아."

노도카는 꽤나 날카로웠다. 물론 사쿠타는 가슴 크기를 말한 거지만 그냥 얼버무리고 넘어갔다. 카에데도 그 점에 있어서는 꽤나 빈약하지만, 키가 마이와 비슷하기에 의외로 그 옷들이 어울렸다.

아무튼, 이번 주말 동안 사쿠타의 집은 여성 비율이 높았다.

"그 문제, 모르겠으면 내가 가르쳐줄까?"

사쿠타가 펜을 놀리는 것을 멈추자, 노도카가 노트를 쳐다보았다.

"됐어. 마이 씨에게 가르쳐달라고 할 거야."

"언니는 오늘도 카에데만 신경 쓰고 있는데?"

"그럼 어쩔 수 없이 토요하마한테라도 배워야겠네."

"역시 안 가르쳐줄래."

"너무하네."

"확 대학에 떨어져버려."

"내가 떨어지면, 마이 씨가 슬퍼할 거라고."

노도카는 그 말을 듣더니 언짢은 표정으로 사쿠타를 노려보았다. 하지만 잠시 후······.

"······그건 이 공식으로 풀면 돼."

노도카는 귀찮다는 듯이 샤프로 교과서의 공식을 가리켰다. 연습용으로 비슷한 문제를 짜줬고, 사쿠타가 그걸 풀자 칭찬해줬다.

"사쿠타도 하려고 마음만 먹으면 할 수 있잖아."

"뭐, 이 정도야 누구나 다 할 수 있을 거라고."

"꼭 그렇게 남의 말을 비꼬아야겠어? 정말 짜증 난다니깐."

현역 아이돌과 공부를 한 덕분일까, 월요일부터 시작된 중간고사에서는 술술 해답란을 채울 수 있었다.

"노도카 선생님에게 감사해야겠는걸."

고학력 아이돌 노선으로 나가는 것도 진짜로 괜찮을지 모른다.

사쿠타가 이렇게 문제를 술술 풀며 시험 기간을 보내는 사이, 카에데는 마이에게서 물려받은 옷을 입고 집 안에서 지냈다. 이것도 집 밖으로 나가기 위한 준비의 일환이다. 방에서는 항상 잠옷을 입고 생활했기에, 이런 외출복에도 익숙해지자는 작전이다.

사소한 일이지만, 이 사소한 일을 하나하나 클리어 하는 것에 의미가 있다.

실제로 카에데는 외출복을 입고 있을 때는 판다 무늬 잠옷을 입었을 때보다 등을 꼿꼿이 폈다. 그리고 단정한 태도를 취하려고 노력하는 것 같았다.

카에데는 하루 종일 외출복 차림으로 지낸 후…….

"왠지 오늘은 피곤해요."

……하고 말하며 오후 여덟 시에 잠들었다.

하지만 다음 날이 되자 멀쩡해졌으며, 오늘은 뭘 입을지

고민했다. 카에데는 꽤나 즐거워 보였다.

"그런 고민이 들 정도로 옷을 많이 받은 거야?"

"잔뜩 받았어요!"

카에데의 방에 있는 옷걸이에는 처음 보는 옷이 잔뜩 걸려 있었다. 마이의 집에 있던 옷을 산타클로스처럼 짊어지고 옮긴 사람은 사쿠타이기에 양이 상당하다는 것은 알고 있었지만, 그걸 전부 받았을 줄은 몰랐다.

"마이 씨에게 고맙다고 해야겠네."

"예. 엄청 말해야 할 것 같아요."

그날 이후, 마이는 카에데가 전화 통화에 익숙해질 수 있도록 매일같이 전화를 해줬다. 카에데는 그때마다 마이에게 고맙다는 말을 했다.

"마이 씨, 고마워요. 카에데는 정말 기뻐요."

그러는 사이, 사흘 동안 치러진 중간고사도 끝났다. 모든 과목에서 만족스러운 결과를 기대해도 될 것 같았다.

카에데 또한 집 밖으로 나갈 준비가 착착 진행되고 있었다.

그리고 이제 때가 된 것 같다고 생각하던 사쿠타는 시험 최종일 밤에 작전 결행의 순간을 맞이했다.

사쿠타가 아르바이트를 끝내고 돌아와 보니⋯⋯.

"카에데, 지금부터 집 밖으로 나가 볼까 해요."

카에데가 그렇게 말한 것이다.

사쿠타는 벗었던 신발을 다시 신었다. 그리고 가방만 현관에 됐다.

"좋아. 가자."

사쿠타는 주저 없이 카에데에게 그렇게 말했다.

"예! 가죠!"

쇠뿔도 단김에 빼라는 말이 있다. 해볼 마음이 생겼으면 바로 해보는 편이 좋으리라. 카에데가 이렇게 열의를 불태우는 순간을 놓칠 수는 없다. 지금이 바로 가장 좋은 타이밍인 것이다. 최근 며칠 동안 시험공부를 하느라 피곤하다든가, 아르바이트를 하고 와서 좀 졸리다, 같은 걸 신경 쓸 때가 아닌 것이다.

"가장 먼저 해야 하는 건 귀여운 옷으로 갈아입는 거였지."

사쿠타는 현관에 깔린 매트 위에 서 있는 카에데를 쳐다보았다. 그녀는 마이에게서 물려받은 옷을 입고 있었다. 헐렁한 느낌의 긴소매 원피스다. 내추럴한 색깔을 띠고 있으며, 치마 부분에는 귀여운 체크무늬가 새겨져 있다. 옷자락은 무릎 아랫부분까지 가렸다. 머리에는 귀가 축 처진 토끼를 연상케 하는 디자인을 지닌 니트 모자를 쓰고 있었다. 이런 복장을 예전에 본 텔레비전 방송에서 모리걸[#1]이라고 말했다.

카에데의 내성적인 성격과 불가사의하게도 잘 어울리는

#1 **모리걸(森ガール)** 숲이라는 뜻의 모리(森)와 걸(Girl)을 합쳐 만든 신조어로, 숲속에 있을 법한 느낌의 여자애를 테마로 한 여성 패션 스타일.

느낌이 들었다.

"귀여운 옷을 입었어요."

본인도 마음에 든 것 같았다.

"휴식은 취했어?"

"엄청 쉬었어요."

"그럼 다음은 신발이네."

사쿠타는 카에데가 세운 작전을 떠올리면서 신발장을 열어보았다. 카에데의 복장에 어울리는 신발을 골라서 그녀 앞에 놓았다.

카에데는 현관에 걸터앉더니, 신발을 신었다. 좀 시간이 걸리기는 했지만, 신발을 다 신었다.

하지만 몸을 일으킨 카에데는 발을 꿈틀거렸다.

"신발이 작은 거야?"

오랫동안 신지 않았으니 사이즈가 맞지 않을지도 모른다.

카에데는 그 말을 듣더니 고개를 저었다.

"왠지 감촉이 좀 신선하게 느껴진 것뿐이에요."

카에데는 이 집으로 이사 온 다음부터 한 번도 외출하지 않았다. 신발을 신고 그런 느낌을 받는 것도 무리는 아닐지도 모른다.

카에데는 두 팔을 살며시 벌리더니, 심호흡을 했다. 한 번…… 두 번…… 세 번을 한 다음, 사쿠타를 올려다보았다. 그런 카에데의 눈빛은 결의로 가득 차 있었다.

"다음은 오빠의 등과 합체하겠어요."

"그게 어떤 상태인지 일단 물어봐도 될까?"

"이렇게, 꽉 달라붙을 거예요."

카에데는 매달리는 제스처를 취했다.

"응. 알았어."

실은 전혀 모르겠지만, 설명 도중에 카에데의 텐션이 떨어질 수도 있다. 그리고 해보면 알 수 있으니, 합체의 의미를 알지 못하더라도 큰 문제는 없다.

사쿠타는 카에데의 앞에서 뒤돌아섰다.

그러자 카에데는 사쿠타에게 찰싹 달라붙었다. 그리고 양손을 사쿠타의 몸에 둘러, 그가 꼼짝도 못 하게 했다.

"이렇게 꽉 달라붙는 거야?"

마치 저먼 스플렉스를 펼치려는 것 같았다.

"꽉 달라붙을 거예요."

카에데가 사쿠타의 등에 얼굴을 묻은 탓에 그녀의 목소리는 가라앉아 있었다. 그런 그녀의 목소리가 희미하게 떨리는 것처럼 느껴진 것은 아마 기분 탓이 아니리라.

등에 닿은 카에데의 가슴을 통해 그녀의 심장 박동이 느껴졌다. 사쿠타의 심장보다 훨씬 빠르게 뛰고 있었다.

그리고 그런 자세를 유지한 채로 약 3분이 흘렀다.

"어이, 카에데."

"예."

"지금 오빠 에너지를 보급하고 있는 거지?"

"50퍼센트 채워졌어요."

"다 차는 데 얼마나 걸려?"

"5분 정도 걸려요."

카에데는 단호한 어조로 말했다.

5분 정도라면 기다려줘도 될 것이다.

그렇게 생각한 사쿠타는 현관에서 여동생에게 꼼짝도 못하게 잡힌 채로 5분 동안 대기했다.

도중에 「나는 대체 뭘 하고 있는 걸까」 하는 의문이 머릿속을 스쳤지만, 신경 쓰지 않기로 했다. 이 세상에는 깊이 생각하지 않는 편이 나은 것도 있으니까 말이다.

그런 생각을 하는 사이, 5분이 지났다.

"카에데, 어떻게 되어가고 있어?"

"5, 5분만 더 기다려주세요."

"정 무서우면 오늘은 이쯤에서 끝내는 게 어떨까?"

시간이 경과될수록, 카에데의 몸은 더욱 떨리고 있었다.

"신발을 신은 것만으로도 충분한 성과라고."

"시, 싫어요!"

목소리는 떨리지만, 카에데의 의지는 확고했다. 주눅이 든 상태에서 허세를 부리는 것 같았다.

"카에데는, 무서워요."

그것은 사쿠타도 알고 있다. 알고 있기 때문에 전략적 후퇴를 타진한 것이다.

"카에데는, 영영 이대로일까 싶어서 무서워요."

"……."

아무래도 무섭다는 말의 의미를 오해한 것 같았다.

"쭉, 이대로일지도 모른다고 생각하니 무서워요."

"그렇구나."

"집은 정말 좋아해요. 나스노와 집을 지키는 것도 싫지 않아요. 밖에 나가는 게 무서워요. 무섭지만…… 쭉, 집 밖에 나가지 못하는 게 더 무서워요."

카에데가 쥐어짜 낸 그 마음을…….

"그렇구나. 그럴지도 몰라."

사쿠타는 받아줄 수밖에 없었다.

카에데의 마음을 이해한다고 말할 생각은 없다. 말할 수 있을 리도 없지만, 눈을 돌린 바람에 커져만 가는 불안이 존재한다는 것은 알고 있다. 싫은 일로부터 도망친 바람에 생겨나는 공포가 존재한다는 사실을 사쿠타는 알고 있다.

그것은 시험이 코앞까지 다가왔는데도 공부를 하지 않을 때 접하는 그 심란한 느낌과 비슷할 것이다. 공부를 하지 않아서 편하지만, 아무리 놀아도 즐겁지가 않다.

그것과 비슷한, 하지만 더 큰 불안을 카에데는 항상 집에서 느끼고 있었으리라.

그것이 카에데가 떨고 있는 이유다. 미친 듯이 심장이 뛰고 있는 이유다. 멈춰 서 있다는 사실에서 비롯된 불안이 카에데를 괴롭히는 것이다.

그것을 없애기 위해서는 집 밖으로 나간다고 하는 목표를 달성할 수밖에 없다.

"카에데, 문을 열게."

다소 지나친 느낌이 들기는 하지만, 카에데에게는 이런 식으로 누군가가 도와줄 필요가 있다는 생각이 들었다.

"아, 예."

카에데는 싫다고 말하지 않았다. 거부하지도 않았다.

카에데의 심장이 더욱 크게 뛰었다. 몸을 완전히 밀착시키고 있기에, 사쿠타는 카에데의 심장 박동이 자기 몸의 일부처럼 느껴졌다.

긴장감이 사쿠타의 몸을 지배했다.

하지만 사쿠타는 문손잡이를 향해 손을 뻗었다. 사쿠타는 문손잡이를 조용히 돌렸다. 그리고 천천히 문을 밀었다. 바깥의 공기가 문틈을 통해 스며들어 왔다. 카에데도 그 공기를 느꼈을까.

"문 열었어."

"열었나요."

사쿠타는 도어 스토퍼로 열린 문을 고정했다.

"카에데, 뭐 하나만 물어봐도 될까?"

"예."

"앞이 보여?"

등을 통해 느껴지는 밀착 상태를 통해 상상을 해볼 때, 앞이 보일 리가 없다. 카에데는 사쿠타의 등에 찰싹 붙어 있기 때문이다. 숨결도 느껴지는 것을 보면, 얼굴을 사쿠타의 등에 완전히 묻고 있는 것이리라.

"무서워서 눈을 감고 있거든요. 전혀 보이지 않아요."

"그렇구나. 알았어."

문제는 시야가 아니었다. 눈을 감고 있으니 앞이 보일 리가 없다. 게다가 카에데의 작전은 처음부터 눈을 감는 것을 전제로 짠 것 같았다. 그렇기에 카에데는 주저 없이 그렇게 대답했다.

"그럼 천천히 나아갈게."

사쿠타는 현관 밖으로 나가기 위해 한 걸음 내디뎠다.

카에데는 사쿠타의 등에 찰싹 붙은 채 끌려가듯 움직였다.

"오, 오빠."

"왜?"

"지, 지금, 밖인가요?"

"아직 현관이야."

사쿠타는 한 걸음 더 내디뎠다.

카에데의 몸도 그만큼 앞으로 나아갔다.

"이제 밖이죠?"

"아직 나가려면 멀었어."

또 한 걸음 내디뎠다. 카에데도 한 걸음 내디뎠다.

그리고 사쿠타가 또 한 걸음 내딛자, 카에데도 엉거주춤 한 걸음 내디뎠다.

그리고 앞으로 나아가면 갈수록 카에데의 발은 무거워졌다. 사쿠타가 발을 내딛지 못하게 막으려 하는 것만 같았다. 사쿠타를 잡은 팔에 힘이 들어갔고, 카에데의 떨림은 그의 몸까지 전해졌다.

"카에데, 곧 밖이야."

"기, 기다려주세요, 오빠."

카에데는 더욱 몸을 떨었다. 이제 떨림을 억누르는 것조차 힘들어 보였다.

"저, 저기!"

그렇기에, 사쿠타를 말리는 카에데가 무슨 말을 하려는 것인지는 듣지 않아도 알 수 있었다.

"더, 더는 못 하겠어요……. 무리예요. 한 걸음도 못 내디디겠어요."

카에데의 몸은 더욱 떨렸다.

"알았어. 그러면 나도 움직이지 않을게."

"역시, 관둘래요……. 카에데 따위가 집 밖에 나가려고 하다니…… 10년은 일러요."

"10년이나 이른지는 모르겠지만, 카에데는 오늘 충분히 최선을 다했어."

"아뇨. 카에데의 생각이 물렀어요."

카에데는 사쿠타의 등에 자신의 이마를 비볐다.

"뭐, 오늘은 느긋하게 목욕이나 하고 쉬자. 그리고 다음에 도전해보는 거야."

"예⋯⋯."

카에데는 풀이 죽은 목소리로 그렇게 말했다.

그와 동시에 카에데가 사쿠타에게서 떨어졌다. 그리고 다음 순간⋯⋯.

"어, 어라?"

카에데는 의문에 찬 목소리로 그렇게 말했다.

"왜 그래?"

사쿠타는 시치미를 떼면서 카에데를 돌아보았다.

"그, 그게⋯⋯."

카에데는 말을 잇지 못하며 자신의 발치를 쳐다보더니, 그리고 뭔가를 확인하려는 듯한 눈길로 사쿠타를 쳐다보았다.

카에데가 그러는 이유는 주위를 쳐다보면 한눈에 알 수 있었다.

"오빠, 여기는⋯⋯."

"밖이야."

그렇다. 카에데가 서 있는 곳은 이미 현관 밖이었다.

겨우 한 걸음. 아직 현관문이 활짝 열려 있는 상태. 하지만 카에데는 자신의 발로 현관 밖에 서 있었다. 그것은 엄연한 진실이었다.

"오빠, 저를 속인 거죠?!"

"그래. 속였어."

보조 바퀴 없이 자전거를 탈 때와 같은 원리다. 실제로 카에데는 어릴 적에 그 방법으로 자전거를 탈 수 있게 되었다. 직접 밸런스를 잡을 수 있게 될 때까지, 아버지가 뒤편에서 자전거를 잡아줬다. 카에데가 몇 번이나 「놓지 마, 놓지 마…….」 하고 말할 때마다 아버지는 「알았다, 알았어」 하고 대답했지만, 실은 예전에 놨던 것이다. 카에데가 탄 자전거는 아버지가 잡아주지 않는데도 일직선으로 쭉쭉 나아갔다.

눈치채고 보면 별것 아니다.

카에데는 겁이 좀 많은 편이기 때문에 스스로 문제를 크게 만드는 경향이 있다.

즉, 지금 서 있는 곳이 밖이라는 사실을 모른다면 카에데는 이렇게 밖에 나갈 수 있는 것이다.

카에데에게 부족한 것은 약간의 자신감이다.

그리고 사쿠타는 카에데가 약간의 자신감을 가질 수 있도록 조그마한 거짓말을 했다.

"카, 카에데는……."

카에데는 후들거리면서 그대로 주저앉았다.

너무 놀라서 다리가 풀려버린 듯한 표정을 짓고 있는 카에데의 얼굴이 점점 일그러지더니, 곧 울먹거리기 시작했다.

"우에에에엥."

그리고 카에데는 갑작스러운 일 때문에 화들짝 놀란 어린 애처럼 엉엉 울기 시작했다.

"어, 어이, 카에데?!"

카에데가 뜻밖의 반응을 보이자, 사쿠타는 당황했다.

"우에에에엥."

카에데는 엉엉 울어댔다.

"거짓말을 해서 미안해."

사쿠타는 몸을 숙이더니, 카에데의 머리를 쓰다듬어줬다. 몇 번이나 쓰다듬어줬다.

카에데는 그런 사쿠타를 꼭 끌어안았다.

"우에에에에엥, 오빠가…… 오빠가…….'"

"진짜로 잘못했어."

"아…… 아니에요!"

카에데는 눈물을 흘리며 「아니에요」라는 말만 계속했다. 몇 번이고, 몇 번이고 말했다.

"뭐가 아니라는 거야?"

카에데는 딸꾹질 같은 오열을 삼키며 울음을 참으려 했다. 하지만 뜻대로 되지 않았다. 결국 카에데는 설명을 하지 못했다.

"카에데는…… 우에에에에엥…….'"

"응."

"카에데는…… 집 밖에……."

"응."

"카에데는, 집 밖에, 나와서 기뻐요. 우에에에에에엥!"

사쿠타는 여동생의 오열을 듣더니, 코를 훌쩍이며 울음을 참았다.

4

그로부터 며칠 동안 기쁜 일이 연달아 일어났다.

집 밖으로 나가는 데 성공한 카에데는 이틀 후에는 엘리베이터 앞에 가는 데 성공했고, 나흘 후에는 1층에 있는 오토 록 문을 여는 데 성공했다.

새로운 무언가에 성공한 다음 날에는 몸에 열이 났으며, 팔과 다리에 새로운 멍이 생겼다. 하지만 하룻밤 지나고 나면 대부분 가라앉았으며, 카에데는 미소를 지으며 더 먼 곳까지 가는 것을 원했다.

한 번의 『성공』이, 카에데에게 자신감을 안겨줬다.

그렇다. 카에데의 미소가, 그렇게 말하고 있었다.

이틀 전에는 마이의 집에 찾아가서 저녁을 먹었다. 어제는 근처 공원에 갔다.

전부 사쿠타가 함께 해주지 않았다면 불가능했겠지만, 카에데는 직접 앞을 바라보며 걸음을 옮길 수 있게 되었다.

하지만 처음 보는 타인은 무서운지, 같은 맨션의 주민이 옆을 지나가거나 밖에서 통행인과 마주치면 카에데의 몸은 경직되었다. 시선이 마주치면 위축되었으며, 한시라도 빨리 집으로 돌아가고 싶어 했다.

그런 날에는 열이 나거나 멍이 생겼다.

그렇기 때문에 아직은 마냥 좋아할 수 없다. 아직 앞으로 어떻게 될지 예측을 할 수 없는 상황이었다. 하지만 카에데 는 집 밖에 나가고 싶어 했고, 밖에 나갈 때마다 예전보다 먼 곳까지 갈 수 있게 되었다.

사쿠타는 그 사실이 기쁘기 그지없었다. 마음이 들뜨고 있다는 사실을 스스로도 알 수 있었다. 솔직히 말해 이 기 쁨을 다른 이들에게도 나눠주고 싶을 지경이었다.

카에데가 사쿠타를 그런 기분으로 만든 것이다.

10월 31일, 금요일.

이 날의 오후 수업이 끝나자, 사쿠타는 이 기쁨을 다른 이와 함께 나누기 위해 물리 실험실에 얼굴을 비쳤다.

카에데의 성장을 리오에게 일방적으로 들려주기 위해서 말이다. 참고로 리오에게 거부권은 없었다.

사쿠타는 약 10분 동안 계속 주절댔다. 그리고 그 이야기 가 겨우 끝나자…….

"역시, 아즈사가와. 시스콤 돼지 꿀꿀이답네."

리오는 입을 열자마자 그렇게 말했다.

"누가 시스콤이라는 거야?"

시스콤은 노도카 한 명으로 충분하다.

"고등학교 2학년 남학생이 두 살 어린 여동생 이야기를 이만큼 할 수 있다는 것만으로도 시스콤 소질은 충분할걸?"

"그래?"

"자각이 없다니, 더 심각하네."

리오는 한숨을 짤막하게 내쉬었다.

"뭐, 이번만큼은 무리도 아니겠지만 말이야."

"그렇지?"

그도 그럴 것이, 카에데가 외출에 성공한 것이다. 그것도 자기가 밖에 나가고 싶다며 목표를 만들고, 작전을 세우더니, 결국 성공한 것이다. 이 상황에서 기뻐하지 않는 오빠는 오빠가 아닐 것이다. 귀신이나 악마 같은 괴물이리라.

"아무튼 정말 잘됐어."

"후타바도 시간 날 때 우리 집에 와. 카에데가 만나고 싶어 하거든."

"정말이야?"

"후타바는 모르는 게 없는 대단한 사람 같다고 말했다니깐."

여름 방학 때, 리오는 피치 못할 사정이 있어서 사쿠타의 집에서 지냈기에 카에데와 꽤 접점이 있었다. 그때 리오는 카에데에게 공부를 가르쳐줬을 뿐만 아니라, 과학과 관련된 재미있는 이야기도 해준 것 같았다.

"내키면 갈게."

리오는 무뚝뚝한 목소리로 그렇게 말했지만, 왠지 꽤 기뻐 보였다. 그런 리오는 아까부터 포스트잇에 뭔가를 적고 있었다.

그리고 다 적은 포스트잇을 떼더니, 실험 테이블 위에 놓인 패널에 붙였다.

"이거, 문화제 때 전시할 거야?"

오늘은 10월 31일이다. 문화제 사흘 전이기에 학교 전체가 문화제 준비로 시끌벅적했다.

"그래."

패널에는 실험 리포트가 자세하게 적혀 있었다. 포스트잇은 패널이 섞이는 걸 막기 위해 붙여둔 것 같았다.

"이걸 뒤쪽 선반에 세워줘."

리오는 포스터만 한 패널을 사쿠타에게 건넸다.

"알았어."

사쿠타는 몸을 일으키더니, 패널을 교실 뒤편에 세웠다.

"10센티미터 정도 오른쪽으로 옮겨."

리오는 의외로 까다로웠다.

"휘어졌잖아."

"……"

사쿠타는 패널을 똑바로 펴서 세워놓았다.

"이제 됐지?"

사쿠타는 불만을 약간 느끼면서 리오의 곁으로 돌아갔다.

"고마워."

리오는 그렇게 말하면서 비커에 담긴 커피를 실험 테이블 위에 놓았다. 사쿠타는 그것을 감사히 받았다. 아까 느꼈던 불만은 순식간에 사라졌다.

사쿠타는 검고 쓴 액체로 목을 축이면서 교실 안을 둘러보았다. 벽을 따라 줄지어 놓여 있는 실험 리포트 패널은 총 열두 개였다. 과학부 부원은 리오 한 명뿐이라는 점을 고려하면 멋진 성과라 할 수 있으리라.

사쿠타가 리오에게 그렇게 말하자…….

"부원이 나 한 명뿐이기 때문에 활동 실적이 필요한 거야."

……하고 말했다. 언제 폐부가 되어도 이상하지 않은 처지라는 사실은 이전에도 들은 적이 있다. 일반적으로 부활동으로 인정받기 위해서는 부원이 다섯 명 이상이어야 한다고 한다. 과학부는 원래 인원수가 충분했다가 줄어든 경우이기 때문에 아직 존속되고 있는 것이다.

"이걸 보러 올 녀석이 있긴 해?"

솔직히 말해 고교생이 보고 좋아할 만한 것이 아니다. 적어도 즐거운 문화제 당일에 보고 싶을 만한 것은 아니라는 생각이 들었다. 문화제 날에도 지긋지긋한 공부를 하는 느낌이 마구마구 들 테니까 말이다.

그리고 물리 실험실의 위치도 좋지 않았다. 변두리에 있으니 지나가다 보고 들어오는 사람도 없을 것이다.

"그래도 작년에는 보러 온 사람이 몇 명 있었어."

"그중 한 명은 쿠니미지?"

"전부 다 관심 있게 지켜봐 준 사람은 쿠니미뿐이었어."

"정말 짜증 나는 녀석이라니깐."

"그래?"

"하는 짓거리가 하나같이 매력적이잖아."

"그건 부정하지 않을게."

"그렇지?"

"그래도 가장 오래 있어준 사람은 아즈사가와였어."

"그랬었나?"

"시치미 떼기는."

"……."

"뭐, 아즈사가와는 갈 곳이 없었던 거겠지만 말이야."

"내 문화제 트라우마를 자극하지 마."

같이 문화제를 즐길 친구도 없고, 반에서도 고립된 인간은 문화제 당일에 어디에 가면 좋을까. 교육 관계자들은 좀 더 다양한 처지의 학생들을 고려해가며 행사를 준비해줬으면 한다. 공동생활과 집단행동에 익숙해지는 것은 물론 중요하지만, 서로의 영역에 간섭하지 않는 것도 협조성이니까 말이다.

"하지만 올해 문화제는 즐길 수 있잖아?"

"응?"

"사쿠라지마 선배가 있으니까 말이야."

"같이 다녔다간 너무 눈에 띌 것 같아서 좀 싫다고."

"전교생 앞에서 고백한 아즈사가와가 이제 와서 그런 소리를 하는 거야? 공중파 방송에 자기 사진이 나왔는데도 태연하기에 그런 건 신경 쓰지 않는 줄 알았어."

"그건 모자이크 처리가 됐다고."

인터넷상에서 돌아다니는 사진에는 모자이크 처리가 되어 있지 않지만 말이다.

"맞다. 사쿠라지마 선배 이야기를 하다 생각난 건데……."

"응?"

"아까 카에데의 이야기를 듣고 문득 생각했어. 선배에게는 이야기를 한 거야?"

리오는 노골적으로 화제를 돌렸다. 안경 렌즈 너머에서 사쿠타를 쳐다보는 그녀의 눈은 진지했다. 진지하게 사쿠타를 걱정하고 있었다.

"뭐 말이야?"

"카에데의 그 일 말이야."

리오는 의미심장한 목소리로 그렇게 말했다. 사쿠타는 리오가 무슨 말을 하는 것인지 눈치챘다.

"……."

"아직 이야기 안 했구나."

"아직은 지금 이대로가 괜찮을 거라고 생각해."

"뭐, 그건…… 그럴지도 몰라. 알게 된다면 태도가 달라질 것 같으니까 말이야."

"마이 씨라면 그걸 알고도 계속 자연스럽게 대해줄 거야."

마이는 아역 시절부터 활약해온 본격적인 여배우다. 아마 마이가 진심으로 거짓말을 한다면, 사쿠타는 눈치채지 못하리라.

"때가 되면 이야기할 생각이야."

"그렇구나. 그럼 더는 아무 말도 하지 않을게."

"걱정해줘서 고마워."

"사쿠라지마 선배와 다툰 걸로 나와 상의하러 오기라도 하면 귀찮거든."

리오가 농담인지 진담인지 분간이 안 되는 말을 하자, 사쿠타는 소리 내어 웃었다.

5

11월이 되자, 기온이 내려가며 겨울이 다가온 느낌이 물씬 들었다.

교내에서는 블레이저 교복을 입지 않은 학생을 찾아볼 수 없게 되었으며, 부활동을 하는 학생들도 체육복 상하의를 전부 입었다.

얼마 전까지만 해도 파릇파릇하던 근처 공원의 나무들도 어느새 단풍이 들기 시작했다. 차가운 바람이 불 때마다 성질 급한 은행나무와 느티나무에서 잎이 떨어졌다.

계절이 깊어가고 있는 11월 3일. 문화의 날.

미네가하라 고교에서는 문화제가 개최되었다.

이 날은 중학생인 쇼코가 놀러 왔기에, 사쿠타는 그녀에게 교내를 안내해줬다.

"진짜로 교실 창문을 통해 바다를 볼 수 있군요."

창가에 선 쇼코는 감격한 듯한 표정을 지었다.

"저도 이 학교에 다닐 수 있다면 좋겠어요."

쇼코는 그런 감상을 입에 담았다.

그 말이 사쿠타의 가슴을 울린 것은 쇼코가 위중한 병에 걸렸다는 사실을 알기 때문이다. 의사가 말해준 쇼코의 남은 목숨은 길지 않다. 중학교를 졸업할 수 있을지 없을지도 확실치 않은 것이다…….

"아, 그래도 수업 시간에 바다만 쳐다봐서 집중이 안 될지도 모르겠네요."

멋쩍은 미소를 짓고 있는 쇼코의 얼굴에 비장한 느낌은 감돌지 않았다. 고교생이 된 자신을 상상하고 있는 것처럼 미소를 짓고 있었다.

"나도 바다만 보느라 수업을 듣지 않으니까 괜찮아."

"하나도 괜찮지 않거든요? 수업에 집중하세요."

연하인 쇼코는 누나처럼 사쿠타를 꾸짖었다.

"뭐, 진학할 대학도 정했으니까 노력해야겠지~."

"대학……. 만약 제가 미네가하라 고교에 합격하더라도, 사쿠타 씨는 이 학교에 없겠네요."

쇼코는 약간 유감스러운 듯한 어조로 그렇게 말했다.

"뭐, 유급을 하지 않는 한 말이야."

"사, 사쿠타 씨, 유급하지 말고 제때 졸업해주세요."

쇼코는 사쿠타의 말이 농담처럼 들리지 않았는지, 필사적인 어조로 그렇게 말했다.

그 외에는 마이와 함께 시간을 보내거나, 토모에가 하는 귀신의 집에 가서 「끄아~」 하고 일부러 비명을 지르거나, 리오의 전시를 보러 가며, 사쿠타는 시간을 보냈다.

토모에는 반의 분위기가 나빠져 난처한 상황에 처했지만, 친구들이 도와준 덕분에 어찌어찌 무사히 넘긴 것 같았다.

"아직 서먹서먹하기는 하지만, 어떻게든 될 것 같아……."

"우리 반은 나 때문에 분위기가 나빠지는 것 같거든? 토모에는 나보다는 상황이 나으니까 아마 괜찮을 거야."

"그건 또 무슨 소리야?"

"우리 반에서 하는 프리마켓의 점원을 하고 있을 때, 쿠니미의 애인한테서 그런 소리를 들었어."

"선배는 정말 대단하네."

"기왕이면 나한테 대놓고 그런 소리를 하는 쿠니미의 애인을 칭찬해줘."

"동급생이 그런 소리를 하게 만드는 게 정말 대단해."

유감스럽게도 토모에와의 논의는 평행선을 이루며 끝났다.

그 외에는 매년 운동부가 돌아가며 개최하는 미인 대회를 둘러싸고 다소 귀찮은 일에 휘말린 게 다다. 다 끝나고 나니 작년과 별반 차이가 없는 문화제였다.

그런 문화제가 끝난 후, 교내의 분위기는 축제의 여운에 잠기지 않은 채 현실을 향해 되돌아가고 있었다.

이성에게 인기를 얻으려고 급조된 밴드는 바로 해산했으며, 축제의 분위기에 휩쓸려 급격히 늘어난 커플만이 은근슬쩍 남아 있었다.

일주일 정도 지나자, 교실에서 문화제 이야기를 하는 이는 없어졌다. 화제라는 것은 순식간에 바뀐다. 코미디언의 인기도 석 달을 버티지 못하는 시대인 것이다.

그런 나날 속에서도, 사쿠타는 여전히 카에데의 특훈을 돕고 있었다.

11월 초순의 약 열흘 동안, 카에데의 행동 범위는 급속도로 넓어졌다. 어제는 드디어 에노시마 전철의 이시가미 역까지 갈 수 있게 되었다. 가장 가까운 역인 후지사와 역에 가지 않은 것은 전철 세 개가 교차되는 거대한 역이라 이용객이 많기 때문에 카에데가 당혹스러워할 거라고 판단했기 때문이다.

이시가미 역에 도착한 열차를 쳐다보고 있을 때…….

"이걸 타면 바다에 갈 수 있나요?"

카에데는 기대에 찬 눈길로 사쿠타를 쳐다보며 물었다.

"응. 그래."

"카에데, 바다가 보고 싶어요."

"그럼 가볼까?"

"오. 오늘은 이만 돌아갈래요."

열차에서 내린 사람과 눈이 마주친 카에데는 사쿠타의 팔을 움켜잡았다.

"알았어."

사쿠타는 집으로 돌아가며, 카에데와 바다에 가는 날이 그렇게 멀지 않다고 느꼈다.

그리고 그 생각은 진짜로 현실이 되었다.

엿새 후인 11월 16일. 일요일. 날씨는 맑음.

사쿠타가 카에데와 함께 이시가미 역에서 탄 에노시마 전철의 열차는 상상했던 것보다 더 한산했다.

계절이 겨울로 변해가는 시기인 만큼 관광객의 발길 또한 에노시마와 그 주변 바다에서 멀어진 것일지도 모른다.

사쿠타는 빈자리에 카에데와 나란히 앉았다.

카에데는 자리에 앉은 후에도 사쿠타의 팔을 한사코 놓지 않았다. 조그마한 동물처럼 경계심을 드러내며 맞은편에 앉아 있는 아주머니 집단이나 입구 부근에 서 있는 여자 대학생 그룹을 관찰하고 있었다. 그리고 누군가와 시선이 마주치면…….

"혹시 카에데가 이상해 보이나요?"

……하고 물었다.

카에데는 집 밖에 나가게 된 다음부터 매일같이 이 질문을 던졌다. 타인의 시선을 신경 쓰고 있는 것이다.

"괜찮아."

"하지만 왠지 뜨뜻미지근한 시선이 느껴져요."

"카에데가 코알라처럼 나한테 붙어 있으니까 쳐다보는 거야."

"하지만 카에데는 오빠한테서 떨어지면 죽어요."

카에데는 비장감 넘치는 표정으로 사쿠타를 쳐다보았다. 농담을 하는 기색은 전혀 없었다. 카에데는 진지 그 자체였다. 절대로 사쿠타에게서 떨어지지 않겠다는 듯이, 팔에 힘을 주고 있었다.

"그럼 뜨뜻미지근한 시선을 계속 받으면 되겠네."

"예. 겨울이니까 찬 것보다는 따뜻한 게 좋아요."

열차가 에노시마 역에 도착했다. 승객의 절반 정도가 내렸고, 비슷한 숫자가 열차에 탔다.

그중에는 휴일인데도 불구하고 중학생 교복을 입은 여자애가 몇 명 있었다. 그 집단을 본 카에데는 사쿠타에게 더욱 세게 매달렸다.

카에데는 누구와도 시선이 마주치지 않기 위해 몸을 웅크렸다. 동년배 여자애들을 보고 부담감을 느끼고 있는 것 같았다. 그들은 교복을 입고 매일같이 학교에 가지만, 카에데는 그럴 수 없다. 지금은 아직 그럴 수가 없는 것이다.

다들 당연하게 해내는 일을 해내지 못하고 있으니, 카에데는 상상을 초월하는 괴로움을 맛보고 있을 것이다. 카에데는 오늘 들어 가장 큰 두려움을 느끼고 있었다.

그러는 사이, 열차는 다음 역인 고시고에 역에 정차한 다음 또 달리기 시작했다.

"카에데, 창문 밖을 봐."

사쿠타는 카에데에게 좌석 뒤편에 있는 창문을 보라고 말했다. 에노시마 전철을 탔으면서 바깥 경치를 안 본다면 손해니까 말이다.

"어째서죠?"

"속는 셈 치고 봐봐."

사쿠타가 그렇게 말하자, 카에데는 머뭇거리면서 창밖을 쳐다보았다.

그 직후, 집과 집 사이로 달리던 열차가 바닷가의 철로를 달리기 시작했다.

"와아."

카에데는 작디작은 환성을 질렀다. 입만은 활짝 벌리고

있었다. 오늘은 날씨가 좋았기에, 해수면이 햇빛을 반사하며 새하얗게 빛나고 있었다. 그리고 맑디맑은 가을 하늘이 바다 위에 펼쳐져 있었다. 그런 하늘과 바다를 가르는 한줄기 수평선이 신비적이었다.

"바, 바다예요."

카에데는 사쿠타의 셔츠를 쥔 손에 힘을 주었다. 감정 표현 자체는 미세했지만, 카에데의 감격한 심정은 강렬하게 전해져 왔다. 마치 그 심정을 곱씹고 있는 것만 같았다. 그렇기에 그 반응이 리얼하게 느껴졌다. 눈으로 본 것을 통해 마음이 움직인 순간, 그 크기에 사람은 할 말을 잃고 만다. 말로는 표현할 수 없는 감동이 존재하기 때문이다.

바다에 마음을 빼앗긴 카에데는 시치리가하마 역에 도착할 때까지 단 한 번도 바깥 경치에서 눈을 떼지 못했다. 해수면과 같은 색깔을 띤 눈동자를 반짝이고 있었다.

"틈새 조심해."

사쿠타와 카에데 이외에 시치리가하마 역에서 내린 사람은 몇 명뿐이었다. 역시 물놀이 시즌이 끝나서 그런지 휴일에 이곳을 찾는 관광객은 적은 것 같았다.

"오빠, 이상한 냄새가 나요."

역을 나선 카에데는 불가사의한 표정을 지었다.

"바다 냄새네."

"바다는 냄새가 나는군요."

다리 하나를 건넌 두 사람은 해안선으로 향했다. 정면에는 시치리가하마의 바다가 펼쳐져 있었다.

사쿠타는 카에데의 손을 잡고 완만한 경사를 내려갔다.

두 사람은 곧 국도 134호선에 도착했다.

횡단보도의 신호가 바뀌기를 한참 기다리고 있을 때…….

"아."

……하고 카에데가 말했다.

횡단보도 건너편에서 아는 사람을 발견한 것이다. 모래사장으로 이어지는 계단을 올라온 사람은 바로 마이였다.

마이는 사쿠타와 카에데를 보더니 손을 흔들었다.

신호가 파란색으로 바뀌자, 카에데는 사쿠타의 손을 놓더니 종종걸음으로 뛰었다. 사쿠타도 카에데의 뒤를 따랐다.

"열차를 타는 데 성공했구나. 정말 잘했어."

마이는 자신에게 다가온 카에데의 머리를 쓰다듬어줬다.

"카에데에게 줄 상으로 도시락을 싸 왔으니까 같이 먹자."

마이는 도시락 바구니를 들어 보이면서 그렇게 말했다.

"예! 그런데 마이 씨가 왜 여기 있는 거예요?"

카에데는 고개를 갸웃거렸다.

"나도 카에데와 같이 바다가 보고 싶었어."

연예인인 마이가 같이 열차에 타면 시선을 모을 게 뻔하기에, 그녀는 현지에서 합류하기로 했었다.

"카에데도 마이 씨와 만나서 정말 기뻐요."

마이와 손을 맞잡은 카에데가 계단을 내려갔다. 계단 밑은 모래사장이다.

"어이~."

그 모래사장에서 금발 소녀가 손을 흔들며 다가왔다.

"어, 토요하마도 왔구나."

마이와는 여기서 만나기로 약속했지만, 노도카도 올 거라는 이야기는 듣지 못했다.

하지만 아군은 많을수록 좋다. 그편이 카에데도 안심이 될 테니 정말 고마웠다.

아마 마이가 신경을 써준 것이리라. 그리고 노도카도 마이의 뜻에 따른 것이다.

"뭐, 토요하마는 마이 씨의 제안을 거절하지 못한 거겠지만 말이야······."

그도 그럴 것이, 노도카는 알아주는 시스콤이다.

사쿠타는 혼잣말을 중얼거리면서 계단을 내려갔다.

"밖에서 먹는 주먹밥은 정말 맛있어요."

카에데는 돗자리에 앉더니, 바다를 쳐다보며 주먹밥을 입 안 가득 집어넣었다. 그런 카에데의 얼굴은 행복 그 자체였다. 마치 행복을 그림으로 그린 것만 같다는 생각마저 들었다.

"맞아. 마이 씨가 만든 주먹밥은 끝내주네."

"안에 연어가 든 건 내가 만들었거든?"

노도카는 그렇게 말했다.

사쿠타는 그 말을 듣고 주먹밥의 속을 확인했다. 살색을 띤 생선살이었다. 실은 보기 전부터 알고 있었다. 맛과 식감이 명백한 연어였던 것이다…….

"그래서 맛이 별로였구나……."

"그럼 먹지 마."

노도카는 사쿠타가 먹고 있는 주먹밥을 빼앗기 위해 손을 뻗었다. 하지만 사쿠타는 그 손길을 피하면서 남은 주먹밥을 입안에 집어넣었다. 그리고 우물우물 씹어 먹더니, 꿀꺽 삼켰다.

"……."

노도카는 그 모습을 보더니 불만스러운 표정을 지었다.

"주먹밥한테는 죄가 없거든."

"언니. 남친이 이딴 성격이라도 정말 괜찮겠어?"

노도카는 자기 혼자서 사쿠타를 어쩌지 못한다고 생각했는지, 마이에게 도움을 요청했다.

"사쿠타가 자기를 신경 써줬으면 할 때 저런 소리를 하거든. 그래서 개의치 않아."

"아~. 그렇구나."

역시 마이는 사쿠타에 대해 잘 알고 있었다.

"마이 씨는 나에 대해 잘 아네요."

할 말이 궁해진 사쿠타가 겨우겨우 입에 담은 그 말은 바닷바람을 타고 먼 곳까지 퍼져나갔다.

식사를 마친 사쿠타 일행은 모래 산을 만들거나, 물가에서 치킨 레이스를 하며 먹은 걸 소화시켰다.

카에데는 마이와 노도카가 와준 덕분에 꽤 마음 편히 노는 것 같았다.

그녀는 큰 소리를 내면서 즐겁게 뛰어놀았다.

그 탓에 집에 돌아가려고 하던 시점에 커다란 문제가 발생했다.

"오빠, 큰일 났어요."

돗자리에 앉아서 쉬고 있던 카에데가 눈썹 끝이 축 처진 얼굴로 사쿠타를 올려다보았다. 매우 난처한 표정이었다.

"응? 왜 그래?"

"왠지……."

"왠지?"

"엄청 피곤해요."

"그렇구나."

"이제 못 걸을 것 같아요."

"카에데는 온실 속 화초니까 말이야."

체력이 없는 것은 어쩔 수 없다. 오랫동안 집 밖으로 한 걸음도 나가지 않았던 것이다.

"흐음, 어떻게 하지?"

집에 무사히 돌아가야만 오늘의 이 이벤트가 무사히 끝났다고 할 수 있을 것이다.

"어떻게 하죠?"

사쿠타의 머릿속에 떠오른 작전은 딱 하나뿐이었다.

"어부바밖에 없나?"

"어부바밖에 없어요."

카에데는 진지한 표정으로 고개를 끄덕였다.

"정말?"

"정말이에요."

사쿠타는 농담 삼아 한 말이지만, 카에데는 진짜로 일어설 기력이 없는 것 같았다. 이 상황에서 눈동자를 저렇게 반짝거리는 것은 사쿠타에게 업혀서 집에 돌아갈 심산이기 때문이리라.

일단 시치리가하마 역까지는 어찌어찌 업고 갈 수 있을 것 같았기에, 사쿠타는 카에데를 향해 등을 내밀며 몸을 웅크렸다.

"자, 업혀."

"와아~."

카에데는 바로 사쿠타에게 매달렸다.

"영차."

사쿠타는 그대로 몸을 일으켰다.

마이는 옆에서 그 광경을 지켜보더니 어이없다는 표정을 짓고 있었다. 노도카는 나쁜 의미에서 감탄했는지 사쿠타에게 들릴 정도의 목소리로 「이런 짓을 잘도 하네」 하고 말했다.

"사쿠타야말로 시스콤이잖아."

사쿠타는 못 들은 척하면서 걸음을 옮겼다. 카에데가 업힌 바람에 모래에 발이 더 깊이 박혔다. 발을 내디디려고 할 때마다 무게가 실린 발이 모래에 파묻혔다.

상상했던 것보다 훨씬 힘들었다.

그런 사쿠타의 옆에 선 마이는 태연한 표정을 짓고 있었다.

"저기, 사쿠타."

"예?"

"애인 앞에서 여동생과 시시덕거리니 기분이 어때?"

"여러모로 복잡해요."

마이는 사쿠타의 볼을 손가락으로 꼬집었다. 여동생을 업고 열심히 걷는 애인에게 이런 짓을 하다니, 정말 너무했다. 양손으로 카에데의 엉덩이를 받치고 있었기에, 사쿠타는 그 공격을 막을 수단이 없었다.

사쿠타는 그런 와중에도 어찌어찌 계단 근처에 도착했다.

모래사장을 걷는 것도 힘들었지만, 진짜로 힘든 것은 이제부터였다.

역에 가기 위해서는 계단을 올라갈 수밖에 없다.

그리고 절반 정도 모래에 파묻힌 계단에 발을 얹은 순간,

그 목소리가 들려왔다…….

"어? 카에?"

깜짝 놀란 듯한 목소리가 머리 위쪽에서 들려왔다.

사쿠타는 반사적으로 고개를 들었다. 스무 칸 정도 되는 계단의 중간 정도에 한 소녀가 입을 벌린 채 서 있었다.

"아는 사람이야?"

노도카가 가장 먼저 반응했다. 마이가 그런 노도카에게 말을 건넸다. 사쿠타가 쳐다보고 있는 소녀와 마이는 면식이 있었다. 일전에 미네가하라 고교의 교문 앞에서 만났으며, 이야기를 나눈 적도 있었던 것이다.

사쿠타에게 있어 옛 지인인 그녀의 이름은 카노 코토미다.

그런 코토미의 눈은 사쿠타의 뒤편…… 카에데를 향하고 있었다.

"카에."

코토미는 그리운 애칭을 입에 담았다.

"……."

카에데는 대답하지 않았다. 그리고 살금살금 사쿠타의 등에서 내려왔다.

긴장 섞인 숨결이 어깨 너머에서 느껴졌다.

카에데가 사쿠타의 셔츠를 꼭 움켜쥐었다.

"카에?"

카에데는 그 말을 듣더니 몸을 부르르 떨었다. 코토미는 그런 카에데를 이상하다는 듯이 쳐다보았다. 눈동자에는 깊은 의문이 어려 있었다. 「왜 그래?」 하고 묻고 싶은 눈치였다.

"나야."

코토미는 불안을 떨쳐내려는 것처럼 가슴에 손을 댔다. 그런 코토미는 눈빛을 통해 「기억하지?」 하고 카에데에게 말했다.

하지만 카에데의 입에서 나온 것은 예상과는 정반대되는 말이었다.

"누구, 세요?"

사쿠타의 등 뒤에 숨은 카에데는 경계심을 드러냈다.

"……뭐?!"

카에데가 그런 반응을 보이자, 코토미는 눈을 치켜떴다. 눈동자가 경악으로 가득 찬 채 흔들렸다. 떨리는 입술로 무슨 말을 하려 했지만, 코토미의 입에서는 아무 말도 나오지 않았다.

"미, 미안해요."

카에데는 미안해하듯 그렇게 중얼거렸다.

"나야, 카노 코토미. 카에, 기억 안 나……?"

코토미는 카에데를 향해 몸을 내밀며 애원하는 듯한 목소리로 그렇게 말했다.

"미안해요."

하지만 카에데는 계속 사과하기만 했다.

사쿠타는 두 사람이 만나면 이렇게 되리라는 것을 알고 있었다. 그래서 사쿠타는 만나지 않는 편이 좋을 거라고 코토미에게 말했던 것이다. 코토미가 충격을 받을 테니까…….

"……."

코토미는 아무 말도 하지 않았다. 아무 말도 할 수가 없었다. 눈앞의 사실에 그저 희롱당하고 있었다. 무슨 일이 일어난 것인지 이해하지 못한 듯한 얼굴이었다. 코토미의 표정에 새겨져 있는 것은 바닥 모를 불안이었다.

"……."

카에데도 입을 꾹 다문 채, 사쿠타의 등 뒤에 숨어 있었다.

"어떻게 된 거야?"

단순하지만, 이 상황에 가장 적합한 질문이 들렸다. 그 질문을 던진 사람은 이 상황을 묵묵히 지켜보고 있던 마이였다.

사쿠타는 마이를 향해 천천히 돌아섰다.

"……."

마이는 진지한 눈길로 사쿠타를 쳐다보고 있었다.

언젠가 이야기를 해야만 하는 날이 찾아올 거라고 생각하기는 했다. 하지만 그게 오늘이 될 거라고는 생각도 못 했지만, 그래도 사쿠타는 동요하지 않았다.

사쿠타는 심호흡을 하듯 천천히 숨을 들이마셨다.

그리고 사쿠타는 이 자리에 있는 이들 모두에게 들려주듯…….

"카에데에게는, 기억이 없어요."

……하고 단순한 사실만을 밝혔다.

그 목소리는, 바닷바람이 거세게 불고 있는데도 똑똑히 들렸다.

제3장

깨지 않는 꿈속에서 계속 살고 있다

1

그 모든 일은 2년 전에 시작되었다.

"아즈사가와 카에데 양의 증상은 해리성 장애의 일종으로 추정됩니다."

카에데를 진찰한 40대 여성 정신과 의사는 부모님과 함께 결과를 들으러 온 사쿠타에게 귀에 익지 않은 단어를 입에 담았다.

"해리성…… 장애?"

아버지는 의사가 입에 담은 말을 읊조렸다.

"예. 해리성 장애입니다."

의사는 그렇게 말하더니, 책상 위에 놓인 메모 용지에 『解離性 障碍』라고 적어서 보여줬다.

"그, 그게 뭐죠?"

"저희는 보통 자신의 감각과 의식, 기억 같은 것을 뭉뚱그려서 그것을 『자신』이라는 존재로 인식하고 있죠?"

"……"

부모님은 아무 말 없이 고개를 끄덕였다. 사쿠타는 조용히 그녀의 말에 귀를 기울였다.

"해리성 장애라는 것은 그 동일성을 잃는 증상을 말합니다. 즉, 지금까지 『자신』으로 포착했던 감각과 의식, 기억 같은 것을 『자신』으로 인식하지 못하게 되는 증상이죠."

"……그렇군요."

아버지는 감정이 실리지 않은 목소리로 맞장구를 쳤다.

"예를 들자면, 신체 일부의 감각을 잃거나, 눈앞에서 벌어진 일이 영화나 텔레비전 속의 일처럼 여겨지는 증상이 해리성 장애입니다. 또한 기억의 결여와 상실 같은 형태로 증상이 나타나는 환자도 있죠. 이번 케이스처럼 말이죠."

의사는 사쿠타 가족이 그 말을 받아들일 시간을 주듯 잠시 동안 말을 멈췄다.

"원인을 단정 짓는 것은 어렵겠지만…… 해리성 장애는 극도의 스트레스나 심적 외상처럼 마음에 커다란 부담이 가해졌을 때 발병하는 것으로 여겨지고 있습니다."

"……"

완전히 말문이 막히고 말았다.

"카에데 양은 중학교에서 친구와의 관계가 나빠진 탓에 자해 행위를 반복하고 있죠?"

정신과 의사는 잘못된 인식을 가지고 있지만, 사쿠타는 아무 말도 하지 않았다. 말해봤자 믿어주지 않으리라는 사실을 알기 때문이다.

"그 후로 계속 등교 거부를 하고 있는 걸로 알고 있습니다만……"

"예."

"그 점을 원인으로 삼는 것은 섣부른 판단일지도 모르지만, 아마 그런 문제가 카에데 양의 마음을 계속 압박한 탓에 결국 그녀는 마음의 정리를 하지 못하게 된 게 아닐까 싶습니다. 너무 괴로워서 무너져버릴 것만 같다…… 그래서, 그 괴로움에서 벗어나기 위해 『싫다』고 느끼는 자신의 일부를 떼어낸 거죠."

"……그래서, 해리(解離)인 건가요."

"예. 카에데 양은 그렇게 해서 부서질 뻔한 자신을 지킨 거예요."

"……."

오호라, 그렇게 된 것인가, 하고 생각하며 바로 납득할 수 있는 이야기는 아니었다.

"보호자 여러분들이 놀라시는 것도 무리는 아니라고 생각합니다. 하지만 이런 케이스는 결코 드물지 않아요."

"저기, 그럼 카에데는……."

아버지는 결론을 빨리 듣고 싶어 했다. 딸이 처한 상황을 한시라도 빨리 이해하고 싶다. 옆에 있는 사쿠타는 아버지의 그런 마음이 느껴졌다.

"이 증상은 개인에 따라 크게 차이가 나는 점이 특징입니다. 오늘 부모님께서 해주신 이야기와 제가 카에데 양과 나눈 이야기를 통해 판단해볼 때…… 현재 카에데 양은 자기 자신, 부모님, 오빠, 친구, 자신의 주위에 있던 모든 사람들에 대한 기억을 전부 잃은 것 같군요. 장소에 관한 기억도…… 이곳이 일본의 어느 현이며 어디쯤인지도 모릅니다."

"저, 저기…… 카에데는 병에 걸린 건가요?"

어머니는 언뜻 듣기에는 뚱딴지같은 질문을 던졌다. 하지만 사쿠타도 같은 의문이 머릿속을 스치고 지나갔었다. 이것은 병인 걸까.

사쿠타가 아는 병과는 너무나도 달랐다. 열이 나지도, 기침을 하지도, 콧물을 흘리지도 않았다.

드라마나 만화에 나오는 기억 상실 같은 것이다.

가까운 이가 그런 것에 걸리게 될 거라고는 상상도 한 적이 없었다. 아니, 그 이전에 기억상실 같은 것이 실제로 존재한다고 생각해본 적도 없었다. 사쿠타는 그런 것이 픽션의 세계에만 존재하는 것이며, 스토리를 고조시키기 위해 날조된 병이라고만 생각했다.

이제는 이 상황이야말로 드라마의 한 장면이다. 이 정신과 의사 선생님이 이 긴 대사를 한 번도 실수하지 않고 말했다는 게 신기하게 느껴질 지경이었다.

"마음의 병이라고 생각하세요."

"마음의 병……"

어머니는 당혹스러워하는 듯한 목소리로 그렇게 말했다.

"예. 아까도 말했다시피, 현재 카에데 양은 오늘까지 가족과 함께 보낸 기억이 없어요. 부모님을 부모님으로 인식하기 위한 기억, 오빠를 오빠로 인식하기 위한 기억도 없어진 거죠. 쉽사리 이해하는 것은 어려울 거라고 생각하지만, 기억이라는 것은 그 사람의 인격을 떠받치는 중요한 정보의 원천이기도 합니다. 카에데 양은 그것을 잃었기 때문에 가족 여러분이 아는 카에데 양과는 달라져버렸다는 사실을, 그녀를 위해서라도 이해해주세요."

몇 번이나 설명을 들었지만, 말도 안 되는 이야기처럼 들렸다. 흰색 가운을 입은 의사 선생님이 진지한 얼굴로 그런 이야기를 하고 있는 것이다. 무심코 웃음을 터뜨릴 뻔했다. 하지만 전혀 웃음이 나지 않았다.

의사의 이야기를 거짓말이라며 부정할 수도 없었다.

오늘 아침, 잠에서 깬 카에데는 진짜로 모든 것을 잊었던 것이다.

카에데는 사쿠타의 얼굴을 보더니…….

"누, 누구세요?"

……하고 말하며 겁먹은 눈길로 쳐다봤던 것이다.

사쿠타만이 아니었다. 카에데는 아버지와 어머니를 보고도 같은 반응을 보였다.

"여기는, 저는…… 뭐, 뭐죠?"

그리고 자기 자신 때문에 당황했다. 아무것도 모르는 지금 상황에서 하염없이 당혹스러워했다.

"저는 대체 어떻게 된 거죠…….."

변명의 여지가 없을 만큼 완벽한 딴 사람이었다.

"가족 여러분도 당혹스럽겠지만, 카에데 양을 치료하기 위해서는 가족의 협력이 꼭 필요합니다. 따님의 증상을 이해하며, 버팀목이 되어줄 존재가 필요해요. 안심하고 지낼 수 있는 환경을 조성해주는 것이 기억 회복에도 큰 도움이 될 거라고 생각합니다."

의사가 그런 설명을 해주자, 사쿠타는 부모님과 함께 고개를 끄덕였다. 다른 선택지가 존재하지 않았던 것이다.

『이해하며, 버팀목이 되어준다』…… 말로 하는 것은 간단했다. 하지만 사쿠타의 가족은 그것이 얼마나 어려운지 곧 알게 된다.

방해가 된 것은 이전의 카에데에 대한 기억이다.

사쿠타와 부모님은 기억을 잃기 전의 카에데에 대한 기억을 가지고 있다. 여동생에 대한 기억이자, 딸에 대한 기억. 13년 동안 쌓아온 추억.

그렇기 때문에, 어느 정도의 거리를 유지하며 그녀를 대하면 되는지조차도 처음에는 알 수가 없었다. 본인들은 카에데에게 기억이 없다는 점을 충분히 주의하고 있다고 생각했지만, 자신들의 기억 속에 존재하는 카에데에 대한 상식이 무심결에 얼굴에 드러났다.

어느 날, 사쿠타는 카에데에게 소설을 가져다줬다. 카에데가 좋아했던 작가의 소설이다. 그 작가의 신작을 서점에서 우연히 발견한 사쿠타는 지갑 안에 있던 전 재산을 투자

해서 그 책을 구입했다. 중학생인 사쿠타에게 있어 1600엔은 상당한 거금이다.

그런데도 주저하지 않고 그 책을 구매한 것은 카에데가 기뻐할 거라고 생각했기 때문이다.

하지만 사쿠타에게서 책을 건네받은 카에데는 어리둥절해 했다.

"고, 고마워요."

그리고 머뭇거리며 그렇게 말했다. 사쿠타를 살피는 듯한 그녀의 눈빛에서는 잘못된 반응을 했을지도 모른다는 듯한 불안이 어려 있었다.

"……으음, 카에데는 이 책을 좋아했나요?"

카에데가 우물쭈물하면서 그렇게 말한 순간, 사쿠타는 카에데를 카에데답게 만드는 기억이 카에데에게 존재하지 않는다는 사실을 통감했다. 기억 속의 카에데와는 달랐다. 눈앞에 있는 소녀는 사쿠타가 아는 여동생, 카에데가 아니다. 얼굴은 같지만, 외형은 동일하지만, 마치 딴사람 같았다…….

그런 기억과 인식의 차이는 변해버린 카에데와 접하는 시간이 늘어나면 날수록 불거졌다.

말투가 다르다. 젓가락을 쥐는 손이 다르다. 예전에는 왼손잡이였는데, 지금은 오른손으로 젓가락을 쓰고 있었다. 반찬과 밥을 먹는 순서가 다르다. 잠옷 단추도 위쪽에 있는 것부터 잠근다. 웃는 모습이 다르다. 카에데와 다르다…….

다르다, 다르다, 다르다······.

사소한 점을 포함하자면, 며칠 만에 서른 개가 넘는 차이점을 발견했다. 실은 더 많을지도 모르지만, 중간에 세는 것을 포기했다.

머릿속이 이상해질 것만 같았기 때문이다.

지금의 카에데와 기억 속의 카에데의 차이점은 사쿠타에게 강렬한 상실감을 안겨줬다. 며칠이 지나서야 자신이 알고 있는 카에데가 존재하지 않는다는 사실을 사쿠타는 이해했다.

가슴속에 구멍이 생겼다. 아무것도 없다. 텅 빈 구멍. 공허했다. 아니, 소중한 무언가를 잃어버린 듯한 바닥없는 슬픔만은 여전히 남아 있었다. 위 언저리에 부정적인 감정이 존재했다. 몸 안이 흐려졌다. 아니, 탁해지는 느낌이 존재했다.

그런 상태로 지내던 어느 날, 사쿠타의 가슴에 세 줄기 상처가 생겨났다······.

사쿠타는 피범벅이 된 채 응급차로 병원에 옮겨졌다.

아직도 그런 상처가 생긴 이유는 모른다. 그리고 입원한 사쿠타는 숨 막히는 병원 생활에서 도망치듯 병실을 빠져나가게 되었다.

딱히 가고 싶은 곳이 있는 것은 아니었다.

그저 가만히 있을 수가 없었던 것뿐이다.

마음이 떨어져 나가고 말 만큼 궁지에 몰린 여동생을, 오빠인 사쿠타는 도와주지 못했다. 그녀에게 아무것도 해주지 못했다는 후회로부터 도망치고 싶었다. 자신을 쫓아오는 후회와, 어떻게든 거리를 두고 싶었다.

그렇게 도망친 곳이 바로 시치리가하마의 바다였다.

자신이 사는 현 안에 있으니, 마음만 먹으면 언제든 갈 수 있었던 바다.

하지만, 이번 일이 없었다면 결코 찾지 않았을 바다.

사쿠타는 그곳에서 그녀와 만났다.

마키노하라 쇼코.

고등학교 2학년인 여학생.

중학교 3학년인 사쿠타가 보기에 그녀는 꽤 어른스러워 보였다. 아름다운 흑발, 짧은 교복 치마, 귀여움과 아름다움의 딱 중간 정도인 듯한 얼굴. 하지만 표정은 풍부하며, 미소는 사근사근했다.

그런 쇼코는 바다에서 우연히 마주친 사쿠타에게 말을 걸었다. 사쿠타가 퉁명한 태도를 취해도, 계속 말을 걸었다. 아무도 귀를 기울여주지 않았던 사쿠타의 말을 열심히 들어줬다. 믿어준 것이다.

그리고 지금 이 순간도, 앞으로 찾아올 미래도, 이 세상 전체가 아무래도 상관없었던 사쿠타에게, 그 말을 해줬다.

─사쿠타 군, 저는 말이죠. 인생이라는 게 상냥해지기 위해 존재하는 거라고 생각해요.

쇼코의 말이 카에데에게 아무것도 해주지 못한 사쿠타의

가슴에 서서히 스며들었다. 스펀지가 물을 빨아들이듯, 천천히……

─상냥함에 도달하기 위해, 저는 오늘을 살아가고 있어요.

사쿠타가 모르는 가치관이었다.

인생이 무엇을 위해 존재하는지 사쿠타는 아직 실감하지 못했다. 그리고 중학생인 사쿠타는 장래 목표를 가지는 것이야말로 『인생』에 대한 유일한 모범 답안이라고 학교에서 배웠다.

즉, 장래의 꿈.

꿈을 가지고, 그것을 이루는 것이 교사와 어른들이 사춘기 소년 소녀들에게 가르치는 인생의 의미다.

그것이야말로 충실한 삶이라고 세뇌하는 것이다.

그리고 교사들은 중학교 3학년인 사쿠타에게 지망 고교라는 간략화된 형태로 그 꿈이 무엇인지 물었다. 성적표와 눈싸움을 해서 충분히 합격이 가능한 고등학교를 고르면 납득하고, 꿈을 이루기 위해 합격 여부가 불투명한 학교를 고르면 「현실을 직시하는 게 어때? 혹시 모르니 다른 학교도 원서를 넣어」 하고 말한다.

그렇게 분류되며 살아가는 것이 사쿠타가 아는 인생이었다.

상냥해지기 위해 살아간다.

누구도 그런 삶을 가르쳐주지 않았다.

사쿠타의 눈에서 눈물이 샘솟은 것은 쇼코의 상냥함을

접했기 때문이다. 아무것도 하지 못한 자신을, 쇼코가 용서해줬다는 것을 알기 때문이다······. 그리고 쇼코는 앞으로 상냥해지면 된다고 가르쳐줬다.

그렇기에, 안심하고 눈물을 흘렸다. 눈물을 참을 수가 없었다.

그날, 사쿠타는 병원으로 돌아가는 길에 노트 한 권과 펜을 샀다. 여자애가 쓸 법한 귀여운 것으로 말이다. 노트는 많이 쓸 수 있도록 두꺼운 걸로 골랐다.

병원에 도착한 사쿠타는 카에데의 병실로 직행했다.

"카에데에게 주려고 사 온 거야."

사쿠타는 노트와 펜이 들어 있는 봉투를 카에데에게 건넸다.

"이게 뭔가요······?"

카에데는 정답을 찾으려는 것처럼 사쿠타의 표정을 살폈다. 눈치를 살피려 했다. 『카에데』라면 어떤 반응을 보일지 알기 위해, 텅 비어버린 기억의 상자를 뒤지고 있었다.

"꺼내 봐."

"······."

카에데는 사쿠타의 말을 듣고 내용물을 꺼냈다.

그것은 두꺼운 노트와 펜이었다.

"이게 뭔가요······?"

카에데는 당황한 표정으로 같은 말을 반복했다. 하지만 의문은 더욱 깊어진 것 같았다.

"어제, 선생님한테 들었어. 뭐든 좋으니까 그 날 있었던 것을, 생각한 것을, 직접 적어보면 좋을 거래."

자기 자신에 대한 의문이라도 좋다. 불안하게 느끼는 것도 괜찮다. 그런 것을 문자로 적음으로써, 지금의 카에데라는 존재가 확립될 거라고 의사는 말했다.

"예. 알았어요."

아마 납득은 하지 않았을 것이다. 많은 기억을 잃어버린 카에데는 뭔가를 납득할 근거를 지니고 있지 않았다. 노트는 그 근거를 메우기 위해 필요한 것이기도 했다.

"우선 이름부터 써."

"예."

카에데는 침대 옆에 있는 테이블에 노트를 올려놓았다. 표지에는 이름을 적는 칸이 있었다. 카에데는 거기에 펜으로 글자를 적었다. 역시 펜을 쥐는 법도 예전과 달랐다. 그리고 오른손으로 글자를 적고 있었다.

"아, 잠깐만."

카에데가 그 칸에 자신의 성인 아즈사가와의 한자 표기인 『梓川』라고 적자, 사쿠타가 그녀에게 말을 걸었다.

"예?"

카에데는 노트에서 눈을 떼더니, 의아한 표정으로 사쿠타를 쳐다보았다.

"이름 말인데……."

"아, 걱정하지 마세요. 적을 줄 알거든요. 꽃 화(花)에 단 풍 풍(楓)으로 『花楓』죠?"

사쿠타는 그 말을 듣더니 고개를 저었다.

"……?"

카에데는 또 의아한 표정을 지었다.

"그냥 『카에데』라고 쓰자."

"예?"

"카에데는 『카에데(花楓)』가 아니라 『카에데』잖아."

"……윽!"

그녀는 눈을 치켜떴다. 그리고 눈물이 왈칵 치솟았다. 방 울져 흘러내린 그 물방울이 노트에 떨어지자, 『梓川』라고 적 힌 글자가 번졌다.

"……."

카에데는 무슨 말이 하고 싶은지 계속 입을 뻐금거렸다. 하지만 입에서 말이 나오지 않았다.

"지금까지 미안했어. 알고 있으면서, 알아주지 못했잖아."

"으, 흑……."

눈물이 방울져 떨어졌다.

"으, 으윽, 우에에에에에엥!"

마음속에 쌓여 있던 불안이 순식간에 폭발했다. 막혀 있던 감정이 단숨에 터져 나왔다.

카에데로서 깨어난 다음부터 한시도 마음을 놓지 못했을 것이다. 누구를 의지하면 좋을지 몰라서, 누구를 믿으면 좋을지 몰라서…….

불안 속에서, 쭉 외톨이로 있었다.

카에데는 미아가 되었다가 겨우 부모를 만난 어린애처럼 울었다.

카에데는 한참 동안 눈물을 흘린 다음, 노트에…….

—아즈사가와 카에데

……하고 약간 동글동글한 글씨체로 적었다.

잠시 후, 카에데는 자신의 이름이 적힌 노트의 표지를 환한 표정으로 쳐다보았다. 질리지도 않는지 계속 쳐다보았다.

"오빠……."

"응?"

"오빠라고 불러도 되죠?"

"그래."

그날, 사쿠타는 처음으로 카에데의 미소를 보았다. 오래간만에 여동생의 미소를 본 것이다.

앞으로의 하루하루가 카에데에게 있어 좋은 나날이 되면 된다. 이런 식으로 웃을 수 있는 날들이 되면 된다고 사쿠타는 생각했다.

하지만 현실이라는 것은 그렇게 간단하지 않았다.

어떤 계기를 통해 전부 술술 풀리기도 하는가 하면, 그렇지 않은 것도 있다. 카에데는 후자에 속했다.

한 인간이 13년 동안의 기억을 잃고, 완전히 딴 사람이 되어버린 것이다. 간단한 문제일 리가 없다.

약 한 달 동안 입원 생활을 한 후, 카에데는 드디어 퇴원했다.

단풍의 계절이 된 것이다.

그날부터 자택 요양이 시작되었다.

퇴원하기는 했지만, 일상생활이 가능한 상태는 아니다. 외출을 하려고 해도 집 주위의 지리가 머릿속에서 전부 사라졌기 때문에 미아가 될 게 뻔했다. 집 안의 구조도 모르는 것이다.

당연히 학교에 다시 다니게 되기 위해서는 상당한 시간이 필요할 것 같았다.

반 아이들은 『카에데(花楓)』를 안다. 겉모습은 『카에데(花楓)』와 같지만, 내용물은 『카에데』인 것이다. 이 인식의 차이가 카에데에게 악영향을 줄 게 뻔했다. 학교에 다니기 위해서는 학교 측이 카에데의 현재 상태를 이해할 필요 또한 있었다. 하지만 사쿠타는 『카에데(花楓)』를 괴롭혔던 반 아이들에게 그런 일을 바라는 것은 불가능하다는 생각이 들었다.

카에데의 혈육인 사쿠타와 부모님도 해리성 장애를 이해

하는 것을 힘들어하고 있었다. 카에데를 어떻게 대하면 좋을지 몰라 매일같이 시행착오를 반복했다.

말뿐인 이해로는 그저 놀림거리가 될 뿐이리라.

그렇기 때문에 카에데는 퇴원한 후에도 대부분의 시간을 집 안에서 보냈다. 처음에는 기억에 없는 『자신의 방』에서도 당혹스러워했지만, 시간이 경과될수록 익숙해졌다.

표정은 밝아졌으며, 미소도 자주 지었다. 사쿠타가 학교에서 돌아오면 매일같이 현관으로 뛰어와서 「어서 오세요」 하고 말하며 마중을 해줬다. 아침에는 「오빠, 다녀오세요」 하고 배웅해줬다.

하지만 그때부터 카에데의 마음은 서서히 좀먹어 들어가고 있었다.

사쿠타는 낮에 학교를 갔고, 아버지는 회사에서 일을 했다. 그래서 전업주부인 어머니가 카에데와 가장 오랫동안 함께 있었다.

나누는 대화가 늘어나면, 별것 아닌 계기로 『카에데(花楓)』의 이야기를 하는 경우도 있다. 집 안에는 『카에데(花楓)』가 쓰던 물건이 잔뜩 있는 데다, 가족들이 함께 찍은 사진도 걸려 있는 것이다.

"가족이 함께 지냈던 집으로 돌아감으로써, 즉, 자신이 알고 있는 환경으로 돌아감으로써, 잃어버린 기억이 자극을 받는 경우도 있어요. 안도감을 느끼게 해주면 해리성 장애의 증상이 완화될 것이며, 기억이 되돌아올 가능성도 커지겠죠. 물론 지금 바로 어떤 식으로든 변화가 있지는 않겠지만, 우선 자택 요양을 해보는 편이 좋을 거라고 생각합니다."

의사도 그렇게 말했던 것이다.

"병원에서 계속 지내는 것도 좋지 않으니, 일단 계속 살펴보도록 하죠."

어머니는 그 방침에 따랐을 뿐이다. 『카에데』에게 『카에데(花楓)』의 이야기를 한 것 또한 나쁜 뜻이 있어서 그런 것이 아니다. 그리고 『카에데(花楓)』의 기억이 되돌아오는 것이 『치료』인 이상, 그것은 올바른 행동이다.

하지만 『카에데』에게 좋은 영향을 주지는 않았다.

"천천히 해도 돼."

카에데는 그 말을 들을 때마다 표정이 어두워졌다.

"무리는 하지 마."

카에데는 그 말을 들을 때마다 죄송한 듯한 표정을 지었다.

"괜찮단다. 엄마는 얼마든지 기다릴 수 있어."

어머니가 그렇게 말하며 손을 잡아주면, 아무 말도 하지 못하며 영문을 모르겠다는 표정을 지었다. 그런 그녀의 눈에는 불안이 어려 있었다.

카에데가 『카에데』이기를 바라는 사람은 없었다. 부모님도, 의사도, 『카에데』를 보며 『카에데(花楓)』만 생각했다. 그렇게 느낀 것이리라. 사쿠타조차 어른들의 언동에서 그런 느낌을 받았다. 그때마다 기분이 나빠졌다.

물론 『카에데(花楓)』의 기억이 돌아오기를 바란다. 『카에데(花楓)』가 돌아와 줬으면 한다. 하지만 그렇게 되면 『카에데』는 어떻게 되는 것일까.

함께 지낸 나날이 늘어날수록, 그에 비례해 사쿠타의 마음속에 존재하는 불안이 커져갔다.

여동생의 해리성 장애가 치료됐을 때, 대체 어떤 일이 일어날까. 그것은 의사에게 물어보지 않고도 충분히 상상이 되었던 것이다.

자택 요양을 시작하고 한 달이 지났을 즈음, 카에데에게 일어난 이변이 겉으로 드러났다.

학교 수업이 끝나자마자 집으로 바로 돌아온 사쿠타를 맞이한 카에데의 몸에는 멍이 존재했다.

새하얀 팔과 다리의 일부가 시퍼렇게 변색되어 있었다. 기묘한 얼룩무늬를 띠고 있었던 것이다. 그 순간, 사쿠타는 자신의 몸이 불길한 소리를 내며 삐걱거리는 것을 느꼈다. 일전에 집단 괴롭힘 때문에 괴로워하던 카에데에게 생겼던 증상과 흡사했던 것이다.

대체 어떻게 된 것일까.

머리를 쥐어 싸맨다고 이유를 찾을 수 있을 리가 없다. 애초에 사춘기 증후군의 발병 이유 자체가 명확하게 밝혀지지 않았던 것이다. 공상의 산물로 여겨질 정도였다. 적어도 사쿠타의 주위에는 그것을 믿는 사람이 없었다.

카에데가 지금 상황에서 느끼고 있는 불안과 고통이 원인일지도 모른다. 어쩌면 카에데의 안에 있는 『카에데(花楓)』의 의식이 뭔가에 반응한 걸지도 모른다.

"엄마, 카에데가……!"

사쿠타는 허둥지둥 신발을 벗더니, 카에데를 거실에 있는 어머니에게 데려갔다.

"카에데의 몸에 또 멍이……."

사쿠타는 변색된 카에데의 팔을 어머니에게 보여줬다. 하지만 어머니는…….

"어머, 그래?"

……하고 말하며 온화한 미소를 지었다. 어머니는 햇빛이 드는 서쪽 창가에서 세탁물을 개고 있었다. 정성 들여 개고 있었다.

바로 그때, 사쿠타는 눈치챘다. 어머니는 옛날 옛적에 이 현실을 버티지 못하고 무너져버렸다는 사실을…….

"괜찮단다, 카에데. 괜찮아."

어머니의 상냥한 미소는 이 상황에 어울리지 않았다.

언제부터일까. 어쩌면 처음부터 그랬던 걸지도 모른다. 어머니는 『카에데』를 보고 있지 않았다. 그저 『카에데(花楓)』만 보고 있었다.

카에데는 어머니의 상냥한 눈길을 받더니, 겁먹은 것처럼 사쿠타의 등 뒤에 숨었다. 사쿠타가 입은 교복의 팔꿈치 부분을 움켜쥐었다. 그런 카에데의 가녀린 손에는 또 멍이 생겨나고 있었다. 그 멍은 뱀처럼 손목을 휘감더니, 팔꿈치를 향해 뻗어가고 있었다.

그것은 예전에 『카에데(花楓)』에게 일어났던 현상과 똑같았다.

카에데의 증상을 진찰한 의사는 어머니가 딸을 학대했다고 여겼다. 아니, 그렇게 결론짓고 있었다.

그 증거로, 어린애인 사쿠타와 해리성 장애에 걸린 카에데의 말에 전혀 귀를 기울이지 않았다. 아무리 설명을 해도, 학대를 당한 게 아니라고 호소해도 믿어주지 않았다.

"이제 괜찮단다."

……하고 말한 그 의사는 자신의 판단을 의심하지 않았다. 그런 의사의 엉뚱한 호의 덕분에, 카에데는 또 입원하게 됐다.

입원한 카에데는 병실 밖으로 나가는 것을 거부했다. 타인의 시선을 신경 쓰며, 항상 겁에 질려 있었다.

"카에데는 다른 사람의 시선이 무서워요. 다들 카에데를 보면서 『카에데(花楓)』만 찾아요."

"걱정하지 마. 나는 『카에데』를 보고 있어."

"카에데를 쳐다보는 사람은…… 오빠뿐이에요."

계절이 겨울이 되자, 사쿠타는 아버지와 상의를 해서 어떤 결정을 내렸다.

이 마을을 나가, 카에데와 단둘이서 살기로 한 것이다.

아버지는 반대하지 않았다. 어머니를 위해서도 그편이 나을 거라고 판단한 것이리라. 어쩌면 아버지도 비슷한 생각을 하고 있었던 걸지도 모른다. 하지만 아버지이기에, 그 말을 먼저 꺼내지는 못한 것이다.

"사쿠타, 미안하구나."

"내가 꼬맹이일 때, 아버지가 나한테 말했었지?"

"응?"

"「사쿠타는 오빠잖니」 하고 말이야."

"그랬지."

"하지만 나는 오빠인데도 『카에데(花楓)』를 지켜주지 못했어."

"……."

"그러니, 이번에는……."

사쿠타는 그 말을 끝까지 잇지 못했다.

"카에데를 부탁한다."

사쿠타가 말끝을 흐리자, 아버지가 그렇게 말했다.

"아버지도, 엄마를 잘 보살펴줘."

"그래."

이렇게 해서, 사쿠타와 카에데는 요코하마 시의 남서부에 위치한 후지사와 시로 이사하게 됐다. 오빠와 동생, 그리고 고양이인 나스노만으로 새로운 생활을 시작한 것이다. 그 누구도 『카에데(花楓)』를 알지 못하는 마을에서 처음부터 다시 시작한 것이다.

그리고 그 생활은 지금도 계속되고 있었다.

2

사쿠타가 모든 이야기를 끝낸 후, 자초지종을 안 마이, 노도카, 코토미, 세 사람은 아무 말도 하지 못했다.

무리도 아니었다. 사쿠타가 그녀들의 입장이었다면 입을 벌린 채 아무 말도 못 했으리라.

그녀들이 이 사실을 눈치챌 요소는 단 하나도 없었다. 두 사람은 지금의 『카에데』만을 알고 있으니, 기억을 의심할 여지가 없었다. 코토미 또한 과거의 『카에데(花楓)』만을 알고 있으니, 지금의 『카에데』를 모르는 게 당연했다.

"……."

기나긴 침묵 후, 가장 먼저 입을 연 사람은 마이였다.

"카에데가 피곤해 보이니까 오늘은 이만 돌아가자."

마이는 카에데를 배려해 그렇게 말했다. 카에데는 휴식을

취해야 할 것 같고, 자신들 또한 이 사실을 받아들일 시간
이 필요하다고 마이는 판단한 것이리라.

"……."

코토미가 받은 충격은 상당히 큰지, 얼굴이 새파랗게 질
려 있었다.

그렇기에, 아무도 마이의 제안을 반대하지 않았다.

이 자리에 멍하니 선 채 꿈쩍도 못 하는 코토미는 마이와
노도카에게 맡겼다.

"그녀는 내가 역까지 데려다줄 테니까, 사쿠타는 택시라
도 잡아서 돌아가."

사쿠타는 마이의 호의를 감사히 받아들이기로 했다.

그리고 택시를 잡은 사쿠타는 카에데를 데리고 먼저 귀가
했다.

다음 날 아침, 사쿠타는 애완동물인 나스노가 얼굴을 핥
은 바람에 잠에서 깨어났다.

"뭐야. 나스노, 아침이 된 거야?"

"냐옹~."

사쿠타가 몸을 일으키지 않자, 나스노는 엉망이 된 그의
머리카락을 앞발로 희롱했다. 이것이야말로 진짜 고양이 편
치다.

나스노가 계속 자신의 머리카락을 가지고 놀자, 사쿠타는

하품을 하며 몸을 일으켰다.

"......."

시계를 보니 일곱 시 반이 지났다. 카에데가 깨우러 오는
시간이 이미 지난 것이다.

"뭐, 어제는 이런저런 일이 있었으니까 말이야."

사쿠타는 일단 카에데를 살펴보기 위해 그녀의 방으로 향
했다.

다짜고짜 방문을 열어보니, 카에데는 침대에 엎드려 있었
다. 하지만 자고 있지는 않았다. 몸을 일으키기 위해 두 손,
두 발에 힘을 주고 있었다.

"카에데, 좋은 아침."

"오, 오빠, 좋은 아침이에요......."

"혹시 갓 태어난 새끼 사슴 놀이 중이야?"

진짜로 그러고 있는 거라면 엄청난 퀄리티였다. 겉모습은
영락없는 판다지만 말이다.

"카에데는 이제 틀린 것 같아요. 온몸이 아파요."

"아마 근육통일 거야."

어제 바다에 가서 신나게 뛰어논 탓이리라. 평소에 쓰지
않는 근육을 쓴 탓에 몸이 비명을 지르고 있는 것이다.

"이래서는 오빠를 깨우지도, 배웅할 수도 없을 것 같아요.
어쩌죠?! 아야야."

카에데는 고통을 호소하면서 침울한 표정을 지었다. 그녀

는 힘이 바닥났는지 침대에 몸을 맡겼다. 사쿠타는 혹시나 싶어 카에데의 이마를 짚어봤다.

아무래도 열은 없는 것 같았다. 다행이다.

그렇게 생각한 순간, 사쿠타는 카에데의 목 뒤편에 난 멍을 발견했다. 잠옷을 들춰보니, 목덜미뿐만 아니라 등에도 희미하게 멍이 나 있었다.

"오, 오빠. 움직이지 못하는 카에데에게 무슨 짓을 하는 거죠?!"

"잠옷을 벗기고 있어."

"아, 안 돼요! 이런 건 마이 씨한테 하세요."

"나도 가능하다면 그러고 싶어."

"그럼 다음에 카에데가 부탁해볼게요."

"내가 직접 할 테니까 그러지 마."

카에데에게 그런 소리를 들은 마이가 자신을 어떤 식으로 꾸짖을지 상상조차 할 수가 없었다.

"뭐, 오늘은 얌전히 자고 있어."

사쿠타는 잠옷에서 손을 뗐다. 멍은 어제 코토미와 만난 탓에 생긴 것일까. 아니면 마이와 노도카에게 기억에 관한 이야기를 한 것이 원인일까. 어느 쪽이든 간에 한동안은 카에데를 주의 깊게 지켜보는 편이 좋을 것이다.

"카에데는 자는 것 이외에는 할 수 있는 게 없어요……."

카에데는 자기 자신을 정확하게 분석하고 있었다. 그러니 크게 걱정할 필요는 없을 것 같았다.

"그럼 나는 학교에 갔다 올게."

사쿠타는 카에데에게 그렇게 말한 후, 그녀의 방에서 나갔다. 걱정이 되기는 하지만, 사쿠타는 평소처럼 행동하는 편이 좋을 것이다. 카에데가 사쿠타의 변화를 신경 쓰지 않도록 말이다.

"오빠, 다녀오세요."

사쿠타가 평소처럼 지내야 카에데 또한 평소처럼 지낼 수 있을 것이다.

교실 창문 밖에 펼쳐진 시치리가하마의 바다는 어제와 달라 보였다.

날씨 탓일까, 기온 탓일까, 아니면…… 사쿠타의 기분 탓일까.

"이 부분은 시험에 나올 거다."

수학 교사가 칠판에 적힌 미분 예제에 빨간색 분필로 동그라미를 쳤다. 중간고사가 끝난 지 얼마 안 됐는데, 벌써 기말고사를 신경 써야 하는 시기가 된 것 같았다.

반 아이들은 질색을 하면서도 노트에 그 식을 옮겨 적고 있었다. 불만은 있지만 교사의 온정을 받아두는 것이 고교생의 처세술이다.

수학 교사는 교탁 위에 놔뒀던 손목시계를 다시 찼다. 그리고 교사가 시계를 쳐다본 순간, 수업의 끝을 알리는 벨이 울렸다.

점심시간이 되자 교실 안이 순식간에 시끌벅적해졌다. 재빨리 교실 밖으로 뛰쳐나가는 학생이 몇 명 있었다. 점찍어 둔 빵을 손에 넣기 위해 저러는 것이리라.

사쿠타도 평소 같으면 무거운 엉덩이를 들고 빵을 사러 갔겠지만, 오늘은 성실하게 노트 필기를 하느라 평소보다 지체됐다.

마이와 같은 대학에 가기로 약속을 했으니, 어느 정도는 공부를 해둘 필요가 있었다.

노트 필기를 겨우 끝냈을 즈음, 갑자기 교실 안이 조용해졌다.

무슨 일일까.

그런 생각을 하고 있는 사쿠타를 향해 누군가가 차분한 발소리를 내며 다가왔다. 귀에 익은 발소리였다. 여운이 감도는 발걸음에서는 우아함마저 느껴졌다.

그리고 그 발소리는 사쿠타의 옆에서 멎었다. 그리고 자신의 시야에 그림자가 드리워졌다.

노트를 덮고 고개를 들어보니, 책상 옆에 마이가 서 있었다.

마이는 조그마한 종이봉투를 들고 있었다.

교실에 남아 있던 학생들의 시선은 사쿠타와 마이에게 집중되었다. 국민적 지명도를 자랑하는 인기 여배우와 『병원행 사건』소문이 퍼진 다음부터 반에서 고립되어 있는 시원 찮은 남자 커플이니 신경 쓰이는 게 당연했다. 하지만 노골적인 태도를 취하는 반 아이는 없었다. 다들 신경 쓰지 않는 척했다. 교내에서는 사쿠타와 마이를 신경 쓰는 것이 『멋대가리 없는 짓』으로 여겨지고 있었다. 누가 정한 것인지 모르는 암묵의 룰에 다들 충실하게 따르고 있었다. 분위기를 읽으며 사는 것도 쉬운 일은 아닌 것 같았다.

그런 와중에 마이가 사쿠타와 시선을 마주하더니…….

"도시락 싸 왔어."

……하고, 교실에 있는 다른 이들에게 들릴 만한 목소리로 말했다.

"……."

매우 반가운 말이었다. 하지만 사쿠타는 마이에게서 도시락을 싸 오겠다는 이야기를 듣지 못했다. 그리고 마이가 당당하게 2학년 교실에 오는 것도 드문 일이기에 약간 당황하고 말았다.

"가자."

마이는 사쿠타의 대답을 듣지도 않고 복도를 향해 걸음을 옮겼다. 이렇게 되면 사쿠타에게 남아 있는 선택지는 마이를 쫓아가는 것뿐이다.

사쿠타는 책상 위에 노트와 교과서를 펼쳐둔 채 교실을 나섰다.

마이가 사쿠타를 데리고 간 곳은 3층에 있는 빈 교실이다.

창밖의 바다 쪽을 향해 책상 두 개를 놓은 후, 사쿠타와 마이는 나란히 앉았다. 바다가 훤히 보이는 카운터석이다. 정면에 있는 것은 시치리가하마의 바다다. 오른쪽을 쳐다보니 에노시마도 보였다.

"자아."

마이가 둘 사이에 도시락 통을 펼쳐놓았다. 안에는 샌드위치가 들어 있었다. 토마토와 양상추, 달걀, 아보카도 등이 들어 있어서 화려할 뿐만 아니라 건강에도 좋아 보였다. 물론 맛도 좋을 것이다.

"잘 먹겠습니다."

사쿠타는 샌드위치 하나를 들고 먹었다.

"......"

마이도 아무 말 없이 식사를 시작했다. 그리고 이곳에 오는 길에 자판기에서 산 종이팩 밀크 티도 아무 말 없이 마셨다.

사쿠타가 두 개째 샌드위치를 향해 손을 뻗었을 때, 마이가 입을 열었다.

"이상하다고 생각하기는 했어."

마이가 느닷없이 그렇게 말했지만, 사쿠타는 놀라지 않았다. 「뭐가요?」 하고 되묻지도 않았다. 마이가 사쿠타를 이런 곳으로 데려온 이유를 이미 예상하고 있었기 때문이다.

카에데의 기억에 관한 이야기를 하고 있는 것이다.

"언제부터 이상하다고 생각했는데요?"

친분을 쌓아가다 보면, 언젠가 눈치챌 거라고 생각하기는 했다. 13년간의 기억이 없다는 사실은 대화를 나누다 보면 어렴풋이 드러날 테니까 말이다.

"처음으로 사쿠타의 집에 갔을 때부터야."

"그때부터요?"

사쿠타는 그 말을 듣고 놀랐다. 기억을 잃기 전의 카에데를 안다면 납득이 되지만, 마이는 과거의 카에데와 만난 적이 없다.

"카에데는 나를 알아보지 못했잖아."

마이는 별것 아니라는 투로 그렇게 말했다.

"아~."

사쿠타는 마이의 말을 듣고 바로 납득했다.

"사쿠타는 그때 텔레비전을 잘 안 본다면서 얼버무렸지? 그때 좀 이상하다고 생각했어."

국민적 지명도를 자랑하는 연예인 『사쿠라지마 마이』다운 이유다.

마이의 말은 엄청난 설득력을 지니고 있었다. 특히 사쿠타나 카에데 같은 연령대 중에서 마이를 모르는 사람은 드물다. 얼굴과 이름을 바로 떠올릴 수 있는 연예인 중 한 명인 것이다. 마이는 그런 반응을 접하며 쭉 살아왔다. 그러니 카에데의 반응을 보고 위화감을 느끼는 것도 당연하리라.

"게다가 사쿠타와 카에데 사이의 거리감도 이상했어."

"······."

"오빠와 동생 사이와는 좀 다른 것 같았거든."

"마이 씨한테는 아무것도 못 숨기겠네요."

"노도카도 예전부터 「그 두 사람, 좀 특이하지?」 하고 말했어."

"정말요?"

"카에데는 사쿠타에게 존댓말을 쓰는 데다, 사쿠타를 대할 때 조금 조심스러워한다고 생각한 것 아닐까?"

마이는 자신이 느낀 바를 섞어가며 그렇게 말했다.

"뭐, 그렇겠네요."

사쿠타는 마이의 지적을 순순히 인정했다. 확실히 조심스러워하기는 한다. 카에데는 동생이지만, 사쿠타가 아는 동생이 아니다. 그런데도 동생으로 대하려 한다면, 역시 『카에데(花楓)』를 대할 때처럼 자연스럽지는 못할 것이다.

"사쿠타가 중3 때, 두 살 어린 여동생이 생긴 거나 마찬가지잖아? 자연스럽게 대하는 편이 오히려 이상할 거야."

마이는 빨대로 종이팩에 든 밀크 티를 마셨다. 바다를 쳐다보고 있는 마이의 얼굴에서는 별다른 감정을 읽을 수가 없었다.

"으음, 마이 씨. 비밀로 해서 미안해요."

"괜찮아. 카에데를 위해서 그런 거지?"

"그렇기는 하지만……."

아무렇지 않게 이야기할 수 있는 내용이 아니었다. 너무나도 크나큰 사실인 것이다. 누구라도 알게 된다면 카에데를 대하는 태도가 바뀌어 버릴 정도로 큰 사실이다. 모르는 척을 하는 것도 어렵고, 알고 난 후부터 그녀를 태연하게 대하는 것은 더 어렵다. 실력파 여배우로 잘 알려진 마이라면 연기로 극복할 수 있을지도 모르지만, 그녀가 괜히 신경 쓰게 하고 싶지 않았다.

무엇보다, 『카에데』만 아는 마이와 노도카에게는 자신의 여동생을 『카에데』로서만 대해줬으면 좋겠다고 사쿠타는 생각했다. 카에데는 『카에데(花楓)』가 아니라 『카에데』니까…….

"카에데가 마이 씨에게 점점 익숙해져가는 모습을 보니, 말을 할 수가 없었어요. 마이 씨를 따르는 카에데를 보니 이대로도 괜찮을 것 같은 느낌이 들었거든요."

"알아. 나도 딱히 화가 난 건 아냐."

사쿠타가 마이를 쳐다보니, 그녀의 눈은 「그런 걱정을 왜 하는 거야」 하고 말하며 웃고 있었다.

"나는 정말 행운아예요. 이렇게 이해심이 넘치는 마이 씨와 사귀고 있잖아요."

사쿠타는 안도하면서 샌드위치를 향해 손을 뻗었다. 다음

타깃은 달걀 샌드위치다.

"아, 그건 머스터드야."

사쿠타가 그 샌드위치를 쥔 순간, 무시무시한 정보가 들려왔다.

"예?"

영문을 모르겠다. 왜 애인을 주려고 만든 샌드위치 안에 머스터드 샌드위치가 들어 있는 걸까.

마이는 태연한 표정으로 사쿠타를 쳐다보았다. 사쿠타가 은근슬쩍 샌드위치를 내려놓으려고 하자…….

"안 먹을 거야?"

……하고 웃으면서 말했다.

"마이 씨, 역시 화난 거죠?"

"화 안 났어."

하지만 마이의 눈은 빨리 머스터드 샌드위치를 먹으라며 종용하고 있었다.

"내가 만든 걸 안 먹는 거야?"

"……."

방금 그 말을 들은 이상, 먹을 수밖에 없다.

사쿠타는 각오를 다지면서 머스터드 샌드위치를 입 쪽으로 가져갔다. 먹기 전부터 자극적인 냄새가 코를 찔렀다.

사쿠타는 마이를 힐끔 쳐다보았다. 그녀는 귀여운 표정으로 사쿠타를 쳐다보고 있었다.

결국 사쿠타는 그 샌드위치를 입에 욱여넣었다.

"……응?"

의외로 괜찮은 것 같다고 생각한 순간, 목과 코 안쪽을 강렬한 자극이 강타했다.

"……윽!!"

눈물이 났다. 하지만 마이가 만들어준 것은 토할 수도 없기에, 사쿠타는 울면서 샌드위치를 삼켰다.

"자아."

마이는 사쿠타를 향해 차를 내밀었다.

"괜찮아?"

그뿐만 아니라 걱정도 해줬다. 사쿠타를 이 꼴로 만든 장본인이면서, 그런 기색은 전혀 느껴지지 않을 만큼 상냥했다. 자칫했으면 그대로 속을 뻔했다.

사쿠타는 혹시나 하는 마음에 다른 샌드위치를 쳐다보았다. 햄 샌드위치는 문제없어 보였지만, 녹색 샌드위치는 위험해 보였다. 아보카도 샌드위치. 불가사의한 식감을 지닌 저 녹색 음식물에 고추냉이가 잔뜩 들어 있는 것은 아닐까.

"녹색 고추냉이는 아니죠?"

"아보카도는 고추냉이와 잘 어울린다니깐. 정말 신기해."

마이는 당연한 소리를 하듯 그렇게 말했다.

"잘못했어요. 용서해주세요."

"그러니까 나는 화 안 났고, 이미 용서했어."

"에이~."

정말 천연덕스럽기 그지없었다.

"그저 짜증이 좀 난 것뿐이야."

"실은 용서 안 한 거죠?"

"카에데에 관한 걸 지금까지 누구누구한테 이야기했어?"

사쿠타가 확인 삼아 던진 질문에, 마이는 질문으로 답했다.

"……."

"예를 들어, 『쇼코 씨』에게는 이야기한 거야?"

사쿠타가 묵비권을 행사하려고 하자, 마이는 다음 질문을 던졌다. 도망칠 곳은 없었다. 퇴로는 완전히 막혔다.

"마이 씨, 혹시 질투해요?"

검은색 타이츠에 감싸인 아름다운 다리가 사쿠타를 향해 뻗어왔다. 마이는 발뒤꿈치로 사쿠타의 발등을 밟았다. 그것도 자근자근 말이다. 쓸데없는 소리를 하지 말라는 뜻이다.

"저기, 쇼코 씨와 후타바에게는 이야기했어요."

"흐음~, 내가 세 번째구나."

마이는 퉁명한 어조로 그렇게 말하더니, 아보카도 샌드위치를 손에 쥐었다.

설마 자기가 먹으려는 걸까.

"사쿠타."

"예."

"아~."

"마이 씨 같은 성인 여성은 순서 같은 건 신경 쓰지 않죠?"

"사쿠타, 아~."

마이는 사쿠타의 말을 무시하더니, 약간 멋쩍은 듯한 표정을 지었다. 그리고 머뭇거리며 사쿠타의 입가를 향해 샌드위치를 내밀었다. 연기라는 건 알지만, 그래도 너무 귀여웠다.

그렇기에 사쿠타는 저 샌드위치의 정체를 알면서도 입을 벌리고 말았다. 수컷의 본능에 따라서 말이다.

"아~ 크윽!"

마이는 인정사정없이 사쿠타의 입에 아보카도 샌드위치를 집어넣었다. 사쿠타는 곧 찾아올 충격에 대비해, 부질없는 짓이라는 것을 알면서도 몸을 긴장시켰다.

"……."

하지만 어찌 된 영문인지 강렬한 자극이 느껴지지 않았다. 아보카도와 절묘하게 조화를 이루고 있는 고추냉이 맛이 희미하게 느껴질 뿐이었다. 아보카도의 식감을 즐길 여유도 있었다. 솔직히 말해 맛있었다.

"어, 어라?"

"먹을 걸 가지고 장난을 칠 리가 없잖아."

마이는 어이없다는 표정을 지으며 그렇게 말했다.

머스터드 샌드위치를 만든 사람이 무슨 소리를 하는 걸까. 그런 지적을 했다간 또 한소리 들을 것 같았기에, 사쿠타는 입을 다물었다.

"혹시나 해서 말해두는 건데, 마이 씨는 내가 태어나서 처음 사귄 사람이자 나한테 있어서 최고의 여자예요."

"그런 건 딱히 신경 쓰지 않거든?"

"그렇죠~?"

사쿠타는 먼 바다를 쳐다보았다. 인생이라는 건 대체 무엇일까. 그런 생각을 하고 말았다.

"이쯤 했으면 사쿠타의 액운도 다 쫓아냈겠지."

"내 액운을 쫓아내려고 이런 일을 벌인 거군요."

머스터드 샌드위치는 강렬했지만, 곰곰이 생각해보니 마이가 「아~」를 해줬으니 결과적으로는 이득을 본 것 같은 느낌도 들었다. 기왕이면 「아~」를 좀 더 즐겼으면 좋았을 것 같다는 후회마저 들었다. 고추냉이의 공포만 없었으면 최고의 순간이었을 텐데…… 정말 아까운 짓을 했다.

"어제 사쿠타와 헤어진 후, 그 애와 이야기를 좀 나눴어."

"카노 양과 말인가요?"

마이는 고개를 살며시 끄덕였다.

"지금의 카에데에 대해 묻기에 대답해줬어."

"그랬군요."

신경이 쓰이는 것도 무리는 아니다. 마이나 노도카와 반대로, 코토미는 『카에데(花楓)』만을 아는 것이다.

"엄청 낯을 가리지만, 매사에 최선을 다하고, 오빠와 책을 좋아한다고 이야기했는데…… 잘한 거야?"

"예. 숨길 일도 아니니까요."

마이도 그렇게 생각했기 때문에 코토미의 질문에 대답한 것이리라.

"그리고 이걸 나한테 맡겼어."

마이는 런치 박스 안에 들어 있던 종이봉투에서 책 한 권을 꺼냈다. 하드커버 소설인 그 책의 타이틀은 『독사과를 준 왕자님』이다.

"카에데에게서 빌린 책이래. 어제는 바닷가에서 이 책을 읽을 생각으로 가지고 왔었던 것 같아."

마이는 그 책의 표지를 쳐다보았다.

"어떻게 할래? 내가 가지고 있는 편이 낫다면, 그렇게 할게."

"아뇨. 괜찮아요."

이게 코토미의 대답이라면, 사쿠타는 받아들일 의무가 있다.

코토미는 포기하는 용기를 지녔다. 포기 또한 엄연한 결단이다. 때로는 포기하는 것이 계속하는 것보다 어려울 때가 있다. 그렇기 때문에 이 책은 사쿠타가 가지고 있어야만 한다.

"마이 씨, 고마워요."

"갑자기 무슨 소리야?"

"괜한 신경을 쓰게 한 것 같네요."

"괜찮아. 사쿠타의 힘이 되어주는 것 정도는 나한테 일도 아냐."

"……."

"왜 뜻밖이라는 표정을 짓는 건데?"

"마이 씨는 오늘도 엄청 귀엽다는 생각이 들어서 감동한 것뿐이에요."

사쿠타가 본심을 털어놓자…….

"바보~."

마이는 그렇게 말하며 웃었다.

"당연한 소리 좀 하지 마."

만족스러운 미소를 짓고 있는 마이는 오늘도 끝내주게 귀여웠다.

3

그날 방과 후, 사쿠타는 마이와 함께 후지사와 역까지 갔지만, 연락 통로를 지난 후…… JR 개찰구 앞에서 그녀와 헤어졌다.

스캔들 사건 당시에 제작 발표회를 했던 『사쿠라지마 마이』 주연 영화의 촬영이 슬슬 시작되는 것 같았다.

"아아~, 또 마이 씨와 만나지 못하게 되는 거네요."

"한동안은 도쿄에 있는 스튜디오에서 실내 장면을 전부 촬영할 거니까, 매일 집에 돌아가기는 할 거야."

마이는 학교에 다닐 여유는 없다는 사실을 돌려서 말했다.

"어? 영화는 대본 순서대로 찍지 않는 거예요?"

"뒤죽박죽으로 촬영해. 전부 같은 마을에서 찍은 것 같지만, 실은 한참 떨어져 있는 다른 현에서 찍을 때도 있어."

촬영 장소에 몇 번이나 가는 것은 여러모로 낭비이니, 한 장소에서 찍는 신은 모아서 한 번에 찍는 걸까.

"촬영 최종일에 영화 첫 장면을 찍는 일도 있다니깐."

"그런데도 상황에 맞춰 전부 연기를 할 수 있는 거군요."

프로 배우는 정말 대단하다는 생각이 들었다.

"그럼 나는 가볼 테니까 무슨 일 있으면 연락해."

"아무 일 없어도 전화할게요."

"방금 한 말은 카에데한테 무슨 일이 있을 때 연락하라는 의미야."

"알아요."

"나도 아무 일 없어도 연락할게."

마이는 장난기 섞인 미소를 짓더니, 개찰구 너머로 사라졌다. 쇼난 신주쿠 라인 철도를 이용해서 도쿄에 가는 것 같았다.

혼자가 된 사쿠타는 집을 향해 터벅터벅 걸음을 옮겼다. 도중에 편의점에 들러서 푸딩을 골랐다. 근육통 때문에 고생하고 있을 카에데에게 줄 선물이다. 「더욱 맛있게」라는 글귀가 적힌 신상품 고급 푸딩을 샀다.

"다녀왔어~."

사쿠타는 신발을 벗으며 집 안을 향해 말했다.

"……."

평소 같으면 카에데가 마중을 나왔겠지만, 오늘은 그러지 않았다. 근육통이 더 심해져서 움직이지 못하는 걸까. 아마 그럴 것이다.

사쿠타는 냉장고에 푸딩을 집어넣었다. 그리고 가방을 다이닝 테이블에 올려놓은 다음, 교복의 블레이저만 벗어서 의자에 걸쳐뒀다.

사쿠타는 자신의 방에 가기 전에 카에데의 방에 가서 다시 말을 걸었다.

"카에데~. 다녀왔어~."

"우, 우왓! 오, 오빠, 어서 오세요!"

왠지 허둥대는 것 같지만, 목소리는 기운이 넘쳤다. 혹시 모르니 얼굴을 봐두자고 생각한 사쿠타는…….

"문을 열게."

……하고 말하면서 문을 열었다.

"자, 잠깐만요."

카에데가 그제야 문을 여는 것을 제지하려 했지만 이미 늦었다. 문이 활짝 열리고 만 것이다

침대에서 꼼짝도 못 하고 있는 줄 알았는데, 카에데는 침

대 위에 없었다. 그녀는 벽장 앞에 서 있었다.

"……."

하지만 평범하게 서 있는 게 아니었다. 왠지 실루엣이 이상했다.

"카, 카에데. 옷을 갈아입는 중이에요."

카에데는 설명하듯 그렇게 말했다.

"그런 것 같네."

한눈에 봐도 알 수 있었다.

아래쪽에는 감색 치마를 입고 있었다. 중학교 교복 치마다. 그리고 현재 한창 조끼를 입고 있었다. 뒤집어써서 입는 타입의 조끼이며, 아직 머리가 밖으로 나오지 않았다. 만세를 하듯 두 손을 든 채 꼼짝도 하지 않았다. 아니, 약간 부들부들 떨고 있었다. 근육통 탓에 뜻대로 움직이지 못하는 것 같았다.

차마 두 눈 뜨고 볼 수 없는 모습이었기에, 사쿠타는 조끼를 잡아당겨서 제대로 입혀줬다.

"아야야. 아파요, 오빠."

카에데는 항의를 하듯 그렇게 말했지만, 왠지 즐거워 보였다. 간지러운 것을 참듯 웃고 있었다.

"그럼 얌전히 자고 있으라고. 대체 뭐하는 거야?"

"교복을 입어봤어요."

"그건 보면 알아."

척 봐도 중학교 교복이다. 참고로 동복 버전이다. 판다 무늬 잠옷은 침대 위에 아무렇게나 놓여 있었다. 마치 껍질 같았다. 혹은 탈피한 허물 같았다.

"처음에는 움직이려고 하면 몸 곳곳이 엄청 아팠어요."

"아침에는 몸을 일으키지도 못했잖아."

"하지만 점점 고통을 즐기게 됐어요."

"근육통이 다른 통증과는 좀 다른 느낌인 건 알지만, 희희낙락하면서 그런 소리를 하는 동생의 장래가 걱정되기 시작하는걸."

"어제는 바다에 가는 데 성공했잖아요. 카에데는 근육통 따위 때문에 이 좋은 페이스를 흐트러뜨리고 싶지 않아요. 카에데는 오늘도 밖에 나가고 싶어요."

카에데는 길거리에서 성명서를 발표하는 정치가처럼 그런 선언을 했다.

"진심이야?"

"진심이에요."

아까 옷도 제대로 갈아입지 못했던 사람은 어디 간 걸까.

"게다가, 교복 데뷔를 하려고?"

"게다가, 교복 데뷔를 할 생각이에요."

어떻게 해야 카에데를 말릴 수 있을까.

"푸딩 사 왔어."

우선 견제 삼아 잽을 한 방 날려봤다.

"와아~."

카에데는 바로 낚였다. 장래가 걱정될 정도로 카에데는 쉬운 여자애였다.

"윽, 아야야."

기쁜 마음에 만세를 하려던 카에데가 부들부들 떨었다. 그리고 그 고통은 카에데에게 중요한 사실을 알려줬다.

"오, 오빠. 이야기를 돌리지 마세요."

카에데는 입술을 삐죽 내밀더니, 불만을 드러냈다.

"서두르지 않아도 돼. 집 밖은 도망가지 않는다고."

"……."

사쿠타가 그렇게 말하자, 카에데는 노골적으로 고개를 돌렸다.

"정말인가요?"

"그래."

"카에데는 괜찮을까요?"

카에데의 시선에는 불안이 어려 있었다. 눈동자 안쪽이 흔들리고 있었다. 바닥 모를 불안으로 흔들리고 있었다.

"괜찮다고."

사쿠타는 카에데의 머리를 쓰다듬었다.

"하지만, 어제, 바다에서 만난 여자애를, 카에데는 몰라요."

카에데가 한 말은 접속사가 좀 이상했다. 하지만 그녀가 하고 싶은 말은 이해가 되었다.

"……."

"카에데 씨의 지인인가요?"

"그래."

숨겨봤자 소용없을 것이다.

"그 애의 이름은 카노 코토미야. 카에데가 알고 싶어 한다면, 그 애에 대해 가르쳐줄게."

"카에데는……."

카에데는 약간 풀이 죽은 것처럼 고개를 숙였다.

"카에데는, 카에데 씨를 아는 사람이 거북해요."

카에데는 침대 가장자리에 걸터앉았다. 그리고 고개를 숙이더니 자신의 손가락 끝을 지그시 쳐다보았다.

"나도 거북해."

"예?"

"솔직히 말해, 나도 신경이 쓰이거든."

"……코토미 씨는 좋은 사람인가요?"

"그건 카에데가 어떻게 생각하느냐에 달려 있겠지."

"……카에데는, 카에데 씨를 아는 사람이 거북해요."

카에데는 똑같은 말을 또 했다. 하지만 뉘앙스는 달랐다.

"거북하지만…… 모르는 채로 지내는 것도 무서워요."

카에데는 결의에 찬 눈길로 사쿠타를 올려다보았다.

"카노 양은 유치원 시절부터 카에데와 알고 지냈어. 예전에는 같은 맨션에 살았지. 나와 카에데는 3층에서, 그리고 카노 양 가족은 4층에 살았어."

"......."

"카에데와는 어릴 적부터 같이 놀았어. 아직 서로의 이름을 제대로 부르지 못할 시절부터 말이야. 카노 양은 카에데를 『카에』라고 불렀고, 카에데는 그녀를 『코미』라고 불렀어."

서로에 대한 호칭은 유치원에 들어가서 서로의 이름을 제대로 부를 수 있게 된 후에도 변하지 않았다. 초등학생이 되고도 「카에」와 「코미」라고 불렀던 것이다.

"카에데 씨를 만나러 온 거죠?"

"어제는 우연히 마주친 것 같아."

마이에게 들은 이야기에 따르면, 코토미는 그저 바다를 보러 온 것 같았다. 거짓말은 아닐 거라고 생각한다. 애초에 어제 그 장소에 사쿠타와 카에데가 있다는 것을 코토미가 알 방법이 없는 것이다. 진짜로 단순한 우연이리라.

밖에 나가고 싶어 하는 카에데의 감정과, 감상적인 마음을 품은 코토미의 행동이, 어제 바다에서 교차되고 말았다. 실제로 코토미 또한 상당히 놀란 눈치였다.

"한 달쯤 전이었을 거야. 카노 양이 내가 다니는 학교를 알게 되어서 찾아온 적이 있어."

"오빠를 만나러 온 건가요?"

사쿠타는 그 말을 듣고 고개를 저었다.

"카에데에게서 빌린 책을 돌려주러 온 거야."

"책?"

"지금 내가 들고 있는데, 볼래?"

"······."

카에데는 고개를 돌리더니 생각에 잠겼다. 뭔가를 떠올린 것처럼 자신의 방에 있는 책장을 쳐다보았다.

"봐도, 될까요?"

"물론이지."

카에데의 방에서 나온 사쿠타는 다이닝 테이블 위에 둔 가방을 가지고 다시 돌아갔다.

사쿠타는 카에데 앞에서 가방 안에 넣어둔 책을 꺼냈다. 사쿠타는 책을 꺼내면서 자신이 긴장했다는 걸 느꼈다.

"자아."

사쿠타는 가방에서 꺼낸 책을 카에데를 향해 내밀었다.

하드커버 소설인 그 책의 타이틀은 『독사과를 준 왕자님』 이다.

카에데는 천천히 손을 뻗어서 그 책을 움켜잡았다. 표지를 본 카에데는 침대 가장자리에서 일어나더니, 책장 앞으로 이동했다.

그녀의 눈이 향한 곳은 책장의 두 번째 선반이었다. 왼쪽 구석부터 같은 작가의 책이 줄지어 꽂혀 있었다. 첫 번째 책은 『신데렐라의 일요일』, 두 번째는 『벌거숭이 왕자와 언짢은 마녀』, 세 번째도 『유이가하마 칸나』라는 작가의 책이다.

총 네 권이었다.

　가장 왼쪽에 놓여 있는 것이 데뷔작이며, 발매된 순서대로 꽂혀 있었다.

　"왜 한 권만 없는 건지 전부터 신경 쓰였어요."

　『신데렐라』와 『언짢은 마녀』 사이에 발간된 것이 바로 카에데가 지금 들고 있는 『독사과』다. 책장에는 책 한 권이 꽂힐 공간이 존재했다.

　카에데는 그 틈에 책을 꽂아 넣으려고 했다.

　바로 그때, 소설책에서 뭔가가 떨어졌다.

　"……이게 뭘까요?"

　카에데가 주워 든 것은 판다 캐릭터가 그려진 귀여운 봉투였다.

　보내는 사람이나 주소는 적혀 있지 않았다.

　"열어봐도 될까요?"

　사쿠타에게는 안 된다고 말할 이유가 없었다.

　"그래."

　카에데는 의아한 표정을 지은 채 그 봉투를 열어보았다.

　그 안에는 엽서 절반 크기의 메시지 카드가 들어 있었다.

　사쿠타가 쳐다보니, 그 메시지 카드에는 짤막한 글자가 적혀 있었다.

　—카에와 다시 친구가 되고 싶어.

　카드에는 몇 번이나 지우개로 지운 흔적이 남아 있었다.

아마 무슨 말을 전할지 고민한 끝에 글자를 적었지만, 왠지 아닌 것 같아서 지우고 다시 쓰기를 반복했으리라.

원래는 『카에데(花楓)』에게 보낸 메시지일 것이다. 어제 사쿠타에게서 기억 장애 이야기를 듣고 마이에게 이 책을 맡기는 사이에 준비한 것 같지는 않았다.

중학교에 들어간 후로 다른 반이 된 카에데와 코토미. 소원한 사이가 되었기에, 코토미는 「다시」라는 표현을 썼다. 카에데가 집단 괴롭힘을 겪기까지 했으니, 다시 시작하고 싶다는 마음이 들었으리라.

하지만, 이걸 받은 사람은 『카에데』다. 『카에데(花楓)』가 아닌 것이다…….

마이에게 책을 맡길 때, 이 책이 『카에데』에게 전달되리라는 사실은 알았을 것이다. 그럴 생각으로 책을 맡긴 것이리라. 그리고 코토미는 이 편지를 빼지 않았다.

—카에와 다시 친구가 되고 싶어.

이것은 『카에데』에게 보낸 메시지이기도 한 것이다.

다시 친구가 되고 싶다.

코토미는 그 이야기를 듣고도, 『카에데』와 친구가 되고 싶다고 생각했다. 용기를 내며 한 걸음 내디딘 것이다. 이 책을 마이에게 맡긴 것은 결별을 위한 선택이 아니었던 것이다.

이것은 카에데(花楓)를 돕지 못한 죄책감에서 비롯된 행동일지도 모른다. 그 죄책감을 떨쳐내고 싶다는 마음에서 비롯된 선의(善意)일지도 모른다. 하지만 사쿠타는 그것도 괜찮다고 생각했다. 대가를 바라지 않는 선의보다 훨씬 믿을 수 있는 것이다.

"……."

카에데는 그 카드의 가장자리를 양손으로 쥔 채 꼼짝도 하지 않았다. 그리고 카드에 적힌 짧은 문구를 지그시 쳐다보았다.

"친구……."

잠시 후, 카에데의 입에서 그 단어가 흘러나왔다.

그 순간, 카에데의 눈을 타고 한줄기 눈물이 흘러내렸다. 카에데는 한쪽 눈으로만 눈물을 흘리고 있었다.

"카에데?"

카에데는 화들짝 놀라면서 고개를 들었다. 눈물이 멎지 않았다. 눈물은 소리 없이 조용히 흘러내렸다. 왼쪽 눈만이 울고 있었다.

무슨 말을 하려는 건지 카에데의 입술이 흔들렸다. 그리고 부들부들 떨면서…….

"코미."

……하고 그리운 이름을 입에 담았다.

그 음색은 귀에 익었다. 한순간,『카에데』가『카에데(花楓)』로 보였다. 사쿠타의 심장이 동요한 것처럼 격렬하게 떨렸다. 발치에서부터 그 떨림이 기어 올라오고 있는 것만 같았다.

하지만 사쿠타에게는 그것에 대해 생각할 시간이 주어지지 않았다.

"카에데. 너, 방금……."

사쿠타가 말을 끝까지 잇기도 전에, 카에데의 몸에서 힘이 빠져나갔다.

메시지 카드를 놓친 카에데는 다음 순간, 몸을 비틀거렸다. 카에데는 갑자기 영혼이 빠져나간 것처럼 그 자리에서 무너졌다.

사쿠타는 반사적으로 손을 뻗어서 카에데를 안았다. 그리고 그대로 몸을 숙이기는 했지만, 카에데가 바닥에 쓰러지는 것은 어찌어찌 피했다.

"어이, 카에데?!"

"……."

카에데는 대답하지 못했다.

"카에데!"

카에데는 온몸에서 힘이 빠져나간 것처럼 축 늘어졌다. 사쿠타는 마치 허물 같은 카에데를 향해 몇 번이나 「카에데!」하고 외쳤다.

4

사이렌 소리가 들렸다.

응급차가 사이렌을 울리며 급하게 달리고 있었다.

시간이 아무리 지나도 그 소리는 멀어질 기색조차 보이지 않았다. 귀에 거슬리는 그 소리는 사쿠타를 따라다니는 것처럼 계속 들렸다.

그럴 만도 했다. 사쿠타는 사이렌 소리를 내고 있는 응급차 안에 있으니까 말이다.

"맥박은 정상이고, 호흡도 안정되었으며, 다친 곳도 없습니다만, 의식 불명 상태입니다."

현재 향하고 있는 병원과 연락을 취하는 구급대원의 목소리에서는 당혹스러움이 묻어났다.

의식 불명인 이유를 알 수 없다는 사실이 당혹감을 낳고 있었다.

"혹시 환자에게 지병이 있습니까?"

"……."

"동생분에 대해서 묻고 있습니다만……."

구급대원이 날카롭게 쳐다보며 그렇게 말하는 것을 듣고서야 사쿠타는 방금 그 말이 자신을 향해 한 것이라는 사실을 눈치챘다.

"관계가 있는지, 지병이라도 해도 되는지는 모르겠지만……."

사쿠타가 바로 이야기하지 않은 것은 이야기를 해봤자 이해하지 못할지도 모른다는 일말의 불안감이 머릿속을 스쳤기 때문이다.

"이야기해주십시오."

구급대원의 눈은 진지했다. 그 눈은 사소한 정보라도 필요하다고 말하고 있었다.

"제 동생은 해리성 장애를 겪고 있어요."

남성 구급대원은 한순간 눈썹을 찌푸렸다. 귀에 익지 않은 단어를 받아들이는 데 약간 시간이 걸린 것 같았다. 하지만……

"알았습니다."

……하고 말하며 고개를 끄덕이더니, 다시 병원에 연락을 취했다.

카에데가 옮겨진 병원은 일전에 사쿠타가 쓰러졌을 때 옮겨졌던 큰 병원이다.

응급차에서 내려진 카에데는 기다리고 있던 병원 스태프와 응급대원에 의해 들것으로 옮겨졌다.

카에데에게는 의식이 돌아올 기색이 없었다. 그저 잠든 것처럼 보였다.

카에데의 병세는 안정적이었다.

하지만 안정적인 점이 문제인 것 같았다. 대대적인 의료설비로 검사를 해봤지만, 명확한 결과가 사쿠타에게 전해지지는 않았다.

누구나 다 난처한 표정으로 팔짱을 낀 채 고개를 갸웃거렸다.

검사가 얼추 끝난 후, 카에데는 비어 있는 개인 병실로 옮겨졌다. 현재 사쿠타가 할 수 있는 것은 침대에 누워 있는 카에데를 지켜보는 것뿐이었다.

카에데는 규칙적으로 숨을 쉬고 있으며, 그에 맞춰 가슴이 위아래로 움직이고 있었다.

남들의 눈에는 그저 자고 있는 것처럼 보였다.

아까 잠시 자리를 비웠던 사쿠타는 병원 안에 있는 공중전화로 아버지에게 연락을 취했다. 타이밍이 나쁘게도 현재 오사카 출장 중이었다. 하지만 사쿠타의 이야기를 듣더니 신칸센을 타고 바로 이곳으로 향하겠다고 말했다.

지금은 신칸센 안일 것이다.

그리고 사쿠타는 한참 망설인 끝에 마이에게도 전화를 했다. 촬영 중인지 부재중 전화로 연결되었다. 카에데가 갑자기 쓰러졌다는 사실과 이송된 병원의 이름을 남겨뒀다.

그 후로 두세 시간이 지났다.

사쿠타는 초침이 움직이는 소리를 듣고 사이드 테이블에 놓인 시계를 쳐다보았다. 밤 열 시 반이었다.

소등 시간은 예전에 지났다. 복도 쪽에서 소리가 들려오지도 않았다. 그런 병원 특유의 정적이 사쿠타의 귓가에서 불안을 속삭였다.

"좀 닥치고 있어."

사쿠타는 그렇게 중얼거렸다. 완벽한 혼잣말이었다. 아니, 사쿠타의 머릿속에서 흔들리고 있는 불안이 자아낸 무언가를 향한 명백한 위협이었다.

잠시 후, 노크 소리가 확연하게 들렸다.

"예."

사쿠타는 대답했다.

그러자, 슬라이드식 문이 천천히 열었다.

찾아온 사람은 마이였다. 뒤편에는 노도카도 서 있었다. 두 사람 다 서둘러 온 것 같았다. 마이는 촬영용 분장을 지우지 않았으며, 노도카는 드물게도 맨얼굴이었다.

두 사람은 조용히 병실에 들어왔다. 문도 소리 나지 않도록 살며시 닫았다.

"카에데는 어때?"

마이는 침대에 누워 있는 카에데를 쳐다보았다.

"아직 의식이 돌아오지 않았어요."

"그렇구나……."

마이는 양손으로 카에데의 손을 잡았다. 노도카도 몸을 내밀더니, 카에데의 얼굴을 쳐다보았다.

"참, 사쿠타. 받아."

마이는 사쿠타를 향해 편의점 비닐봉지를 내밀었다. 안에는 주먹밥과 음료수가 들어 있었다.

"밥 안 먹었지?"

"고마워요."

"옷은 어떻게 할래? 집에 가서 챙겨 오는 편이 좋지 않겠어?"

카에데는 지금도 중학교 교복을 입고 있었다.

"나와 노도카가 지켜보고 있을 테니까, 사쿠타는 집에 갔다 올래?"

마이의 눈은 「사쿠타도 교복 차림이잖아」하고 말했다.

"아, 저기, 좀 챙겨다 주지 않겠어요?"

사쿠타는 호주머니에서 집 열쇠를 꺼냈다.

"카에데가 깨어났을 때, 옆에 있어주고 싶거든요."

"알았어."

마이는 짤막하게 대답한 후, 사쿠타에게서 열쇠를 건네받았다. 그리고 노도카에게 말을 걸더니 그녀와 함께 병실을 나섰다.

그로부터 약 한 시간 후, 또 노크 소리가 들렸다. 마이가 돌아왔나 했더니, 그렇지 않았다.

열린 문 앞에 서 있는 이는 아버지와 정신과 의사였다. 보아하니 아버지와 나이가 비슷해 보이는 남성이었다. 40대 중반 같았다.

아버지는 침대에 누워 있는 카에데를 힐끔 쳐다본 후, 사쿠타를 향해 고개를 돌렸다.

"잠깐 밖으로 나와 주겠니?"

아버지는 병실에 들어오지 않았다. 의식이 없는 카에데를 배려해서 들어오지 않은 것이다.

"여기서는 못 할 만한 이야기야?"

"……."

침묵은 긍정을 뜻했다.

"알았어."

원형 의자에서 일어난 사쿠타는 아버지와 의사가 기다리는 복도로 나갔다.

그리고 손을 등 뒤로 돌려서 문을 닫았다.

사쿠타는 앞장서서 걷고 있는 의사의 뒤를 쫓으면서…….

"언제 도착했어?"

……하고 아버지에게 물었다.

"30분쯤 전에 도착했단다."

아버지는 손목시계로 시간을 확인하며 대답했다.

"그랬구나."

"카에데의 병실을 물어봤더니, 우선 의사 선생님을 만나보라더구나."

의사와 나눈 이야기가 기뻐할 만한 내용이 아니라는 것은 아버지의 얼굴만 봐도 짐작이 되었다.

"이쪽으로 오시죠."

의사가 두 사람을 데리고 간 곳은 병실 인근에 있는 너스 스테이션의 한편이었다. 그곳은 간이 진찰실처럼 꾸며져 있었다.

의사가 의자를 권하자, 사쿠타와 그의 아버지는 의자에 나란히 앉았다.

"이제부터 말씀드리려는 것은 어디까지나 가능성에 근거한 추측이니, 양해해주십시오."

의사는 사쿠타의 눈을 똑바로 쳐다보며 그렇게 말했다.

"카에데가 그런 식으로 접근해야 하는 병을 앓고 있다는 건 저도 이해하고 있어요."

의사는 그 말을 듣더니 고개를 끄덕였다.

"솔직히 말해, 카에데 양의 의식이 돌아올 때까지는 아무것도 확실치 않습니다."

"그렇군요."

"하지만 의식이 돌아왔을 때 『만약』의 사태가 일어날 가능성도 있으니, 가족분들이 그에 대비해 준비를 해주셨으면 합니다. 그래서 이런 추측에 근거한 이야기를 드리는 것이니 양해 부탁드립니다."

의사는 신중하게 느껴질 정도로 말을 한 마디 한 마디 골라가면서 했다.

사쿠타는 옆을 힐끔 쳐다보았다. 아버지는 눈을 감은 채 의사의 말에 귀를 기울이고 있었다.

"기억 장애에 걸린 환자가 카에데 양처럼 의식 불명 상태가 되었을 경우, 다음에 눈을 떴을 때 기억에 변화가 발생했을 가능성이 있습니다."

"그 말은……."

사쿠타는 의사가 무슨 말을 하려는 것인지 얼추 상상이 되었다.

"잃어버린 기억이 되돌아올지도 모른다는 건가요?"

사쿠타는 빙빙 돌리지 않고 바로 질문을 던졌다.

의사는 그 말을 듣고 고개를 끄덕이지도, 가로젓지도 않았다.

"그렇게 될 가능성도 있습니다."

"그 외에는요?"

"지금의 카에데 양이 지닌 기억을 잃었을 수도 있죠."

"……."

사쿠타는 거기까지는 생각이 미치지 않았다. 하지만 카에데는 과거에 기억을 한 번 잃었다. 그런 일이 또 일어날지도 모르는 것이다.

"물론 의식을 잃기 전의 카에데 양인 채로 깨어날 가능성도 충분히 있습니다."

"어느 쪽이 가장 가능성이 크죠?"

"죄송하지만……. 지금 단계에서는 뭐라고 말씀드릴 수

가……."

"그렇군요……."

"가족분들을 불안하게 만드는 이야기밖에 드리지 못해 정말 죄송합니다. 그래도 정신을 차린 카에데 양 앞에서 동요한 모습을 보이지 않도록 마음의 준비를 해주셨으면 합니다."

"……."

사쿠타는 대답을 하지 못했다. 대답을 할 수 없었던 것이다. 그런 사쿠타를 대신해…….

"알았습니다. 카에데를 잘 부탁드립니다."

……하고 아버지가 말하며 고개를 숙였다.

의사는 두 사람을 향해 고개를 숙인 후, 자리에서 일어났다. 그리고 이 자리를 벗어났다.

그리고 이 자리에는 사쿠타와 아버지만이 남아 있었다.

"사쿠타, 괜찮니?"

"괜찮지 않다는 건 알고 있으니까 괜찮아."

"그렇구나."

"준비도, 각오도 하지 않을 거지만 말이야."

눈을 뜬 카에데는 『카에데』가 아닐지도 모른다. 그 슬픔을 상상하며 마음의 준비를 하는 건 어차피 무리다.

눈을 뜬 카에데가 『카에데(花楓)』의 기억을 되찾았을지도 모른다. 그 기쁨을 상상하며, 마음의 준비를 하는 것 또한 무의미한 짓이라는 생각만 들었다.

『카에데』도, 『카에데(花楓)』도, 사쿠타에게 있어서는 소중한 동생이다.

가능성을 고려하며 대비를 하는 것 자체가 불가능했다.

그 둘 중 누군가의 편을 들 수도 없는 것이다.

결국 있는 그대로 받아들일 수밖에 없다.

동생이 눈을 떴을 때 느낀 감정에 따라, 기뻐하면 된다. 느낀 감정에 따라 울부짖으면 된다. 그 외에는 방법이 없는 것이다.

"음. 그렇구나."

사쿠타의 옆에 있는 아버지는 한 번 더 「그렇구나」 하고 말하며 고개를 끄덕였다.

제4장

끝나지 않는 밤의 끝

1

기나긴 밤이었다.

전기가 꺼진 어둑어둑한 병실.

커튼을 치지 않은 창문을 통해 스며들어 오는 달빛이 기나긴 그림자를 자아내고 있다.

침대 위에 있는 발의 그림자.

커튼의 그림자.

텅 빈 꽃병의 그림자.

그리고 원형 의자에 앉은 사쿠타의 그림자가 침대에 누운 카에데에게 드리워져 있었다.

카에데의 얼굴은 평온해 보였다. 딱히 어딘가가 나쁜 것 같지도 않았다. 어깨를 흔들면서 말을 걸면 「으～. 오빠, 왜 그러세요?」 하고 잠꼬대하듯 말했다.

하지만 카에데는 눈을 뜨지 않았다.

사쿠타의 집에 가서 옷가지를 챙겨온 마이와 노도카는 간호사와 함께 카에데의 옷을 갈아입혔지만, 그녀는 정신을 차리지 않았다. 신음조차 흘리지 않으며 계속 조용했다고 한다.

무슨 짓을 해도 잠에서 깨어나지 않는 공주님.

독사과가 목에 걸려버린 덜렁이 공주님이다.

"뭐, 카에데는 공주님과는 거리가 멀지만 말이야."

새벽 세 시에 혼잣말을 중얼거린 사쿠타의 목소리는 쉬어 있었다. 오랫동안 말을 하지 않은 탓이리라. 마이와 노도카는 자정이 지나기 전에 돌아갔고, 아버지는 사쿠타의 집에 잠시 눈을 붙이러 갔다.

마지막으로 말을 한 게 그때이니, 약 세 시간 전이다.

카에데의 가슴은 조용히 들썩이고 있었다. 숨을 쉬고 있다는 증거다.

지금 바로 눈을 뜰 것처럼도 보였고, 영원히 계속 잠만 잘 것처럼도 보였다. 그렇게 보이는 것은 사쿠타가 어느 쪽을 원하는지 본인도 모르기 때문일까.

사람은 사물을 자신이 보고 싶은 형태로 인식한다.

의사의 이야기에 따르면, 그녀가 정신을 차렸을 때 『카에데(花楓)』의 기억이 되돌아왔을 가능성도 있다고 한다.

그것은 카에데가 『카에데(花楓)』로 돌아가는 것을 의미한다고 생각한다. 인격을 형성하는 것은 경험과 기억이다. 그렇게 되면, 『카에데』라는 존재는 어떻게 될까. 2년 동안 사쿠타와 함께 살아온 『카에데』는…….

"……."

사쿠타는 카에데가 눈을 뜨기를 바라면서도, 눈을 뜬 그녀의 상태를 생각하면 가슴이 술렁거렸다. 카에데의 의식이 돌아오기를 진심으로 바랄 수가 없었다.

13년 동안 함께 살아온 여동생 『카에데(花楓)』가 돌아오기를 바란다. 그것은 부모님이 바라는 바이기도 하며, 사쿠타 또한 그것을 바랐다.

하지만 『카에데』와 보낸 나날 또한 사쿠타에게 있어서는 일상이며, 마음과 몸의 일부가 되었다고 해도 과언이 아니다.

만약 둘 중 한 명만 선택해야 한다면, 사쿠타는 고를 수가 없었다.

한쪽만 고를 수는 없다.

게다가 사쿠타가 선택을 하더라도, 현실이 그가 원하는 대로 될 거라는 보장이 없었다. 이 생각 자체가 무의미한 것이다.

사쿠타가 할 수 있는 것은 단 하나뿐이다.

정신을 차린 카에데가 『카에데』든, 『카에데(花楓)』든, 아니면 또 다른 『**카에데**』일지라도, 오빠로서 그녀를 대하는 것뿐이다.

사쿠타가 제아무리 발버둥을 치더라도 그가 할 수 있는 일은 그게 전부다. 그런 것밖에 할 수 없다면, 하다못해 그것이라도 제대로 하기 위해 마음을 굳게 먹는 수밖에 없다.

이윽고 동쪽 하늘이 새하얗게 빛나기 시작했다. 아침이 다가오고 있는 것이다.

그리고 30분 정도 지나자, 병실도 꽤 밝아졌다. 이른 아침부터 활발하게 일을 하는 직원도 있는지, 복도 쪽에서 발소리가 들려왔다.

어느새 일곱 시가 다 되었다.

평소 같으면 눈을 뜬 카에데가 자고 있는 사쿠타를 깨우러 올 시간이다. 하지만 사쿠타가 일어나지 않아서 카에데는 그의 침대에 숨어들곤 했다. 그리고 카에데는 사쿠타를 꼭 끌어안은 채 다시 잠들 시간인 것이다.

창문을 통해 스며드는 아침 햇살이 카에데의 얼굴을 비췄다.

사쿠타는 햇빛이 병실 안으로 스며드는 광경을 별생각 없이 쳐다보고 있었다. 바로 그때, 카에데에게 변화가 발생했다.

"으음⋯⋯."

카에데가 졸린 듯한 신음을 낸 것이다.

"아!"

사쿠타는 반사적으로 몸을 앞쪽으로 숙였다. 「카에데」 하고 부르려고 했지만, 입에서 말이 나오지 않았다. 사쿠타는 말을 하고 싶었지만, 그의 몸은 반대로 숨을 들이마셨다.

"음⋯⋯."

카에데는 또 신음을 흘렸다.

"⋯⋯카에데?"

이번에는 어찌어찌 목소리를 내는 데 성공했다.

"카에데?"

사쿠타는 한 번 더 불렀다.

아까는 심장 소리가 너무 격렬해서 제대로 말을 했는지

알 수가 없었다.

그의 머릿속에서는 잡음이 모래 폭풍처럼 울려 퍼지고 있었다. 그리고 건널목의 경고음 같은 소리도 동시에 들렸다.

"으, 으음……."

카에데는 눈을 희미하게 떴다.

어느 쪽일까. 아직 알 수 없다.

"으응……."

카에데는 졸린 듯이 눈을 비볐다.

"파, 팔이……."

카에데는 졸린 듯한 목소리로 말을 이었다.

아직 근육통이 완전히 낫지 않은 것 같았다.

"……."

카에데는 멍한 표정으로 눈을 깜빡였다. 그리고 몸을 일으키더니, 침대 옆에 놓인 원형 의자에 앉아 있는 사쿠타를 쳐다보았다.

"오빠?"

"응. 그래. 오빠야……."

카에데일까, 아니면 카에데(花楓)일까……. 적어도 방금 「오빠」라고 말한 것을 보면 또 기억을 잃어버린 것은 아니리라.

"어, 어라……?"

그제야 뭔가 이상하다는 사실을 눈치챈 카에데가 병실 안

을 둘러보았다.

"크, 큰일 났어요. 카에데의 방이 깨끗하게 정리되어 있어요! 아, 아니네요! 여, 여기는 어디죠?! 카에데는, 분명…… 교복으로 갈아입고 있을 때, 오빠가 돌아왔고, 그 다음에는…… 어! 잠옷을 입고 있네요!"

카에데는 평소 애용하는 판다 무늬 잠옷의 후드를 머리에 썼다.

"방에서 쓰러진 바람에 응급차로 병원에 옮겨졌어."

사쿠타는 카에데의 반응을 보며 안도했다.

"오빠가 카에데를 갈아입힌 건가요?"

카에데는 잠옷의 앞섶을 움켜쥐더니, 사쿠타를 올려다보며 그렇게 말했다.

"내가 안 했으니까 안심해. 간호사 누님과 마이 씨, 토요하마가 갈아입혔어."

"오빠가 갈아입혀도 괜찮은데 말이죠."

방금 이상한 소리가 들린 것 같지만, 신경 쓰지 않기로 했다.

중학교 3학년이나 된 여동생의 옷을 고등학생인 오빠가 갈아입혀 줄 수도 없으니까 말이다.

하지만 방금 그것은 『카에데』다운 발언이었다.

"카에데, 맞지?"

사쿠타는 확신을 가지면서도 확인 삼아 물어볼 수밖에 없었다.

"카에데는 카에데예요."

카에데는 고개를 갸웃거리면서 대답했다.

"그렇구나. 다행이야."

적어도 『카에데』의 기억까지 지워지는 사태는 피한 것 같았다. 제3의 『**카에데**』가 등장했다면 이렇게 안심하지는 못했을 것이다.

"혹시 카에데는 어디 아픈 건가요?"

"딱히 병에 걸린 건 아닌데……."

사쿠타는 설명을 할 수가 없었다. 사쿠타는 물론이고 열심히 공부를 해서 의사 면허를 딴 의사도 명확하게 사태를 파악하고 있지 않은 것이다.

"지금 기분이 나쁘거나, 어질어질하지는 않지?"

"……."

카에데는 아무 말 없이 손을 뻗어보거나, 천장을 쳐다보았다. 그리고 고개를 돌리기도 했다.

"괜찮아요."

"딱히 뭔가 생각난 건 없어?"

"……예. 없어요."

"그렇구나. 일단 선생님을 불러올게."

사쿠타는 베갯머리에 있는 너스 콜을 눌렀다.

카에데는 약간 긴장되는지 사쿠타에게 다가갔다.

"……오빠."

"응?"

"그러고 보니, 카에데는 꿈을 꿨어요."

"꿈?"

"어린 카에데가 자전거를 타는 연습을 하는 꿈이었어요."

"……."

"어린 오빠와…… 아빠도 카에데의 곁에 있었어요."

"그랬구나."

카에데가 네다섯 살 때였을까. 카에데가 『카에데(花楓)』였던 시절의 기억이다. 어째서 그 기억이 카에데의 꿈에 나온 걸까.

"자전거를 탈 수 있게 될 때까지, 아빠가 뒤에서 자전거를 잡아줬어요."

실은 도중에 손을 뗐지만, 카에데는 그 사실을 모른다.

"카에데, 방금 그 이야기를 선생님에게 할 수 있겠어?"

카에데는 사쿠타의 옷소매를 움켜쥐었다.

사쿠타를 올려다보는 카에데의 눈은 뭔가를 갈구하고 있었다.

"내가 옆에 있어줄게."

"그럼 이야기할 수 있을 거예요."

카에데는 약간 긴장한 표정을 지었다. 낯가림이 심한 『카에데』의 표정이다.

바로 그때, 노크 소리가 들렸다.

"예."

사쿠타가 대답을 하자…….

"아즈사가와 씨, 무슨 일이죠?"

20대 후반으로 보이는 간호가가 얼굴을 비쳤다. 카에데의 옷을 갈아입히는 것을 도와줬던 사람이다.

그 간호사는 침대 위를 쳐다보았다. 그리고 깨어난 카에데를 보더니…….

"선생님을 불러올게요."

하고 말하며 문을 닫았다.

그 후, 카에데는 하루 종일 각종 검사와 각 전문 분야 의사의 진찰을 받았다. 그중에서도 시간이 많이 걸린 것은 뇌신경내과의 진찰과 정신과 진료였다.

특히 정신과에서는 별것 아닌 잡담을 약 한 시간 동안 나누면서 의식을 잃기 전과 정신이 든 지금 사이에 기억의 변화가 없는지 확인했다. 질문 내용에 대한 매뉴얼이 있는 것 같았다.

처음에는 카에데도 사쿠타의 등 뒤에 숨어 있었지만, 이야기가 끝날 시점에는 선생님의 얼굴을 쳐다보면서 이야기를 나눴다.

하지만 그때 이외에는 항상 사쿠타에게 찰싹 붙어 있었기에, 그는 학교를 빠질 수밖에 없었다. 무단으로 결석하면 성가신 일이 벌어질 수 있기에, 아버지가 학교 측에 대신 연락을 해줬다.

아버지는 아침에 사쿠타에게서 카에데가 정신을 차렸다는 연락을 받고 병원에 왔다. 하지만 카에데와 만나지는 않고 그때까지의 진찰 결과만 들은 후, 일을 하러 갔다. 카에데에게 괜한 스트레스를 주지 않기 위해 그런 것이리라. 아버지 또한 카에데의 얼굴을 보고 싶을 텐데도 말이다.

아버지에게 연락을 한 후, 사쿠타는 마이에게도 카에데가 정신을 차렸다는 사실을 전화로 알렸다.

"『카에데』인 거지?"

마이가 그렇게 물은 것은 어젯밤에 사쿠타가 그녀에게 자초지종을 이야기했기 때문이다. 『카에데』와 접점이 있는 마이에게는 만약의 사태에 대비해 이야기를 해두는 편이 좋을 거라고 사쿠타는 판단한 것이다.

도중에 다음 진찰까지 기다려야 하는 시간이 있었기에, 사쿠타는 점심 시간대를 이용해 친구인 쿠니미 유마에게도 연락을 했다.

오늘 아르바이트를 하는 날이라는 게 생각이 났던 것이다.

"사쿠타야?"

유마는 전화를 받자마자 그렇게 말했다.

"쿠니미, 너 초능력자였어?"

"공중전화로 나한테 전화를 할 사람은 사쿠타뿐이라고."

유마는 가볍게 웃었다.

"오늘 학교를 쉬었다는 이야기도 들었거든."

"누구한테서?"

"그야 물론 카미사토한테서지."

"왜 네 애인은 내가 학교를 쉰 걸 아는 건데?"

"너희가 같은 반이라서 아닐까?"

유마는 웃음을 터뜨렸다.

"보통은 신경도 안 쓸 거라고."

"사쿠타는 꽤 눈에 띄니까 어쩔 수 없을 거야."

눈에 띄는 걸로 치면 카미사토 사키가 더했다. 사쿠타의 반을 손아귀에 쥐고 있는 여자 보스인 것이다. 조신하게 생활하고 있는 사쿠타가 그녀보다 더 눈에 띌 리가 없다. 아니, 그런 상상조차 하고 싶지 않았다.

"그런데 무슨 일이야?"

"오늘 나를 대신해 아르바이트 좀 해줘."

"감기라도 걸렸어? 그런 것치고는 목소리가 기운차네."

"카에데한테 무슨 일이 있어서 지금 병원에 있어."

"아~, 그랬구나. 알았어. 그럼 다음에 점심밥이라도 사줘."

"쿠페빵이면 되지?"

"그거 하도 안 팔려서 마지막까지 남아 있는 거잖아."

쿠페빵은 부동의 인기 꼴지 넘버원 빵이다. 하지만 그게 팔리지 않고 남아 있기에 점심을 해결할 수 있는 이도 있으니 바보 취급을 할 수도 없다.

"아무튼, 미안하지만 부탁 좀 할게."

"그래."

사쿠타는 전화를 끊었다. 역시 사람은 곤란할 때 부탁을 들어주는 멋진 친구를 지녀야 한다. 진짜 고마웠다.

"쿠페빵을 두 개 사줘야겠는걸."

병원에서의 진찰 투어를 마친 사쿠타와 카에데가 개인 병실에 돌아가 보니, 서쪽으로 기운 태양이 저녁노을을 자아내고 있었다.

"하아."

침대에 누운 카에데는 한숨을 내쉬었다. 그리고 사쿠타 또한 「휴우」 하고 지친 듯이 숨을 내쉬었다.

사쿠타는 그저 카에데와 같이 다니기만 했는데도 피로가 축적되었다.

카에데는 커다란 병실 안에서 알지도 못하는 어른들에게 둘러싸인 채, 시종일관 낯가림을 발동시켰다. 그 탓에 사쿠타는 카에데에게서 떨어질 수 없었다. 진찰 중에도 카에데는 코알라처럼 사쿠타에게 들러붙어 있었다.

유일하게 카에데가 적극적으로 사쿠타에게서 떨어진 것은 체중을 잴 때다.

"오빠는 보면 안 돼요."

"카에데가 50킬로그램이 넘더라도 나는 신경 쓰지 않아."

"오, 오빠의 여동생은 50킬로그램이 넘지 않아요! 넘으면 안 된다고요!"

"에이, 카에데는 키가 크니까 그 정도는 나갈 것 같은데?"

사쿠타가 은근슬쩍 간호사를 쳐다보자, 그녀는 긍정하지도 부정하지도 않았다. 여자는 이럴 때 여자의 편에 서는 것 같았다.

"여동생의 체중은 수박 세 개 정도예요."

"뭐, 꽤 무거운 것 같네."

결국 카에데의 체중은 알지 못했다. 딱히 흥미가 없으니 괜찮지만…….

카에데는 신체검사를 비롯해 다양한 검사와 진찰을 받았지만, 최종적인 결과는 『이상 없음』이었다.

굳이 문제점을 꼽자면 아직 근육통이 남아 있다는 것 정도였다.

즉, 육체적으로는 매우 건강한 것이다.

하지만 거꾸로 말하자면, 카에데가 의식을 잃고 쓰러진 이유가 명확하게 밝혀지지 않은 것이기도 했다.

"오늘은 병원에서 상태를 살펴본 후, 내일은 퇴원해도 괜찮을 것 같군요."

의사가 그렇게 말했지만, 사쿠타는 안심을 할 수 없었다.

그리고 의사의 말도 그게 전부가 아니었다.

"검사 결과, 카에데 양의 몸에는 전혀 이상이 없습니다. 하지만 해리성 장애 증상은 검사로 파악되지 않는 점이 많으니, 앞으로도 가족분들이 주의 깊게 지켜볼 필요가 있을 거라고 생각합니다. 이번 의식 상실은 『카에데(花楓)』 양의 기억이 돌아오는 징후라고 생각하는 게 타당할 것 같군요. 그리고 만약 기억이 돌아올 경우, 기억을 잃은 동안 축적된 기억이 사라질 가능성이 있습니다. 그러니 가족 여러분께서는 차분하게……."

의사는 그렇게 말했던 것이다.

불안의 씨앗은 사쿠타의 가슴 깊숙한 곳에 심어졌다.

아니, 실은 2년 전부터 그 씨앗은 사쿠타의 마음속에 존재했다. 후지사와 시로 이사를 하고, 카에데와 단둘이서 생활을 하게 된 다음부터도, 『언젠가』는 이런 순간을 맞이할지도 모른다고 사쿠타는 생각했다.

하지만 너무나도 오랜 기간 동안 아무 일도 없는 나날이 계속되었기에, 어쩌면 쭉 변함이 없을지도 모른다고 생각했다. 그런 생각이 자연스럽게 머릿속에 생겨났다.

근거는 전혀 없는데도, 평온한 나날에 안심하고 있었던 것이다.

하지만 시간이 지날수록 사쿠타는 현실을 직시하게 되었다. 가슴에 심어진 그 씨앗의 싹이 비로소 깊은 땅속에서

돋아난 것이다.

그리고 싹이 돋도록 매일같이 돌본 사람은 사쿠타 본인일지도 모른다.

"현재의 생활 환경에 대한 안도감이 카에데 양의 해리성 장애 증상을 완화시켰다고 생각합니다. 그러니 가능하면 지금 같은 생활을 계속해주십시오."

의사는 그렇게 말했다.

대체 뭐가 옳고, 뭐가 그른 것일까.

분명 절대적으로 올바른 해답은 존재하지 않을 것이다.

존재하는 것은 지금 이 자리에 있는 이가 『카에데』라는 현실뿐이다.

그리고 카에데는 자신이 건강하기 그지없다는 말을 듣고 기뻐했다.

퇴원 당일. 사쿠타가 방과 후에 병원으로 가자, 카에데는 오빠가 오기만을 기다리고 있었다.

각종 수속을 반차를 쓰고 온 아버지에게 맡긴 사쿠타는 카에데와 단둘이서 병원을 나섰다.

병원에서 수배해준 택시로 이동하던 도중, 카에데가 「밖을 좀 걷고 싶어요」 하고 말했기에 두 사람은 맨션 인근에 있는 공원 근처에서 택시를 내렸다.

역에서 집으로 이어지는 길에는 석양이 드리워져 있었다.

일단 공원으로 이동한 사쿠타는 카에데를 벤치에 앉혔다.

주위에 있는 나무에 달려 있던 잎들 중 절반 정도가 단풍이 든 채 떨어졌기에, 겨울을 연상케 하는 앙상한 가지가 모습을 드러내고 있었다.

"아빠, 왔었나요?"

카에데는 작은 목소리로 말했다.

"응?"

"병원에요."

카에데는 안절부절못하듯 무릎 위에 얹은 두 손으로 몇 번이나 깍지를 꼈다 풀었다를 반복했다.

"응. 왔었어."

"……."

"카에데를 걱정했어."

"……."

카에데는 자신의 손가락 끝을 쳐다보기만 할 뿐, 아무 말도 하지 않았다. 어떤 반응을 보여야 할지 모르는 것이리라. 『카에데(花楓)』가 머릿속을 스치고 지나간 탓에 말이다.

"저기, 카에데."

"예."

"지금 가장 하고 싶은 게 뭐야?"

"……."

카에데는 고개를 들더니 어리둥절한 표정을 지었다. 사쿠타는 그런 카에데의 시선을 피하듯 하늘을 올려다보았다. 밤이 찾아온 동쪽 하늘은 푸른색을 띠고 있었다. 서쪽은 붉은색을 띠고 있었다. 그 사이에서는 두 색깔이 아름답게 그러데이션을 이루고 있었다. 저것은 무슨 색깔이라고 해야 할까.

"퇴원 축하 삼아서 말이야."

"푸딩이 먹고 싶어요!"

"더 큰 거라도 괜찮아."

"커다란 푸딩이 먹고 싶어요."

"뭐, 일단 푸딩은 먹기로 하고…… 그 외에는 없어? 예를 들자면 판다를 보러 간다든가 말이야."

"그런 거 말이군요."

카에데는 입술을 살짝 내밀면서 굳은 표정으로 생각에 잠겼다. 10초 정도 기다려봤지만, 카에데는 대답을 하지 않았다. 그 대신이라는 듯이, 공원 밖에서 목소리가 들려왔다.

카에데는 어깨를 부르르 떨면서 사쿠타와 몸을 맞댔다. 카에데는 사쿠타의 뒤편에 숨으면서 공원 앞의 도로 쪽을 쳐다보았다.

그곳에는 중학교 교복을 입은 여학생이 세 명 있었다. 그 교복은 카에데가 다닐 예정이었던 학교의 교복이다.

중화만두를 손에 든 세 소녀는 그것을 먹으면서 걷고 있었다.

"한 입만 줘."

"그럼 바꿔 먹자."

"우와, 너무 많이 먹는 거 아냐?"

"에이~, 한 입만 먹었다구."

"확 살이나 쪄버려라."

"너무해!"

그녀들은 그런 이야기를 나누며 즐겁게 웃었다. 그리고 공원 앞을 지나가더니, 곧 시야에서 사라졌고, 목소리 또한 들리지 않았다.

곧 카에데는 사쿠타에게서 몸을 뗐다. 그리고…….

"판다는 두 번째예요."

……하고 중얼거렸다.

카에데는 진지한 표정을 짓고 있었다.

"첫 번째는 뭔데?"

"첫 번째는 학교에 가는 거예요."

사쿠타는 그 말을 듣자마자 뜻밖이라고 생각했다.

하지만 카에데의 올곧은 눈동자를 보고, 자신이 생각을 잘못했다는 사실을 눈치챘다. 학교에 가는 것이야말로 카에데에게 있어 가장 크고, 가장 어려우며, 가장 하고 싶은 일이라는 사실을 이해한 것이다.

학교에 가는 것이 특별한 일이 아닌 사쿠타에게 있어 학교는 별것 아닌 장소다. 수업은 재미없으며, 정기적으로 치는 시험은 귀찮으며, 분위기를 살펴가며 친구들과 어울리는 것도 피곤하다.

하지만 딱히 나쁘지는 않다는 생각이 드는 일상이기도 했다. 도저히 못 참을 정도로 수업이 지겹지도 않고, 시험도 며칠만 꾹 참으면 끝난다. 몇 안 되는 친구와 어울리다 보면 학교생활도 나쁘지 않다는 생각이 드는 순간이 있으며, 즐거울 때도 있다.

학교에 간다는 것은 그런 것이다. 때때로 그런 친구들과 방과 후에 먹을 것을 사 먹기도 한다. 그런 별것 아닌 나날이야말로 카에데가 원하는 것이다. 평범해도 된다. 평범이야말로, 카에데가 평범을 누리지 못하기에 느끼는 불안을 없애주는 것이다.

"알았어."

"오빠?"

"학교에 가자."

카에데는 사쿠타의 말을 곱씹듯 천천히 숨을 들이마셨다. 그리고…….

"예! 학교에 가겠어요!"

……하고 미소를 지으며 말했다.

2

카에데가 퇴원한 날 밤. 사쿠타는 카에데가 잠이 든 늦은 시간에 아버지에게 전화를 했다.

—학교에 가는 거예요.

카에데가 진지한 표정으로 말한 그 소원을 들어주기 위해, 첫걸음을 내디딘 것이다.

오랫동안 계속되어온 등교 거부라는 상황을 바꾸는 것은 쉽지 않다. 카에데의 마음과 준비도 중요하지만, 학교 측의 협력도 필요하다. 학교 측이 해리성 장애에 대해 이해하지 못하면 죽도 밥도 안 되는 것이다.

"무슨 일이니?"

아버지는 전화를 받더니 바로 용건을 물었다.

"카에데가 학교에 가고 싶대."

"그렇구나."

"나는 카에데의 소원을 들어주고 싶어."

전화상이 아니었다면 이런 식으로 솔직하게 말하지 못했으리라.

수화기 너머에 있는 아버지는 잠시 동안 생각에 잠겼다. 하지만 사쿠타가 말을 잇기 전에…….

"알았어."

……하고 말했다.

"중학교에는 내일 연락해서 사정을 이야기해두마."

아버지는 차분한 어조로 말을 이었다.

"응."

"학교 측과 상담을 해야만 하겠지."

"아마 그럴 거야."

이런 수속은 어른이 진행하는 편이 났다. 고등학생인 사쿠타가 나서봤자 이야기만 더 복잡해지리라. 왜 고등학생인 사쿠타가 나서는지를 제대로 설명해야만 하는 것이다. 그리고 대부분의 사람들은 그 설명을 이해하지 못한다. 그러니 괜한 일에 힘을 쓸 필요는 없다.

"사쿠타."

"응?"

"밥은 챙겨 먹고 있니?"

아버지는 느닷없이 그렇게 말했다.

하지만 사쿠타는 그 말을 듣고 놀라지 않았다.

"챙겨 먹어."

사쿠타는 그렇게 대답했다.

사쿠타는 아버지가 진짜로 하고 싶은 말은 그게 아닐 거라고 생각했다. 카에데의 기억이 앞으로 어떻게 될지 아무도 알지 못한다. 의사는 잃어버린 기억이 돌아올지도 모른다고 말했다. 의식을 잃고 쓰러진 것이 그 징후일지도 모른다고 말했다.

그것은 『카에데(花楓)』가 돌아온다는 것을 뜻했다.

그렇기 때문에, 아버지는 약 2년 동안 『카에데』와 생활한 사쿠타를 걱정하고 있는 것이다. 무슨 일이 생긴다면, 사쿠타는 상실감을 느끼리라. 그것은 매우 괴로운 일이다. 『카에데(花楓)』를 잃었을 때 맛본 마음이 찢어지는 듯한 고통을, 사쿠타는 또 느끼게 될지도 모른다.

"그렇구나. 챙겨 먹고 있구나."

그래서 아버지는 이런 말을 하는 것이다. 자신이 무슨 말을 한들, 뭔가가 바뀌지 않는다는 사실을 알기에…… 그 대신 이런 뜬금없는 소리를 한 것이다.

"잘 챙겨 먹어."

사쿠타는 아버지의 마음을 이해하며 그렇게 대답했다.

"그렇구나."

"응."

사쿠타는 애매하게 맞장구를 쳤다. 그것만으로 충분할 때도 있다.

"그리고 상황이 어느 정도 정리가 된 다음이라도 괜찮다만……."

"응?"

"……."

아버지는 잠시 동안 침묵하더니, 뭔가를 주저하는 듯한 숨소리가 들렸다. 사쿠타가 그 이유를 생각하고 있을 때…….

"네가 사귀고 있는 아가씨를 소개해주렴."

아버지는 단숨에 그렇게 말했다.

"아~."

사쿠타는 어떤 반응을 보여야 할지 망설인 끝에, 당혹스러움을 목소리에 담아 그대로 드러냈다. 어쩌면 그게 올바른 반응일지도 모른다. 이제 와서 얼버무리는 것도 무리니까 말이다.

카에데가 의식 불명 상태가 된 후, 병원으로 뛰어온 아버지와 갈아입을 옷을 챙겨온 마이는 한 번 마주쳤었다. 아직 카에데의 의식이 돌아오지 않았기에 두 사람은 가볍게 인사만 나눴다.

사쿠타가 보기에 언제 어느 때나 차분하던 아버지가 그때만은 겉으로 드러날 정도로 동요했다. 눈앞에 있는 이가 국민적 지명도를 지닌 여배우이니 그러는 것도 무리는 아니었다. 게다가 아버지 세대에게 있어서는 아역 시절부터 계속 지켜봐 온 연예인인 것이다. 일전의 스캔들을 알고 있는 데다, 그 상대가 자신의 아들이라는 사실을 알았으니 놀랄 만도 했다.

"으음, 정리가 되면 그렇게 할게."

사쿠타는 애매하게 말끝을 흐렸다. 하지만 오랫동안 미룰 수는 없을 것 같았다. 아버지와 마주쳤던 마이 또한 제대로 인사를 나눌 자리를 만들어달라고 은근슬쩍 이야기했던 것이다. 아역 시절부터 연예계에 몸담아 왔던 마이는 그런 면에서 예의가 바르고 성실했다.

사쿠타로서는 가능하면 피하고 싶은 이벤트다. 부모님에게 애인을 소개하는 건, 항문을 보여주는 것보다 부끄러웠다.

하지만 사쿠타에게는 그걸 회피할 방법이 없었다. 각오를 다지는 수밖에 없다. 아버지 쪽은 계속 둘러대며 시간을 끌 수도 있겠지만, 아마 마이는 그러는 것을 용납하지 않을 것 이다.

"무례는 범하지 말거라."

아마 마이에게 그러라는 의미이리라.

이런 이야기를 계속하는 건 정신 건강상 좋지 않을 것 같 았다. 사쿠타는 카에데의 일을 아버지에게 다시 한 번 부탁 한 후, 전화를 끊었다.

수화기를 내려놓은 사쿠타는 자신이 식은땀을 흘리고 있 다는 걸 눈치챘다.

"뭐, 이미 들켰으니 어쩔 수 없지……."

인생을 살다 보면 포기라는 것을 해야만 할 때가 있다. 포 기해버리면, 웬만한 일들은 어찌어찌 되는 것이다.

3

다음 날, 11월 20일 목요일 아침. 학교에 가기 위해 집을 나선 사쿠타는 맨션 앞에서 캐리어 가방을 끌며 이동 중인 마이와 마주쳤다.

오늘부터는 카나자와에서 영화의 로케이션 촬영을 한다고 들었다. 저 커다란 가방에는 촬영에 필요한 옷가지가 가득 들어 있으리라. 꿈으로 가득 찬 가방이다.

마이의 옆에는 상류층 학교의 교복을 입은 노도카가 서 있었으며, 캐리어 가방의 바퀴가 턱을 넘는 걸 도와주고 있었다. 사이좋은 자매의 그런 모습은 영화의 한 장면 같았다.

맨션 옆 도로에는 마이를 마중 온 차가 세워져 있었다. 흰색 미니밴이었다. 운전석에서 내린 사람은 정장을 입은 여성 매니저였다. 이름은 아마 하나와 료코였을 것이다. 나이는 20대 중반이며, 옛날 별명은 홀스타인이었다고 한다.

그녀는 안절부절못하면서 자동차의 문을 닫았다. 정확하게 말하자면, 차에서 내릴 때부터 발을 동동 구르고 있었다. 연하인 마이가 훨씬 차분해 보였다.

"좋은 아침이에요, 료코 씨."

"좋은 아침이에요. 짐, 제가 실을게요."

"아, 예. 부탁드려요."

캐리어 가방을 넘겨받은 료코는 자동차의 슬라이드식 문을 열더니, 후방 좌석에 그 가방을 실었다.

그 사이, 사쿠타를 발견한 마이가 그에게 다가갔다.

"2주 일정이라고 했었죠?"

사쿠타가 먼저 마이에게 말을 걸었다.

"나를 만나지 못하게 되어서 쓸쓸하겠지만, 매일 전화해줄게."

"그럼 매일 밤, 전화기 앞에서 대기할게요."

"그러지 않아도 되니까, 열심히 공부해둬."

"마이 씨의 전화를 기다리느라 공부에 집중하지 못할 것 같아요."

사쿠타는 진지한 표정으로 정당하기 그지없는 이유를 말했다.

"나를 핑계 거리로 삼지 마."

마이는 사쿠타의 머리를 살짝 때렸다.

"기왕이면 잘 다녀오겠다는 의미의 뽀뽀라도 해줬으면 좋겠는데 말이죠."

"노도카와 료코 씨가 보는 앞에서 그런 짓을 어떻게 해."

료코는 캐리어 가방을 차에 실은 후, 아까부터 사쿠타와 마이를 힐끔힐끔 쳐다보고 있었다. 그녀는 오른쪽으로 세 걸음 걸어갔다가 왼쪽으로 세 걸음 걸어갔다. 마치 동물을 보고 있는 듯한 기분이 들었다. 그녀가 안절부절못하고 있다는 것만큼은 강렬하게 느껴졌다.

"일전의 스캔들 때문에 엄청 폐를 끼쳤으니까 한동안은 자제해야 해. 료코 씨는 스트레스 때문에 체중이 3킬로그램이나 쪘다니까 말이야."

"보통 걱정거리가 있으면 살이 빠지지 않나요?"

일반적으로는 입맛이 뚝 떨어지니까 말이다.

"지친 마음을 디저트로 치유한다니 찔 수밖에 없을 거야."

사쿠타는 은근슬쩍 료코를 쳐다보았다. 아직도 우왕좌왕하고 있었다.

"3킬로그램 정도는 쪄도 괜찮은 것 같은데요?"

원래 체형이 날씬해서 그런지 전혀 뚱뚱해 보이지 않았다. 물론 연예인인 마이나 노도카에 비하면 좀 듬직해 보이기는 하지만, 굳이 따지자면 평범한 체형이라 할 수 있을 것이다.

"로케이션 촬영이 끝나면 돌아올 거니까, 그때 잘 다녀왔다는 키스 정도는 해줄게."

마이는 사쿠타를 올려다보며 그에게만 들릴 목소리로 그렇게 말했다. 그 말을 들으니 지금 바로 하고 싶어졌다.

"그럼 갔다 올게."

마이는 사쿠타의 마음을 꿰뚫어 본 것처럼 장난기 섞인 미소를 지었다. 사쿠타의 마음에 불을 지른 마이는 차량을 향해 돌아섰다.

"아, 마이 씨. 잠깐만요."

"왜?"

마이는 의아한 표정을 지으며 사쿠타를 돌아보았다.

"으음, 좀 상황이 정리되고 나면 부모님에게 마이 씨를 소개하고 싶어요."

"알았어."

마이는 즐거운 듯이 미소 지었다.

"그리고……."

"할 말이 더 있어?"

마이는 뜻밖이라는 듯한 반응을 보였다.

"오늘도 끝내주게 귀여워요."

"……."

마이는 어리둥절한 표정을 지었다. 그리고 곧 무슨 말을 하려다 생각이 바뀐 것처럼 입을 다물었다. 마이는 아무 말 없이 그저 빙긋 웃었다. 그녀의 표정은 기뻐 보였다. 그리고 작게 손을 흔들면서 종종걸음으로 차량을 향해 뛰어갔다. 그리고 차에 타더니, 직접 문을 닫았다.

그 뒤를 이어 료코가 운전석에 탔다. 엔진음이 들리더니, 차가 달리기 시작했고, 창문 너머에서 손을 흔들던 마이의 모습도 몇 초 만에 시야에서 사라졌다. 좌회전을 하며 사라지는 미니밴을 지켜본 후, 사쿠타는 노도카와 함께 역을 향해 걸음을 옮겼다.

"……."

"……."

사쿠타와 노도카는 잠시 동안 이야기를 나누지 않았다. 하지만 노도카에게서는 말을 걸 타이밍을 찾고 있는 듯한 느낌을 받았다. 그녀는 아까부터 사쿠타를 힐끔힐끔 쳐다보고 있었다.

노도카는 순진해서 그런지 자신의 마음을 잘 숨기지 못

했다.

"왜 그래? 화장실이라도 가고 싶어?"

"뭐? 아니거든?"

"그럼 뭔데?"

"그게 무슨 소리야?"

"너, 나한테 할 말이 있다는 듯한 표정을 짓고 있다고."

"……."

노도카는 한순간 주저했다.

"이대로 헤어졌다간 하루 종일 수업에 집중하지 못할 것 같으니까, 말해줘."

"애초부터 수업에는 집중 안 하면서……."

"미안하지만, 요즘 들어서는 수업에 꽤 집중한다고."

왜냐면 사쿠타는 마이와 같은 대학에 들어가야만 하는 것이다.

"그럼 묻겠는데…… 너는 왜 그렇게 태연한 거야?"

"뭐?"

"무섭지 않은 거야?"

앞뒤가 다 잘린 말이지만, 사쿠타는 노도카가 무슨 말을 하는 것인지 이해했다. 실은 그녀가 말을 하기 전부터 알고 있었다.

카에데에 관해서다.

지금 노도카가 사쿠타에게 물어볼 거라고는 그것뿐이다.

처음에는 대충 얼버무릴까 했다. 노도카의 진지한 눈빛을 보지 않았다면 대충 둘러댈 수도 있었을 것이다. 노도카의 눈동자에 어려 있는 것이 단순한 의문이라면 그랬을지도 모른다.

사쿠타와 눈이 마주친 노도카는 약간 쓸쓸한 눈빛을 띠며 그를 쳐다보았다. 난처해하는 것처럼 보였다. 노도카는 사쿠타를 걱정하며 말로 형용하기 힘든 표정을 짓고 있었다. 그것이 의문이라는 형태로 입 밖에 나온 것이다.

이래서야 대충 둘러댈 수 있을 리가 없다.

"그야 당연히 무섭지."

"……."

"금방이라도 지릴 것 같아."

"나, 진지하게 묻고 있거든?"

"하지만 동생 앞에서 오빠가 지릴 수는 없잖아. 소변도, 대변도, 그리고 약한 소리도 말이야."

사쿠타는 신호가 빨간색이었기에 멈춰 섰다.

"내가 어떻게 할 수 있는 일이라면 어떻게든 해보려고 했을 거야."

"……."

"하지만 내가 할 수 있는 일은 없어."

사쿠타는 일방적인 말을 담담하게 입에 담았다.

『카에데』와 『카에데(花楓)』를 동시에 행복하게 해줄 수단이 있다면 옛날 옛적에 시도해봤을 것이다. 카에데와 카에데의 주위에 있는 이들을 힘들지 않게 할 수만 있다면 그 어떤 노력도 아끼지 않을 것이다. 아니, 사쿠타는 그것을 노력이라고 느끼지도 않으리라. 자연스럽게 그렇게 할 것이다. 숨을 쉬듯 자연스럽게 말이다. 그러는 게 당연하니까 말이다.

하지만 그런 꿈만 같은 해결책은 존재하지 않는다.

잔혹한 게 아니라, 그저 당연한 것처럼, 그 둘은 양립할 수가 없는 것이다.

"……미안해."

노도카는 낮은 목소리로 그렇게 말했다.

"응?"

"아~, 정말~, 나는 바보야!"

노도카는 머리카락을 흔들면서 그 자리에 주저앉았다.

"갑자기 정서 불안한 애처럼 행동하지 마. 남들이 나도 이상한 눈으로 쳐다보잖아."

남들 눈에는 노도카가 갑자기 고함을 지르며 주저앉은 금발 날라리 여고생처럼 보일 것이다. 근처에 서 있던 양복 차림의 회사원이 한 걸음 옆으로 물러선 것도 이해가 되었다.

신호가 파란색으로 변하자, 그 회사원은 빠른 발걸음으로 횡단보도를 건넜다.

사쿠타도 걸음을 내디뎠다.

"아, 기다려."

노도카는 허둥지둥 사쿠타를 쫓아갔다.

"방법이 없으니까, 언니도 아무 말도 안 했던 건데…… 미안해."

노도카는 또 사과했다.

그녀는 침울한 표정을 짓고 있었다.

"토요하마는 아이돌로서 인기를 얻지 못한다면, 어떻게 할 거야?"

"뭐? 왜 갑자기 그런 걸 묻는 거야?"

노도카는 눈썹을 찌푸렸다.

"아이돌 같은 걸 하지 않았으면 좋았을 거다, 시간과 노력을 낭비했다~ 하고 생각할 거야? 차라리 없었던 일로 여기고 싶다고 생각할 거야?"

사쿠타는 어떤 답변을 원하며 이 질문을 던진 것이 아니었다. 그저 순수하게 그녀의 대답을 듣고 싶었다.

"그렇게 생각할 리가 없잖아."

노도카는 주저 없이 대답했다. 그녀의 목소리에서는 확고한 신념이 느껴졌다.

"왜 그렇게 생각하는데?"

"아이돌 활동을 하면서 나는 다양한 사람들과 만났고, 다양한 경험을 했어. 그리고 여러 기분과 감정을 처음으로 느껴봤단 말이야……. 물론 전부 좋은 추억이라고 생각하지는 않고, 생각할 수도 없지만……. 그래도 그런 일들을 통해 지금의 자신이 만들어졌다고 생각하기 때문, 이려나~."

노도카는 진지하게 대답하다 창피해졌는지, 마지막에는 농담을 하는 듯한 톤으로 그렇게 말했다.

"물론 『그때 그랬으면 좋았을걸』이라든가 『내가 할 수 있는 일이 있었을지도 몰라』 같은 후회는 하겠지만 말이야."

노도카는 변명을 하는 듯한 투로 그렇게 말했다. 아마 멋쩍어서 저렇게 말하는 것이리라.

"그렇구나. 다행이야."

"응? 뭐가 다행이라는 거야?"

"나는 『할 만큼 했으니까 후회하지 않아』 같은 소리를 하는 포지티브 몬스터와 사이좋게 지낼 수는 없을 것 같거든."

제아무리 노력한들 결국 후회하게 될 거라고 생각한다. 소중하니까, 중요하니까, 포기할 수 없으니까…… 그러니 뜻대로 되지 않았을 때 후회를 하는 것이다.

중요한 것은 그런 감정과 어떻게 마주할 것인가. 어떻게 타협을 할 것인가. 노도카는 그 대답을 방금 자기 입으로 말했다.

"뭐, 어차피 그런 걸 거야."

"응? 뭘 혼자서 납득하고 있는 거야?"

"어차피 언젠가 다들 죽을 텐데도 열심히 사는 건, 결과가 아니라 과정을 즐기는 게 인생이라는 걸 알기 때문이라는 소리야."

"그런 소리 한 적 없거든? 나는 그런 생각으로 인생을 살고 있는 게 아냐~."

노도카는 어이없다는 눈빛으로 사쿠타를 쳐다보았다.

"그렇게라도 생각하지 않으면, 아무것도 못 하겠단 말이야."

"……."

노도카는 사쿠타의 얼굴을 뚫어지게 쳐다보았다.

"왜 그래?"

"방금 그 말은 진심처럼 들렸어."

노도카는 어찌 된 영문인지 즐거워했다.

"그래……. 그럼 나는 평소처럼 행동하면 되겠네."

"가능하면 카에데의 앞에서도 그렇게 해줘."

"확답은 못 하겠지만, 노력은 해볼게."

그것은, 화려한 겉모습과 달리 실은 성실한 노도카다운 대답이었다.

4

토요일.

카에데와 점심을 먹은 후, 혼자서 외출한 사쿠타는 익숙하지 않은 통학로를 걷고 있었다. 그럴 만도 했다. 통학로는 통학로지만, 사쿠타가 현재 걷고 있는 것은 카에데가 다닐 중학교로 이어지는 길인 것이다.

요코하마 시의 중학교를 졸업하고 이 마을로 이사를 온 사쿠타는 이 통학로에 익숙하지 않았다. 지나다닌 적이 없는 길이기에 그리움이나 반가움 같은 것도 느껴지지 않았다. 그저 흔하디흔한 도로처럼 보였다. 그저 약간의 신선함만을 맛보며 걷고 있었다.

집을 나서고 약 10분이 흘렀다.

운동장을 둘러싼 녹색의 높은 네트가 보였다. 그리고 좀 더 나아가자, 하얀 건물이 눈에 들어왔다.

저곳이 사쿠타가 향하고 있는 중학교다.

교문 앞에는 눈에 익은 인물이 서 있었다. 운동장에서 부활동을 하는 야구부를 쳐다보고 있는 양복 차림의 그 사람은 바로 사쿠타의 아버지다.

"나 왔어."

사쿠타가 뒤편에서 말을 걸었는데도······.

"그래."

······하고 짤막하게 말하기만 했다. 발소리로 사쿠타가 다가오는 것을 알고 있었던 걸지도 모른다.

어째서 이런 장소에서 아버지와 만난 것일까.

그 대답은 간단했다.

아버지가 학교 측에 연락을 한 결과가 오늘로 이어지고 있었다.

의외로 학교 측은 신속하게 대응을 해줬고, 보호자 면담을 해보기로 했다. 그리고 아버지의 일 때문에 주말인 토요일…… 11월 22일인 오늘, 면담을 하게 된 것이다.

사쿠타는 그 면담에 참가하기 위해 이곳에 왔다.

"그럼 가볼까?"

아버지는 주저 없이 활짝 열린 교문을 통과했다. 사쿠타도 그런 아버지의 뒤를 따랐다. 왠지 발걸음이 잘 떨어지지 않았다. 자신이 다니지도 않는 학교에 들어가려니 긴장감이 느껴졌다. 불가사의하게도 왠지 나쁜 짓을 하고 있는 듯한 느낌이 들어서 재미있었다.

아버지는 건물 입구 근처 사무실에 있는 이에게 인사를 건넸다. 이미 이야기가 되어 있는지 40대 중반으로 보이는 여성 선생님이 마중을 나와 있었다.

"3학년 1반의 담임입니다."

그 선생님은 인사를 건네면서 그렇게 말했다. 즉, 카에데가 소속될 반의 담임 선생님이다. 올해 초에 인사를 나누기는 했지만, 시간이 꽤나 지난 탓에 얼굴은 생각나지 않았다.

"그럼 이쪽으로 오시죠."

그 선생님이 사쿠타와 아버지를 안내한 곳은 교무실과 교장실 사이에 있는 응접실이었다. 벽 쪽에는 트로피와 상장이 줄지어 놓여 있었다.

선생님이 권한 소파에 두 사람이 앉자…….

"대부분 운동부가 딴 겁니다."

맞은편에 앉은 교감 선생님이 그렇게 말했다. 교감 선생님의 옆에 카에데의 담임이 될 선생님이 앉았다. 그 옆에 놓인 접이식 의자에 한 사람이 더 앉아 있었다. 눈에 익은 30대 중반의 여성이다. 스쿨 카운슬러 선생님이다.

그녀의 이름은 토모베 미와코.

지금까지 한 달에 한 번꼴로 카에데를 살펴보러 와준 선생님이다. 카에데는 그녀를 「미와코 선생님」이라고 부르며, 사쿠타는 「토모베 씨」라고 불렀다.

사람들이 모이자, 우선 아버지가 카에데의 현재 상태를 이야기했다. 전에 다녔던 중학교에서의 일과 해리성 장애에 걸리게 될 때까지 있었던 일들, 그리고 지금은 학교에 가고 싶어 한다는 것까지…….

선생님들도 해리성 장애에 의한 기억 상실에 관한 이야기를 듣고 당혹스러워했다. 하지만 오늘 면담 전에 어떤 식으로 이 일에 대응할지 이미 논의를 해둔 것 같았다.

"저희 학교로서는 카에데 양의 등교를 최대한 돕고 싶습니다."

머리가 완전히 벗겨진 교감 선생님은 사쿠타와 아버지를 향해 그렇게 말했다.

"그리고 스쿨 카운슬러인 토모베 선생님과 앞으로 상의를 하면서 카에데 양이 등교를 할 수 있도록 차근차근 도울 생각입니다."

교감 선생님이 눈짓을 보내자, 미와코가 살며시 고개를 숙였다.

　"처음에는 천천히 진행하고 싶어요. 예를 들어 통학로를 조금씩 걸어보는 것부터 시작해서, 괜찮아 보인다면 거리를 서서히 늘리는 거죠. 그래서 학교 근처까지 가는 거예요. 한동안은 교문을 골인 지점으로 삼으며,『학교에 간다』는 것에 거부감을 느끼지 않도록 마음이 천천히 등교에 익숙해지게 만드는 편이 좋겠다고 생각해요. 학교에 가야만 한다는 마음이 지나치게 강해지면, 그 마음 때문에 심리적으로 궁지에 몰리는 경우도 있으니까요."

　"예."

　아버지는 차분한 목소리로 그렇게 말하며 고개를 끄덕였다.

　"무리 없이 교문까지 갈 수 있게 된다면, 양호실 등교부터 시작하는 것도 좋지 않을까 하고 생각해요. 요즘 들어 집 밖에 나갈 수 있게 되었다고 들었지만, 이야기를 듣자 하니 아직 동년배들의 시선에 민감한 반응을 보이는 것 같으니까요."

　미와코는 사쿠타를 힐끔 쳐다보았다. 사쿠타는 아무 말 없이 고개를 끄덕였다.

　"양호실을 출발점으로 삼아서 학교의 환경에 서서히 익숙해지는 게 중요해요. 현재 단계에서는 그런 식으로 학교에 익숙해진 후에 교실을 목표로 삼는 편이 좋지 않을까 싶어요."

　"질문 하나만 해도 될까요?"

미와코가 말을 멈추자, 사쿠타는 살며시 손을 들며 그렇게 말했다.

"예. 그러세요."

"양호실 등교는 좀 눈에 띄지 않을까요?"

카에데 혼자만 다른 장소에 있으면 여러모로 눈에 띌 것이다. 전교생이 운동장에 있을 때 혼자만 교실에 있거나, 아니면 정반대 경우처럼 말이다. 그래서 체육 시간에 혼자만 수업에 참가하지 않고 견학을 하는 것을 싫어하는 학생도 있다.

"그것도 그렇군요. 그러는 걸 싫어하는 학생도 많으니, 어떻게 하는 편이 좋을지는 카에데 양과 직접 이야기를 해보고 정하도록 하죠."

미와코는 사쿠타의 지적을 듣더니 미소를 지으며 그렇게 말했다. 이 질문을 이미 예상하고 있었던 것 같은 인상이 느껴졌다. 비슷한 케이스에서 같은 질문을 매번 받았던 걸지도 모른다.

"괜찮다면 오늘 댁에 찾아가서 카에데 양과 면담을 하고 싶습니다만……."

미와코는 사쿠타와 아버지를 번갈아 쳐다보았다.

말투와 태도는 차분하지만, 할 일은 똑 부러지게 하는 사람인 것 같았다.

"……."

아버지는 아무 말 없이 사쿠타를 쳐다보았다.

사쿠타에게 판단을 맡기는 것 같았다. 딱히 아버지가 무책임한 행동을 하고 있는 것은 아니다. 카에데에 관해서는 사쿠타가 가장 잘 알고 있다. 카에데가 가장 의지하고 있는 사람 또한 사쿠타인 것이다. 그 사실을 알기에, 아버지는 사쿠타에게 판단을 맡겼다.

"전화를 해서 본인에게 물어봐도 될까요?"

"예. 그편이 좋을 거라고 생각해요."

아버지가 호주머니에서 핸드폰을 꺼냈다. 스마트폰이 아니라, 흰색의 접이식 폴더폰이었다.

사쿠타는 그 핸드폰의 주소록에서 자신의 집 전화번호를 찾은 후, 자리에서 일어났다.

"그럼 연락을 해볼게요."

사쿠타는 그렇게 말한 후, 핸드폰에서 흘러나오는 발신음을 들으면서 복도로 향했다.

몇 번 신호가 간 후, 부재중 전화로 이어졌다.

"카에데, 나야. 있으면 전화를 받아줘."

바로 그때, 전화가 이어지는 소리가 들렸다.

"여보세요. 오빠인가요? 카에데예요."

"지금 손님을 데리고 집에 가도 될까?"

"손님이라고요?"

"응. 스쿨 카운슬러 선생님이야."

"……미와코 선생님 말인가요?"

"그래."

카에데가 한순간 말을 멈춘 이유는 상상이 되었다. 미와코와는 몇 번 만난 적이 있지만, 카에데는 그녀를 꽤 거북해했다. 아마 첫 인상이 나빴기 때문이리라. 사쿠타가 설명을 잘못한 걸지도 모른다. 사쿠타가 「스쿨 카운슬러 선생님」이라고 미와코를 소개하자, 카에데는 그녀를 「자신을 학교로 끌고 가려고 하는 사람」이라고 생각했었다. 간단히 말해 무서운 사람이라고 여기는 것이다.

지금은 오해를 풀었지만, 처음 만났을 때의 인상이 여전히 카에데의 머릿속에 남아 있는 것 같았다.

"요, 용건은 뭐죠?"

그 사실을 증명하듯, 카에데는 약간 떨리는 목소리로 그렇게 물었다.

"카에데가 학교에 갈 수 있도록 함께 작전 회의를 하고 싶대."

"그, 그럼 괜찮아요."

"정말 괜찮은 거지?"

"아, 예."

긴장하기는 한 것 같지만, 목소리에서는 무리를 하는 듯한 기색이 느껴지지 않았다.

"알았어. 그럼 좀 있다 돌아갈게."

"기, 기다리고 있을게요."

카에데가 전화를 끊은 후, 사쿠타도 핸드폰을 접었다.

5

오후 세 시가 지났을 즈음, 사쿠타는 미와코와 함께 중학교를 나섰다.

아버지는 뒤늦게 온 교장과 인사를 나누느라 학교에 남아 있었다.

"선생님들은 토요일에도 출근을 하는군요."

사쿠타는 걸음을 옮기면서 질문을 던졌다.

"평일에는 학생들을 돌봐야 하니까요. 수업 내용을 준비하기도 해야 하고, 3학년들을 담당하는 선생님들은 학생들의 진로에 관해서도 생각해야 하니 정말 바쁘답니다."

"왠지 남 일이라는 듯한 말투네요."

"저는 학교 선생님들과는 입장이 다르니까요. 한 학교에 상주하고 있지 않다고 전에 설명을 해드렸을 텐데요?"

미와코는 책망하는 눈길로 사쿠타를 쳐다보며 말했다.

"아, 토모베 씨는 양호실 선생님 같은 느낌이라서 깜빡했을 뿐이에요."

그리고 보니 전에 그 이야기를 들은 적이 있었다. 사쿠타는 미와코와 처음 만나고 「스쿨 카운슬러가 뭐지?」 하고 생각했다. 미와코는 임상심리사 자격을 가지고 있기 때문에 교육 위원회로부터 스쿨 카운슬러로 인정을 받았다는 이야기를 일전에 사쿠타에게 해줬다.

"원래는 양호실 선생님처럼 학교에 상주해야 하지만, 인원과 예산 문제로 그러기 힘든 실정이죠."

"어른의 사정이라는 거네요."

사쿠타는 빈정거리는 듯한 투로 그렇게 말했다. 딱히 별다른 의미가 있는 것은 아니지만 말이다.

"오빠분도 성격이 꽤나 삐뚤어진 것 같군요. 아무래도 카운슬링을 받아야 할 것 같은걸요."

이 말도 미와코를 만날 때마다 들었다. 그래서 사쿠타도 미와코가 좀 거북했다.

"도착했어요."

사쿠타는 방금 그 말을 못 들은 척하면서 자신이 사는 맨션을 올려다보았다.

"그런 식으로 남의 이야기를 못 들은 척하는 것도 문제예요."

"……."

사쿠타는 오토 록인 문을 연 후, 엘리베이터를 탔다. 그리고 버튼을 누르자, 엘리베이터는 두 사람을 사쿠타의 집이 있는 층으로 옮겼다.

사쿠타는 자신이 사는 집의 문을 열었다.

"다녀왔어."

"어, 어서 오세요, 오빠."

목소리는 들렸지만, 카에데의 모습은 보이지 않았다. 현관에서 복도 쪽을 쳐다보니…… 거실 문 뒤편에 숨은 카에데가 얼굴만을 내밀어서 사쿠타를 쳐다보고 있었다.

"실례할게요. 안녕하세요, 카에데 양."

미와코는 온화한 어조로 카에데에게 말을 걸었다.

"아, 안녕하세요."

그러자 카에데는 딱딱한 목소리로 인사를 건넸다.

미와코가 거실에 들어가자, 카에데는 일단 방구석으로 후퇴……하나 싶더니, 사쿠타의 등 뒤에 숨었다.

하지만 미와코를 마중하는 것만으로도 카에데의 변화를 확연하게 느낄 수 있었다. 게다가 예전에는 잠옷 차림으로 미와코와 이야기를 나눴지만, 지금은 중학교 교복을 입고 있었다. 문이 반쯤 열려 있는 카에데의 방을 쳐다보니, 허물 같은 판다 무늬 잠옷이 눈에 들어왔다.

아무래도 사쿠타의 전화를 받고 허둥지둥 교복으로 갈아입은 것 같았다. 시간이 부족했는지 아직 양말을 한 짝밖에 신지 못했다.

"교복이 잘 어울리네요."

미와코는 빙긋 미소 지었다. 물론 사쿠타가 아니라 카에데를 향해서 말이다.

사쿠타의 등 뒤에 있던 카에데가 얼굴을 살짝 내밀었다.

"고, 고마워요."

카에데의 목소리는 작았지만, 미와코는 들은 것 같았다.

"자, 그럼 작전 회의를 시작해볼까요."

미와코는 그렇게 말하더니, 사쿠타가 권한 의자에 앉았다. 그리고 아까 학교에서 사쿠타와 아버지에게 해줬던 이야기를 카에데에게 했다.

조금씩 익숙해지면 된다.

처음에는 통학로를 조금씩 걸어보기만 하면 된다.

교문까지 갈 수 있다면 충분하다.

그 다음에는 양호실 등교부터 시작하는 건 어떨까, 하고 말했다.

카에데는 미와코의 이야기를 진지하게 들었다.

그리고 이야기가 끝나자…….

"저, 저기."

……하고 자기 입으로 말했다.

"예. 왜 그러죠?"

"뭐, 뭐 좀 물어봐도 될까요?"

카에데는 사쿠타의 등 뒤에서 손을 들었다.

"물론이죠, 카에데 양."

"교실에 가지 않아도 괜찮나요?"

"카에데 양은 교실에 가고 싶나요?"

"남들과 다른 건 싫어요."

질문과 대답의 핀트가 약간 어긋났다. 하지만 본질적인 면에서는 올바른 대답이었다. 지금 그들은 카에데가 무엇을 할 수 있고, 무엇이 어려운지를 그녀의 말을 통해 확인하기 위해 모인 것이다.

　"카에데 양은 다른 사람들과 같이 있고 싶나요?"

　"다른 사람들의 시선을 받는 건…… 무서워요."

　"어느 쪽을 할 수 있을 것 같나요?"

　"……"

　카에데는 입을 다문 채 생각에 잠겼다.

　"카에데는……."

　카에데는 천천히 입을 열었다.

　"카에데는, 다른 사람들의 시선을 받는 게, 역시 무서워요."

　"양호실에 가면 다른 사람들과 좀 떨어져 있을 수 있어요. 그러니 우선 양호실 등교부터 시도해볼까요?"

　"저, 저기……."

　카에데는 또 손을 들었다.

　"말해보세요."

　"야, 양호실 등교도, 학교에 간 거라고 할 수 있을까요?"

　카에데의 목소리에는 긴장감이 어려 있었다. 미와코와 대화를 나누며 느끼는 긴장감과는 조금 달랐다. 그 긴장감에서는 필사적인 느낌이 전해졌다.

　"예, 물론이죠."

미와코는 힘차게 고개를 끄덕였다.

"하, 하지만 남들과 다르잖아요."

"그래요. 하지만 그런 남들 또한 한 명 한 명이 다 다르답니다."

"⋯⋯다르다고요?"

카에데는 고개를 갸웃거렸다. 그 탓에 사쿠타의 몸도 덩달아 오른쪽으로 기울어졌다.

"예를 들자면, 키가 큰 애도 있고 키가 작은 애도 있죠? 달리기를 잘하는 애도 있는가 하면, 잘 못하는 애도 있어요. 그와 마찬가지로, 학교라는 환경에 금방 익숙해지는 애가 있는가 하면, 시간이 걸리는 애도 있어요."

"⋯⋯."

"키가 작은 애에게 키가 커지라고 말하지는 않아요. 그런 말을 하면 난처해할 테니까요. 사람에게는 각자의 페이스가 있어요. 각자의 방식이라든가, 각자의 삶이 있죠. 집단행동과 협조성을 기른다는 의미에서 본다면 학교생활은 매우 충실한 환경일지도 몰라요. 하지만 때로는 학교의 페이스와 방식을 학생들에게 강요하기도 하죠. 그런 환경에 익숙해지지 못하는 애를 나쁘게 보는 교육 제도 자체에 문제가 있는 걸지도 몰라요. 사회는 아직 미숙하며, 인간의 다양성을 완전히 받아들이지 못하는 것뿐이죠. 세상에는 그런 사고방식도 존재한답니다. 그러니 카에데 양이 최선을 다한 결과가 양호실 등교라면, 그것으로 카에데 양은 『학교에 갔다』고 할 수 있다고 생각해요. 카에데 양이 양호실에 와주는 것만으로도, 저는 정말 기쁠 거예요."

"그, 그럼, 양호실에 가면 동그라미를 쳐도 될까요?"

"동그라미?"

미와코의 눈동자에 의문이 어렸다.

"이, 이거예요."

카에데는 미와코에게 노트를 보여줬다. 올해의 목표가 적힌 노트다. 그 노트에는 이미 동그라미가 잔뜩 쳐져 있었다.

"괜찮다고 생각해요. 안 그런가요?"

미와코는 갑자기 사쿠타에게 동의를 구했다.

"나도 괜찮다고 생각해."

사쿠타도 카에데를 쳐다보며 고개를 끄덕였다.

"그, 그럼, 카에데는 반드시 학교에 가겠어요."

이렇게, 카에데의 목표는 정해졌다.

남은 것은 한 걸음씩 앞으로 나아가는 것뿐이다.

학교를 향해……

한 걸음씩이라도 괜찮으니, 앞으로 나아가기만 하면 된다.

제5장

그리고, 또 해는 떠오른다

1

학교에 가는 연습은 다음 날…… 11월 23일부터 시작하기로 했다.

어느새 이번 달도 일주일밖에 남지 않았다. 그리고 올해도 끝을 향해 다가가고 있었다.

학교가 쉬는 일요일에 연습을 시작한 데에는 이유가 있었다. 느닷없이 평일의 시끌벅적한 통학로를 걷는 것보다도, 타인의 눈길이 적은 상황에서 시작하는 편이 카에데가 느끼는 정신적 부담이 적을 거라고 생각했기 때문이다. 이것은 미와코의 생각이다.

그리고 카에데 또한 하루라도 빨리 연습을 시작하기를 열망했다.

그런 카에데의 의욕은 행동에서도 드러났다. 오늘 아침에 사쿠타를 깨우러 온 카에데는 이미 교복을 입고 있었다.

사쿠타는 잠을 더 자고 싶다는 마음을 억누르면서 몸을 일으켰다.

카에데는 아직 혼자서 외출하지 못하기 때문에, 사쿠타가 동행을 해줘야만 했다.

아침을 든든하게 먹은 다음, 사쿠타도 옷을 갈아입고 카에데와 함께 출발했다.

두 사람은 엘리베이터를 타고 1층으로 내려갔다. 오토 록인 문을 지나, 맨션 앞의 도로로 향했다.

여기까지는 문제가 없다.

굳이 문제점을 꼽자면, 카에데가 사람들의 기척을 지나치게 신경 쓰고 있다는 점이다. 목소리나 발자국 소리가 들리면 경계심이 강한 들고양이처럼 움찔하면서 그 자리에서 걸음을 멈췄다. 하지만 카에데는 예전에도 이랬기에 딱히 신경 쓰지 않았다. 이런 점도 서서히 고쳐나갈 수밖에 없다고 생각한다. 밖에 나가는 것이 당연해지면 카에데의 마음에도 여유가 생길 것이다. 그때까지 인내심을 가지고 기다리면 된다.

"갈까?"

"예."

두 사람은 중학교를 향해 걸음을 내디뎠다.

일요일 오전. 아직 이른 아침 아홉 시. 겨울이 코앞까지 다가온 시기이기에 바깥 공기는 차가웠다. 특히 그늘에서는 체감 온도가 몇 도나 내려가는 것 같았다.

차가운 대기와 달리, 주택가는 왠지 푸근한 공기에 감싸여 있었다. 휴일의 느긋한 분위기가 감돌았다. 회사나 학교를 향해 서둘러 가는 사람들의 기척이 없자, 불가사의하게도 마을이 달라 보였다.

두 사람은 그런 주택가를 한 걸음씩 천천히 내디뎠다. 아직 목적지인 학교는 멀었으며, 모습조차 보이지 않았다. 하지만 카에데가 한 걸음 내디딜수록, 그만큼 학교에 가까워지는 것이다. 그것을 실감하며 한 걸음씩 내디뎠다.

카에데는 원래 걸음이 느린 편이지만, 그래도 출발은 꽤 순조로웠다.

도중에 차가 옆을 지나갈 때마다 카에데는 걸음을 멈췄지만, 첫 번째 모퉁이까지는 의외로 순조롭게 나아갔다.

하지만 그 다음에 커다란 벽에 부딪치고 말았다.

교차점의 오른편에서 걸어오던 여학생 두 명과 마주친 것이다. 그녀들은 카에데와 같은 교복을 입고 있었으며, 두 사람 다 테니스 라켓을 넣기에는 좀 작아 보이는 라켓 케이스를 들고 있었다. 배드민턴부인 걸까. 아마 부활동을 하러 가는 것이리라.

한순간, 그 두 소녀는 동시에 카에데를 쳐다보았다.

카에데와 그녀들의 시선이 마주쳤다.

"윽!"

카에데는 등을 꼿꼿이 펴면서 딱딱하게 굳었다.

두 여학생은 딱히 개의치 않으면서 사쿠타와 카에데의 앞을 지나갔다. 그리고 멀어져 간 두 학생은 학교 쪽을 향해 걸어갔다.

그녀들은 어제 본 텔레비전 방송에 대해 즐겁게 이야기를 나누고 있었다.

카에데는 그 웃음소리에 겁먹은 것처럼 사쿠타의 등 뒤에 숨었다. 사쿠타의 옷을 움켜쥔 그녀의 손은 떨리고 있었다.

"쟤들은 카에데를 보고 웃은 게 아냐."

"정말인가요?"

"그렇게 쉽게 남을 웃길 수 있다고 생각하지 말라고."

"개그맨의 길은 험난하네요."

카에데는 사쿠타의 등 뒤에서 고개를 쏙 내밀더니 작아져 가는 두 여학생의 등을 쳐다보았다. 몸의 떨림은 멎었지만, 다리가 완전히 풀린 것 같았다. 자세가 엉거주춤했다. 이제 한 걸음도 걷지 못할 것 같았다.

카에데는 집을 나선 후, 약 100미터 정도 걸었다.

학교까지의 남은 거리는 7, 800미터 정도 될 것이다.

골은 아직 멀었다.

하지만 사쿠타는 오늘 연습을 이쯤에서 끝내는 편이 좋겠다고 생각했다. 카에데를 돌아본 사쿠타는 보고 만 것이다. 치맛자락 아래로 드러난 새하얀 허벅지에 희미하게 생긴 멍을 말이다. 집을 나설 때만 해도 저런 멍은 없었다.

"오늘은 충분히 열심히 했으니까, 집에 돌아가서 푸딩이나 먹자."

사쿠타는 연습 첫날인 것치고는 기대 이상의 성과라고 생각했다. 솔직히 말해 맨션에서 나오자마자 그대로 멈춰 설지도 모른다고 생각했던 것이다.

"카, 카에데는 조금만 더 힘내볼래요."

사쿠타의 어깨를 움켜쥔 카에데의 손은 또 떨리기 시작했다. 무리를 하고 있는 게 뻔히 보였다. 카에데가 느끼는 불안감에 반응한 것인지, 허벅지에 난 멍이 아까보다 진해진 것 같았다.

"그럼 한 걸음만 더 내딛자."

사쿠타는 의욕에 찬 카에데를 생각해 그런 제안을 했다.

"예!"

카에데는 약간 긴장한 목소리로 힘차게 대답했다.

하지만 카에데는 그 한 걸음을 내딛지 못했다.

5분이 지나도, 10분이 지나도, 이날은 걸음을 내딛지 못했다.

2

다음 날, 11월 24일. 월요일인 이날은 평소보다 일찍 일어났다.

자명종이 가리키고 있는 현재 시각은 오전 여섯 시 반이다. 사쿠타에게 있어서는 새벽이다.

딱히 건강을 생각해 일찍 자고 일찍 일어나기를 시작한 것은 아니다.

카에데의 『학교에 가는 연습』을 돕기 위해 일어난 것이다.

평소 통학 시간에는 수많은 학생들로 통학로가 붐빌 테니, 우선 새벽 훈련 같은 느낌으로 연습을 해보기로 어제 저녁에 카에데와 상의를 해서 정했다.

일반적인 통학 시간에 연습을 했다간 사쿠타가 학교에 가지 못하게 된다는 문제도 발생한다. 사쿠타에게 있어 학교를 빼먹는 것은 환영해 마지않을 일이지만 카에데가 반대했고, 결국 새벽 훈련 작전이 채용된 것이다.

"오빠는 학교에 가서 성실하게 공부하세요. 마이 씨와 같은 대학에 가지 못하면 카에데가 곤란하단 말이에요."

카에데는 그렇게 말했다. 확실히 그렇게 되면 사쿠타도 곤란했다. 어떤 벌을 받게 될지 짐작도 되지 않았다.

이런 식으로 시작된 새벽 훈련 첫날은 어제와 마찬가지로 초반에는 순조로웠다. 하지만 카에데는 어제와 같은 장소에서 걸음을 멈췄다.

맨션을 나선 후, 처음으로 마주치는 커다란 교차점.

어제와 마찬가지로 그곳에서 중학교 교복을 입은 학생과 마주쳤다. 머리를 짧게 깎은 남학생 세 명이었다. 딱 봐도 야구부라는 걸 알 수 있는 헤어스타일이다. 손에는 스마트폰을 들고 있었으며, 퍼즐 게임 같은 것을 셋 다 하고 있었다.

그리고 그들은 숙제 이야기를 하면서 학교 쪽을 향해 걸어갔다.

카에데는 전봇대 뒤에 숨어서 그 광경을 쳐다보았다.

다리가 굳은 탓에 움직일 수 없는 것 같았다. 하지만 의욕은 있는지…….

"카, 카에데는 더 할 수 있어요."

……하고 말했다. 사쿠타가 집으로 돌아가자는 말을 하기 전에 말이다.

목소리는 떨렸고, 낯빛도 좋지 않았다. 무리를 하고 있다는 건 얼굴만 봐도 알 수 있었다. 종아리에 시퍼런 색의 길쭉한 멍이 생겼다. 무시무시한 색깔을 띤 뱀이 카에데의 종아리를 휘감고 있는 듯한 광경이었다.

그 광경을 보고도 「좋아, 계속하자」 하고 말하는 것은 힘들었다. 카에데의 희망과 다를지라도, 그녀가 무리를 하지 않게 하는 것이 사쿠타의 역할이기도 한 것이다.

"나도 학교에 가야만 하거든. 오늘은 이쯤 하자."

"아, 예. 오빠가 지각을 하면 안 되죠."

다음 날에도 이날과 똑같은 상황이 벌어졌다.

11월 26일. 수요일.

이날은 아침부터 카에데의 상태가 조금 이상했다. 아침 인사를 나눴을 때부터 계속 뭔가를 생각하고 있었으며, 사쿠타가 말을 걸어도 반응이 느렸다.

카에데가 요즘 들어 좋아하는 스크램블 에그를 만들어줬는데도, 그녀는 아무 말 없이 먹기만 했다. 평소 같으면 「맛있어요. 혀가 춤이라도 출 것 같아요!」 하고 말했을 텐데 말이다. 왜 저러는 걸까.

"……."

카에데는 교복으로 갈아입고, 양말을 신으면서도 계속 심각한 표정을 짓고 있었다.

"카에데?"

"……."

사쿠타가 엘리베이터 안에서 말을 걸었지만, 카에데는 대답하지 않았다.

"어이, 카에데."

"아, 예. 왜 그러세요?"

"무슨 일 있어?"

"카에데는 오늘이야말로 학교에 가기로 결심했어요!"

카에데는 갑자기 미소를 지으면서 그렇게 말했다. 대화의 핀트가 어긋났다. 이런 일은 평소에도 자주 있었다. 딱히 드문 일은 아니다. 하지만 지금은 여러 일들이 복잡하게 뒤섞여 있는 만큼, 이 얼빠진 발언을 그냥 흘려들을 수가 없었다.

"카에데는, 최선을 다할 거예요!"

사쿠타는 카에데의 표정 속에서 단호한 감정을 발견했다. 그것은 초조함이라고도 불러도 될 만한 감정이었다.

"그렇게 초조해할 필요 없어."

"카, 카에데는 초조해한 적 없어요."

카에데는 미소를 지으면서 허둥지둥 부정했다. 하지만 그 미소는 어딘가 어색했다. 사쿠타와 시선이 마주치자, 카에데는 고개를 돌렸다. 그리고 굳은 표정을 지은 채 고개를 숙였다.

"……카에데는, 학교에 갈 거예요."

카에데는 그렇게 중얼거리더니, 치맛자락을 꾹 움켜쥐었다. 마치 뭔가를 참듯이…….

"토모베 씨가 천천히 해도 된다고 했잖아?"

"……."

카에데는 무슨 말을 했지만, 목소리가 너무 작아서 사쿠타는 듣지 못했다.

"카에데?"

"……그러면, 안 돼요."

사쿠타가 되묻자, 카에데는 작은 목소리로 그렇게 말했다. 목소리는 떨렸지만, 그 안에는 굳은 심지가 존재했다. 그리고 그것은 곧 위화감과 불안으로 변했다.

"왜 안 되는데?"

"……."

카에데는 입을 다물었다.

침묵으로 가득 찬 엘리베이터가 1층에 도착했다. 벨이 울리면서 문이 열렸다.

하지만 사쿠타는 엘리베이터에서 내리지 않았다.

오늘은 연습을 쉬는 편이 좋을 것 같은 생각이 들었다. 이렇게 가라앉은 얼굴로 노력할 필요는 없다. 미와코도 무리를 하면 안 된다고 말했던 것이다. 이 상황에서 무리를 했다가 「역시 학교에 가는 건 괴로우니 관두겠다」하고 생각하게 되는 것은 좋지 않다. 또 그런 생각을 품게 된다면, 다시 긍정적인 마음을 먹는 것이 힘들어지리라.

미와코는 일전에 사쿠타에게 그런 설명을 했었다.

사쿠타는 그 말을 이해할 수 있었다. 용기를 내서 노력해 봤지만, 그저 괴로움만 맛보고 끝나 버린다면 다시 도전을 해볼 마음이 들지 않을 것이다. 이제 됐다면서 포기하고 싶을 것이다.

"카에데. 오늘은 연습을 쉬자."

사쿠타는 엘리베이터의 문을 닫는 버튼을 향해 손을 뻗었다. 바로 그때였다. 누군가가 사쿠타의 옆을 지나갔다. 카에데가 엘리베이터 밖으로 뛰쳐나간 것이다.

"카에데!"

사쿠타는 닫히던 문틈 사이로 몸을 집어넣으면서 그렇게 외쳤다.

하지만 카에데는 멈추지 않았다. 비틀거리면서도 밖으로 향하고 있었다. 발을 헛디딘 바람에 넘어질 뻔했지만, 벽을 짚으면서 균형을 잡았다. 그리고 사쿠타를 돌아보지도 않으며 맨션 밖으로 나가버렸다.

"카에데!"

사쿠타는 또 카에데의 이름을 외치면서 허둥지둥 그녀를

쫓아갔다.

"어이, 카에데!"

새벽인데도 불구하고, 사쿠타는 큰 목소리로 카에데의 이름을 외쳤다. 맨션으로 된 계곡에서 사쿠타의 목소리가 메아리쳤다.

하지만 카에데는 멈추지 않았다. 그녀는 필사적인 걸음걸이로 통학로를 따라 뛰었다. 하지만 속도는 그렇게 빠르지 않았다. 그래서 사쿠타는 금세 카에데를 따라잡았다.

사쿠타는 카에데의 손목을 움켜잡으며 입을 열었다.

"무리하지 않아도 된단 말이야."

"무리를 해야만 해요!"

카에데는 숨을 헐떡이면서 감정을 쥐어짰다.

"카에데에게는, 시간이 없단 말이에요!"

카에데는 얼굴을 들더니 사쿠타를 쳐다보았다. 지그시. 그저, 지그시……. 눈물이 맺힌 눈동자로 사쿠타를 노려보았다.

사쿠타는 카에데의 그런 표정을 처음 보았다.

"……."

카에데가 언성을 높인 적도 지금까지 단 한 번도 없었다.

하지만 사쿠타가 놀란 것은 그 때문이 아니었다. 그가 당황한 것은 방금 카에데가 한 말 때문이다.

카에데는 알고 있는 것이다. 자신이 처한 상황을 이해하고 있다. 시간이 없다는 것을 알고 있다.

머리가 그 사실을 이해하자, 사쿠타의 손에서 힘이 빠졌다. 카에데의 손을 놓치고 말았다.

카에데는 또 도망쳤다. 아니, 학교를 향해 뛰어갔다.

"저 녀석⋯⋯."

카에데는 비틀거리면서 앞으로 나아갔다.

"알고 있었구나⋯⋯."

행동도, 말도, 그 사실을 증명하고 있었다.

사쿠타는 당황했다. 머리는 자신이 어떻게 해야 할지 생각하고 있지만, 몸이 말을 듣지 않았다. 뇌에서 내린 명령이 몸에 전해지지 않는 것이다.

하지만 사쿠타가 그런 것은 한순간에 불과했다.

지면에 붙어 있는 듯한 발을 억지로 떼어냈다. 첫걸음을 떼자, 그 다음부터는 간단했다. 몸도, 마음도, 카에데를 쫓아갔다.

사쿠타는 카에데를 쫓으면서, 이제 와서 생각을 해봤자 무의미하다는 결론에 도달했다.

카에데는 그런 사쿠타의 눈앞에서 갑자기 멈춰 섰다. 교차점에 도착한 카에데의 앞을, 교복 차림의 여학생 한 명이 지나간 것이다.

그 여학생이 눈이 마주친 것일까.

카에데는 고개를 숙이더니, 도로 옆에 있는 전봇대 뒤편에 숨었다. 그리고 몸을 웅크렸다. 여기까지 달린 탓인지 카에데는 호흡이 거칠었다. 어깨 또한 들썩이고 있었다.

하지만 카에데는 기력을 쥐어짜 내면서 몸을 일으켰다. 몸을 일으켰지만, 걸음을 내딛지 못했다.

"왜…… 왜……."

다가가면 갈수록 들려온 것은, 한탄과 떨림으로 가득 찬 카에데의 목소리였다.

"왜, 못하는 거죠!"

카에데는 자신의 허벅지를 있는 힘껏 때렸다. 몇 번이나, 몇 번이나 때렸다.

카에데를 따라잡은 사쿠타는 그녀의 손을 잡고 말렸다. 카에데의 허벅지에는 커다란 멍이 생겼다. 사쿠타가 움켜쥔 팔에도 시퍼런 반점이 있었다. 방금 카에데가 때린 탓에 생긴 게 아니다. 그녀를 괴롭히는 사춘기 증후군이 발생한 것이다. 그런 카에데를 쳐다보고 있는 사쿠타의 눈앞에서는 너무나도 안타까운 광경이 펼쳐지고 있었다.

"왜…… 카에데는…… 학교에 가고 싶은데, 몸이 움직이지 않는 거죠!"

카에데의 눈에서 눈물이 흘러내렸다. 자신의 발을 쳐다보며, 자신의 몸을 격렬하게 비난했다.

"왜! 왜!"

그것은 누구를 향한 말인 걸까. 자기 자신일까, 아니면 자신의 안에 있는 또 하나의 자신일까. 아니면 둘 다인 걸까.

"카에데."

"……."

사쿠타가 말을 걸었지만, 카에데는 그를 쳐다보지 않았다.

"카에데는 안 돌아갈 거예요……."

카에데는 울먹거리면서 도로 표지판을 움켜쥐었다.

"안 돌아갈 거예요……."

어린애처럼 고집스럽게 자신의 의지만을 전했다.

"학교에 갈 수 있을 때까지 연습할 거예요."

카에데의 얼굴은 눈물과 콧물로 범벅이 되었다.

"연습할 거예요……."

"알았어."

사쿠타는 평소 같은 말투로 그렇게 말했다. 딱히 준비해 둔 답이 있는 것은 아니다. 하지만 지금 눈앞에서 괴로워하고 있는 카에데를 보고 찾아낸 답이 있었다. 그것이 정답인지 아닌지는 알 수 없다. 알 수 없지만, 결정을 하느라 고민하며 시간을 낭비할 바에야, 사쿠타는 그 결정에 따라 행동하는 데 시간을 할애하기로 결심했다.

"알았어."

사쿠타는 같은 말을 한 번 더 했다.

그러자 카에데의 어깨가 부르르 떨렸다.

"내가 카에데를 학교에 갈 수 있게 해줄게."

"예?"

카에데는 그제야 사쿠타를 쳐다보았다. 눈물에 젖은 카에데의 눈동자에 사쿠타가 비쳤다.

"정말인가요?"

"정말이야."

"정말 정말인가요?"

"정말 정말이야."

"……."

카에데는 아직도 믿기지 않는다는 표정을 짓고 있었다. 어안이 벙벙해 보였다.

"그래도 연습은 좀 쉬었다가 다시 시작하자."

사쿠타는 교복 호주머니를 뒤졌다. 예전에 역 앞에서 받았던 포켓 티슈를 꺼내서 카에데의 눈물과 콧물을 닦아줬다.

"쉰다고요?"

카에데는 그렇게 말했다.

"응. 끝내주는 장소를 카에데에게 가르쳐줄테니까 거기서 좀 쉬자."

사쿠타는 뒤돌아서더니, 앞장서서 걸었다.

"아, 기다려주세요."

카에데는 도로 표지판에서 떨어지더니 사쿠타의 뒤를 쫓았다. 그리고 곧 그의 등에 찰싹 달라붙었다.

일단 집으로 돌아간 사쿠타는 카에데가 세수를 하는 사이에 미네가하라 고교에 전화를 했다.

"아, 2학년 1반 아즈사가와 사쿠타인데요…… 오늘은 몸이 좋지 않아서 학교를 쉴게요."

사쿠타는 당당하게 거짓말을 한 다음, 전화를 끊었다. 잠시 기다려봤지만 학교 측에서 전화는 오지 않았기에, 사쿠타는 아홉 시 반 즈음에 카에데와 함께 집을 나섰다.

사쿠타는 학교 쪽으로 걸어가려 하는 카에데를 말리더니…….

"이쪽이야."

……하고 말하며 손짓을 했다.

사쿠타가 카에데를 데리고 간 곳은 바로 후지사와 역이다.

전철 세 개가 교차되는 대형 역은 통학 및 출근 타임이 지났는데도 수많은 이용객들로 북적이고 있었다. 개찰구를 통해 나오는 사람과, 개찰구를 통해 들어가는 사람이 반반 정도인 것 같았다.

"사람이 엄청 많아요."

사쿠타의 등 뒤에 숨은 카에데가 몸을 떨었지만, 목적지에 가기 위해서는 이 위기를 통과해야만 한다.

"이 정도로 겁먹어서는 학교에 도착할 수 없어, 카에데."

"아, 예. 힘낼게요!"

사쿠타의 질타를 듣고 마음을 굳게 먹은 카에데가 고개를 들었다. JR의 매표기로 표를 산 다음, 두 사람은 개찰구를 통과했다.

플랫폼에 들어온 것은 녹색과 오렌지색 선이 그어진 은색 열차였다. 이곳은 도카이도 선의 플랫폼이다.

사쿠타는 카에데와 함께 고가네행 열차를 탔다.

구석에 있는 자리가 비어 있었기에, 사쿠타는 카에데를 구석 자리에 앉힌 후, 자신도 그 옆에 앉았다.

"오, 오빠. 끝내주는 장소에 가려면 아직 멀었나요?"

열차가 달리기 시작하자, 카에데는 주위에 있는 사람들을 신경 쓰면서 사쿠타에게 물었다.

"금방 도착하니까 걱정하지 마."

달리기 시작한 열차는 곧 첫 번째 역에 도착했다. 후지사와 역 바로 옆 역인 오후나 역이다. 열차가 정차하자 내릴 사람은 내리고, 탈 사람은 탔다.

열차의 출발을 알리는 벨이 울리면서 문이 닫혔다. 그리고 열차는 다시 움직이기 시작했다.

"아직 멀었나요?"

"조금만 더 가면 돼."

다음 정차 역은 도츠카 역이다. 이번에도 사쿠타와 카에데는 내리지 않았다.

"아직 멀었나요?"

"조금만 더 가면 돼."

그 뒤를 이어 요코하마 역에 도착했다. 하지만 사쿠타와 카에데는 내리지 않았다. 지금까지의 승차 시간은 약 20분이다.

"오빠, 아직 멀었나요?"

"으음. 진짜로 조금만 더 가면 된다고."

그런 대화를 정차 역 숫자만큼 했다. 요코하마 다음은 가와사키, 시나가와, 신바시, 도쿄 역에 정차했다. 그리고 사쿠타와 카에데는 도쿄 역을 출발한 열차에 여전히 타고 있었다.

"오, 오빠의 「조금만 더」는 이제 못 믿겠어요!"

카에데는 울상을 지으며 그렇게 말했다.

"진짜로 조금만 더 가면 돼."

"카, 카에데는 속지 않을 거라고요."

카에데는 볼을 한껏 부풀렸다.

하지만 이번에야말로 진짜로 조금만 더 가면 됐다. 사쿠타와 카에데는 다음 역에서 내리는 것이다.

"자아, 도착했어."

창문 너머로 플랫폼이 보였다. 열차는 속도를 줄이더니 지정된 위치에 멈춰 섰다.

문이 열렸다.

사쿠타는 카에데와 함께 플랫폼에 내렸다.

두 사람의 눈앞에는 역의 이름이 적힌 간판이 있었다.

—『우에노』.

……라고 적혀 있었다.

사쿠타와 카에데가 내린 곳은 도쿄 도(都) 다이토 구에 있는 커다란 역이다. 도쿄의 동쪽에 위치한 이곳의 근처에는 대학과 미술관, 박물관 등이 있다. 그리고 조금 떨어진 곳에는 가미나리몬(雷門)으로 유명한 아사쿠사가 있다. 오늘은 날씨가 좋아서 그런지 스카이트리도 잘 보였다.

하지만 지금 두 사람의 목적지는 그런 곳들이 아니다.

개찰구 밖으로 나온 사쿠타는 『공원 앞』이라고 적힌 안내판에 따라 역의 북쪽 출구로 나섰다. 그러자 안내판에 적힌 것처럼 공원이 보였다.

두 사람은 그 공원 안으로 들어갔다.

"오, 오빠, 지금 어디에 가는 거죠?"

익숙하지 않은 마을에 온 카에데는 경계심을 드러냈다. 카에데는 열차에 탈 때부터 한시도 사쿠타의 팔에서 떨어지지 않았다.

"그러니까 끝내주는 장소에 가는 거야."

사쿠타는 애매하게 대답하더니, 문화 회관과 서양 미술관 사이로 나아갔다.

목적지가 보이기 시작했다. 아치 형태의 게이트가 눈에 들어왔다.

"오빠?"

카에데는 여전히 의문에 휩싸여 있었다. 평일 오전. 열한 시 전. 그런 어중간한 시간대인데도 불구하고, 주위에는 느긋하게 산책을 하고 있는 사람들이 꽤 있었다. 아줌마 집단이 시끌벅적하게 이야기를 나누면서 걷고 있었다. 주위에 있는 사람들이 신경 쓰인 탓에, 카에데는 아직 목적지가 보이지 않는 것 같았다.

결국 사쿠타가 목적지 앞에서 걸음을 멈출 때까지, 카에데는 눈치채지 못했다.

"여기야."

사쿠타가 그렇게 말하자, 카에데는 어리둥절해 하면서 고개를 들었다. 사쿠타의 얼굴을 쳐다본 카에데는 곧 그가 쳐다보고 있는 정면 쪽을 향해 고개를 돌렸다. 그리고 다음 순간, 카에데는 입을 동그랗게 벌렸다.

"동물원?"

카에데는 얼이 나간 듯한 표정으로 게이트에 적힌 글자를 읽었다.

"동물원!"

그리고 흥분한 목소리로 한 번 더 외쳤다.

그렇다. 사쿠타가 카에데를 데리고 온 곳은 우에노에 있는 동물원이다. 일본에서 처음으로 생긴 동물원이다.

"오빠, 동물원이에요!"

카에데는 사쿠타의 소매를 잡아당겼다.

"내가 끝내주는 장소라고 했지?"

사쿠타는 티켓 두 장을 산 다음, 입장 게이트를 통과했다.

왠지 밖과는 공기가 좀 다른 듯한 느낌이 들었다.

"안 씻긴 나스노 같은 냄새가 나요!"

카에데도 그 냄새를 맡았는지, 눈을 반짝이면서 그렇게 말했다.

"정말이네. 역한 냄새가 나."

하지만 아직은 사람만 보였다. 대학생 커플과 혼자서 걷고 있는 정체불명의 아저씨, 그리고 가방을 멘 초등학생 집단도 보였다. 교복을 입은 사쿠타와 카에데가 주목을 받지 않는 것은 소풍을 온 학교도 많기 때문이리라. 티켓 카운터의 여성 직원은 약간 미심쩍은 눈으로 쳐다보기는 했지만, 그래도 캐묻지는 않았다.

게이트를 통과하고 쭉 나아가고 있을 때…….

"아."

카에데가 탄성을 질렀다. 그리고 걸음을 멈췄다.

"왜 그래?"

사쿠타가 무슨 일인가 싶어 카에데에게 물어보자…….

"판다!"

그녀는 환한 미소를 지으며 그렇게 외쳤다.

고개를 돌려보니, 정면에 판다 축사가 있었다. 커다란 간판이 걸려 있었다.

"오빠, 판다예요! 판다가 있다고요!"

카에데는 사쿠타의 소매를 잡아당기며 빨리 가자고 재촉했다.

카에데는 판다를 향해 돌격했다. 주위에 있는 사람들은 전혀 신경 쓰지 않았다. 이미 머릿속은 판다로 가득 찬 것 같았다.

이런 카에데는 처음 봤다.

그것만으로도 그녀를 데리고 이곳에 오기 잘했다는 생각이 들었다.

카에데에게 끌려가듯 판다 축사에 들어가 보니, 사람들이 안쪽에 몰려 있었다. 야외 에어리어에 판다 두 마리가 있었다. 흰색과 검은색 털을 지닌 전형적인 판다였다.

"판다예요. 판다가 있어요."

앞에 있던 이들이 이동한 덕분에, 특등석이 비었다.

카에데는 난간 너머로 몸을 쭉 내밀었다.

판다는 카에데가 손을 뻗으면 닿을 것만 같을 만큼 가까운 거리를 지나갔다.

"판다가 뛰고 있어요."

"걷고 있네."

이렇게 가까이에서 보니 중량감이 상당했다. 몸집 또한

컸다.

"저쪽 판다는 식사 중이에요."

안쪽에 있는 다른 판다는 대나무를 먹고 있었다. 다리를 쭉 편 채 앉아 있었다. 정말 편해 보였다.

"엄청 먹어대네."

열심히 식사를 하고 있었다. 사쿠타와 카에데는 전혀 개의치 않았다. 당당하기 그지없었다.

"판다는 몸집이 크네요."

"역시 대왕이라 불릴 만한걸."

"흑백이에요."

"얼룩말도 흑백이지."

"아, 방금 이쪽을 쳐다봤어요."

카에데는 손을 흔들었다. 판다는 표정 하나 바꾸지 않으며 열심히 대나무를 먹었다.

"판다가 아직도 식사를 하고 있어요."

"대나무는 영양분이 없기 때문에 하루 종일 먹어대지 않으면 판다가 살 수 없다고 전에 텔레비전 방송에서 본 적 있어."

"판다도 고생이 많네요."

"다들 열심히 살아가는 것 같네."

카에데는 사쿠타와 그런 이야기를 나누면서 계속 판다를 쳐다보았다. 거의 한 시간 동안 질리지도 않는지 계속 쳐다보았다.

"판다, 계속 먹고 있어요."

지금은 두 마리 다 열심히 식사를 하고 있었다. 그중 한 마리는 사쿠타와 카에데가 구경하는 동안 계속 식사만 했다.

텔레비전 방송에 나온 판다 정보는 진짜인 것 같았다.

그런 생각을 하고 있을 때, 「꼬르륵」 하는 소리가 들렸다.

"카에데도 배가 고파요……."

카에데는 난처한 표정을 지으면서 배에 손을 댔다.

현재 시각은 정오 직전이다. 이런 장소에서는 사람들로 붐비기 전에 점심 식사를 마치는 편이 좋을 것이다.

"그럼 우리도 밥 먹자."

판다 축사에서 나온 사쿠타와 카에데는 안내판을 보며 식사를 할 장소를 찾았다. 카페테리아를 발견한 두 사람이 그곳에 가보니, 꽤 많은 사람들로 붐비고 있었다.

사쿠타는 카에데가 식사를 할 수 있을지 걱정이 되었지만, 그 걱정은 기우로 끝났다.

평소의 카에데라면 이렇게 사람들로 붐비는 가게에 들어가는 것을 주저했겠지만, 지금은 사쿠타의 뒤를 따르며 태연하게 따라 들어왔다. 판다를 보고 느낀 흥분 덕분에 주위에 있는 사람들이 눈에 들어오지 않는 것일지도 모른다.

그런 카에데가 고른 음식은 『판다 우동』이라는 메뉴였다. 마와 표고버섯을 판다 모양으로 토핑한 우동이었다. 우동에 들어 있는 김에도 판다가 그려져 있었다. 판다가 얼마나 인기가 있는지 알 것 같았다. 기운이 난 카에데를 보니, 집에서 판다를 키우고 싶어졌다.

식사를 마친 후, 두 사람은 동물원 안을 천천히 둘러보았다. 판다 외에도 많은 동물들이 있었다. 코끼리와 곰, 호랑이, 사자, 그리고 새도 잔뜩 있었으며, 고릴라도 있었다. 바다사자와 바다표범, 북극곰을 구경한 후, 카피바라를 보면서 모노레일로 동물원 서쪽으로 이동했다.

서쪽 에어리어에서는 미니 하마, 오카피를 보며 즐겼다. 이 동물원에는 세계 3대 희귀 동물이 전부 다 있었다. 확실히 전부 신기한 생물이었다.

"카에데는 역시 판다가 가장 좋아요."

뭔가를 골똘히 생각하던 카에데가 그렇게 말했다. 아무래도 오카피가 꽤나 마음에 든 것 같았다.

서쪽도 둘러본 후, 이번에는 다리를 통해 걸어서 동쪽으로 향하기로 했다. 도중에 두 사람은 너구리판다를 발견했다.

"오빠, 너구리판다예요!"

"너구리판다네."

"작아요."

"너구리만 한걸."

"그래도 귀여워요."

카에데가 너구리판다를 지그시 관찰하고 있을 때……

"아, 오빠. 너구리판다가 있어!"

……하는 목소리가 뒤편에서 들려왔다.

고개를 돌려보니, 중학생 정도로 보이는 어린 소녀가 「오빠」로 보이는 남성의 팔을 잡아당기고 있었다.

"확실히 너구리같은 느낌이네."

"그게 어떤 느낌인데?"

"대왕은 아닌 것 같다는 느낌이야!"

"흐음~."

여동생의 말을 한 귀로 흘리고 있는 듯한 그 남성은 20대 중반 정도로 보였다. 아마 사회인일 것이다. 누군가를 찾고 있는지 주위를 계속 두리번거리고 있었다.

"그 녀석, 대체 어디 간 거지?"

"아직도 전화를 안 받는 거야?"

그 남성은 여동생의 말을 듣고 스마트폰으로 전화를 해봤다. 하지만 상대방이 받지 않는지…….

"안 받아."

……하고 지친 듯한 얼굴로 말했다.

"다 큰 어른이 미아가 되면 어떻게 해. 정말 못 말린다니깐."

여동생은 왠지 기쁜 듯한 목소리로 그렇게 말하며, 의기양양한 표정을 지었다.

"이게 다 누구 탓이야?"

"돌보미인 오빠가 눈을 뗐기 때문이야."

"네가 소풍 온 초등학생들을 따라가는 걸 막다가 이렇게 된 거잖아!"

"하지만 그 선생님이 손짓을 했었단 말이야."

"스무 살이 넘어서 초등학생으로 오해받으면 어쩌냐고……."

사쿠타는 무심코 「뭐?」하고 말할 뻔했다. 중학생인 줄 알았던 여동생 쪽은 놀랍게도 이미 성인인 것 같았다. 게다가 사쿠타보다 나이가 많았다. 아무리 봐도 카에데와 동갑이거나, 더 어려 보이는데……. 이 세상에는 다양한 여동생이 존재하는 것 같았다.

"이렇게 되면 미아 방송에 기대를 걸어보는 수밖에 없겠네."

"그 녀석도 이제 어엿한 어른이니까 미아 방송은 안 하겠지."

그 남매의 대화를 듣고 있을 때, 미아 방송이 들려왔다.

"—미, 미아의 가족분을 찾습니다. 키는 160센티미터 정도이며, 머리카락이 길고 스케치북을 든 20대 중반의 성인 여성을 찾고 계신 분은 서쪽 모노레일 역으로 와주십시오."

방송을 하는 여성의 목소리에서는 당혹감이 묻어났다. 걸음을 멈춘 채 그 이야기를 듣던 다른 손님들은 하나같이 「성인 여성?」하고 중얼거리며 의문에 찬 표정을 지었다. 하지만 뭔가 잘못된 거라고 생각하는지 가던 길을 계속 갔다.

"오빠를 부르는 것 같네."

"……응. 나를 부르는 것 같아."

옆에 있던 남매는 지친 걸음걸이로 너구리판다에게서 멀

어졌다. 그들이 향하고 있는 곳은 서쪽 모노레일 역이었다.

정체불명의 남매가 사라진 후, 너구리판다와 작별한 사쿠타와 카에데는 동쪽으로 돌아가기로 했다.

동물원 안을 느긋하게 돌아다니던 두 사람은 매점을 발견했다. 그 가게 안에는 다양한 동물 상품이 놓여 있었다. 물론 판다 상품도 있었다. 잔뜩 있었다. 그중에서 기념 삼아 봉제 인형을 구입했다. 축사 안에 판다가 두 마리 있었으니, 인형도 두 개 샀다.

"카, 카에데는 한 마리면 충분하거든요? 하지만 한 마리만 두면 좀 가여울 것 같아요."

"그래. 알았어."

사쿠타의 지갑은 순조롭게 가벼워지고 있었다. 그와 비례해 몸은 무거워졌다. 판다 두 마리를 등에 짊어졌기 때문이다.

매점에서 나와 보니, 태양이 저물어가고 있었다. 서쪽 하늘이 붉은색으로 물들었다. 동물원도 곧 문을 닫을 것이다.

퇴장 게이트로 향하던 사쿠타와 카에데는 판다 축사에 들렀다.

"판다…… 아직도 식사를 하고 있어요."

사쿠타와 카에데가 다른 동물을 보고 온 동안에도 계속 식사를 하고 있었던 건지는 알 수 없다. 하지만 다리를 쭉 뻗은 채 식사를 하고 있는 포즈는 그대로였다. 대나무가 그렇게나 맛있는 걸까.

동물원의 운영이 종료된다는 방송이 들려오자, 두 사람은 퇴장 게이트를 향해 걸음을 옮겼다.

　카에데의 걸음은 무거웠으며, 몇 번이나 판다 축사를 돌아보았다. 이런 걸 보고 발길이 떨어지지 않는다고 말하는 걸까.

　"판다와 작별하려니 쓸쓸해요."

　"또 오면 되잖아."

　"하지만 카에데는……."

　카에데는 고개를 푹 숙였다. 「또」 올 수 있을지 알 수 없다는 말이 하고 싶은 것이리라. 사쿠타는 무책임하게 괜찮다고 말할 수 없었다. 사쿠타도 어떻게 될지 모르기 때문이다. 그렇기에…….

　"이건 카에데 꺼야."

　사쿠타는 동물원에 입장하기 전에 샀던 티켓을 카에데에게 건넸다. 그것은 단순한 티켓이 아니었다.

　"이건……."

　카에데도 그 사실을 눈치챘는지 티켓에 인쇄된 글자를 뚫어져라 쳐다보았다. 티켓에는 『연간 패스포트』라고 적혀 있었다. 녹색으로 된 그 티켓의 성명란에는 『아즈사가와 카에데』라고 적혀 있었다.

　"그게 있으면 매일 판다를 만날 수 있어."

　"대, 대단해요! 오빠는, 역시, 오빠예요!"

"그게 무슨 소리야?"

"그, 그러면……."

"응?"

"카에데는 또 여기에 와도 되죠? 그렇죠?"

카에데가 금방이라도 울음을 터뜨릴 것 같은 표정으로 그렇게 물은 것은 『카에데(花楓)』가 머릿속을 스쳤기 때문이리라. 카에데는 『카에데』인 채로 지내도 되는 것인지 항상 걱정하고 있었던 것이다.

자기 자신이 자기 자신인 탓에 누군가에게 비난을 당한다는 것은 정말 슬픈 일이다.

"그야 당연하잖아."

그렇기에, 사쿠타는 이런 대답을 해줬다. 이 자리에 있는 이가 『카에데』인 동안은 전력을 다해 카에데의 오빠로서 곁에 있어줄 것이다. 카에데가 불안을 느끼지 않도록, 다른 이들에게 당연한 일이 카에데에게 있어서도 당연한 일이 될 수 있도록 말이다. 그러기 위해 자신이 할 수 있는 일이라면 뭐든 할 것이다.

"기왕 연간 패스포트를 샀는데 또 안 오면 아깝다고."

"카에데도 몇 번이든 와서 본전을 뽑고 싶어요!"

"좋은 생각이야."

"예!"

카에데는 미소를 지으면서 퇴장 게이트를 통해 밖으로 나갔다.

4

 동물원을 나와 후지사와 역으로 돌아올 때도, 카에데의 흥분은 가라앉지 않았다. 판다를 비롯해 동물원에서 본 동물들에 대한 이야기를 사쿠타에게 쉴 새 없이 했다.

 역에서 맨션으로 향하던 도중에 편의점에 들렀다. 어쩌다 그런 이야기가 나온 것인지는 생각이 나지 않지만, 판다가 좋아하는 음식이 대나무라면 카에데가 좋아하는 음식은 푸딩일 거라는 이야기가 나왔기에 푸딩을 사기로 한 것이다.

 카에데는 오늘 자신이 먹을 푸딩을 진지한 표정으로 골랐다.

 "이걸로 할래요!"

 사쿠타가 푸딩 두 개가 들어 있는 바구니를 계산대 쪽으로 가지고 가려고 하자…….

 "오, 오빠, 잠깐만요."

 카에데가 사쿠타를 말렸다.

 "카에데가 계산을 해도 될까요?"

 사쿠타는 말릴 이유가 없었기에, 카에데에게 바구니와 천 엔짜리 지폐를 건넸다.

 "그, 그럼 다녀올게요."

 "그래."

사쿠타가 지켜보는 가운데, 카에데는 계산대를 향해 걸음을 옮겼다. 계산대 앞에 서 있는 이는 갈색 머리카락을 지닌 여성이었다. 아르바이트를 하는 대학생일까.

　"계, 계산해주세요."

　카에데는 긴장한 표정으로 바구니를 계산대 앞에 놓았다.

　그 여성은 재빨리 바코드를 찍더니, 푸딩 두 개를 비닐봉지에 넣었다.

　카에데에게서 뿜어져 나오는 기묘한 긴박감 때문에 사쿠타는 안절부절못했다.

　한편 카에데는 천 엔 지폐를 건넨 후, 잔돈을 받았다. 그리고 푸딩을 두고 갈 뻔했지만, 점원이 카에데를 불러 세우더니, 푸딩이 든 봉지를 건네줬다.

　"고, 고마워요."

　카에데가 고개를 푹 숙이자…….

　"이용해주셔서 감사합니다."

　……그녀는 그렇게 말하며 미소를 지었다.

　카에데는 약간 부끄러워졌는지 서둘러 사쿠타의 곁으로 돌아왔다.

　"오, 오빠, 봤죠? 카에데가 직접 계산했어요."

　"푸딩을 두고 갈 뻔했지만 말이야."

　"저 언니가 좋은 사람이라 다행이에요."

　사쿠타와 카에데의 목소리가 들렸는지, 계산대에 서 있던 여성 점원이 웃음을 흘렸다. 대체 사쿠타와 카에데를 어떻게 생각하는 걸까. 특이한 손님이라고 생각하는 것은 분명했다.

하지만 비웃음처럼 들리지는 않았다. 가슴 따뜻해지는 광경을 보고 무심코 웃음을 흘린 듯한 느낌이었다.

사쿠타는 카에데에게서 잔돈을 넘겨받으며 편의점을 나섰다.

"푸딩, 내가 들까?"

사쿠타가 손을 내밀자, 카에데는 몸을 비틀면서 푸딩을 자신의 등 뒤에 숨겼다.

"카에데가 산 푸딩이니까 카에데가 들래요."

카에데는 꽤 기분이 좋아 보였다. 그녀는 봉투 안을 쳐다보면서 히죽거리고 있었다.

아까 직접 계산을 해서 기뻐하는 것 같았다.

편의점을 나와 조금 걷다 보니 다리가 보였다. 그 다리 밑에서 흐르고 있는 것은 사카이 강이다. 그 강을 따라서 가다 보면, 곧 에노시마 앞에 도착한다.

다리를 건넌 후 원래는 왼쪽으로 돌아야 하지만, 사쿠타는 직진했다.

"오빠, 집은 저쪽인데요?"

카에데는 왼쪽 길을 손가락으로 가리켰다.

"이쪽에 지름길이 있어."

사쿠타는 태연하게 거짓말을 하면서 멈추지 않고 걸음을 옮겼다.

"지름길이 있었군요. 몰랐어요."

남을 의심할 줄 모르는 카에데는 바로 속았다.

"카에데는 아직 이 근처 지리에 관해서는 초보자잖아."

"그러는 오빠는 상급자인가요?"

"이제 프로라고 해도 될걸?"

"대단해요."

주위의 경치는 서서히 주택가로 바뀌어갔다. 역에서 멀어질수록 밤의 정적은 짙어져만 갔다. 하지만 먼 곳에서 자동차 소리가 들려왔고, 주위에는 맨션의 불빛과 가로등이 있었기에 어두컴컴하지는 않았다.

그렇게 5분 정도 걸었다.

그리고 모퉁이를 돌자, 커다란 문이 눈앞에 나타났다.

"어?"

카에데는 깜짝 놀란 듯한 목소리로 말했다.

"오, 오빠, 여기는……."

커다란 문 너머에는 운동장이 있었다. 가로등 불빛을 받아 새하얗게 보이는 것은 축구 골대다. 운동장 너머에는 3층 건물이 있었다.

두 사람의 눈앞에 있는 것은 카에데가 다닐 예정인 중학교다. 카에데가 가고 싶어 하는 바로 그 중학교인 것이다.

지금은 불이 꺼진 채 밤의 정적에 뒤덮여 있었다. 학교도 잠들어 있는 것이다.

"하, 학교예요!"

"한밤중이니까 조용히 해."

"아!"

카에데는 허둥지둥 손으로 입을 막았다.

사쿠타는 그런 카에데를 쳐다보면서 문을 향해 손을 뻗었다. 손에 힘을 줬지만 꿈쩍도 하지 않았다. 하지만 그렇게 높지는 않았기에 간단히 뛰어넘을 수 있었다.

"영차."

사쿠타는 학교 부지 안에 착지했다.

"오, 오빠, 그러면 안 돼요."

"자아."

사쿠타는 카에데를 향해 손을 뻗었다.

"아, 안 된다고요."

"잠시만 구경 좀 하자."

"……잠."

"잠?"

"잠시만 하는 거예요."

카에데는 잠시 동안 고민한 후, 사쿠타의 손을 잡았다. 안 된다는 생각보다 학교에 들어가고 싶다는 생각이 더 강한 것 같았다. 사쿠타는 카에데의 손을 잡아당겨서, 교문을 넘는 걸 도와줬다.

카에데는 푸딩을 감싸며 학교 부지 안에 자신의 두 발로 착지했다.

"……."

"카에데의 첫 등교네."

"한밤의 학교에 처음 와봐요."

"한밤의 학교라는 말은 좀 에로틱하게 들리는걸."

사쿠타는 대충 대답을 하면서 건물 쪽을 향해 걸음을 옮겼다. 카에데는 주위를 두리번거리면서 사쿠타의 뒤를 따랐다.

건물 1층에 있는 교실이 3학년의 반인 것 같았다. 창문을 통해 안을 들여다보니, 칠판 옆 벽에 『3학년』이라는 표시가 있었다. 몇 반인지는 보이지 않았다. 1층에 3학년 교실, 2층에 2학년 교실, 3층에 1학년 교실이 있는 것 같았다.

"아, 여기는 3학년 1반이네."

건물 가장 안쪽에 있는 교실의 칠판 옆에는 3학년 1반이라고 적혀 있었다.

"여기가 카에데의 교실인가요?"

서른 개가 넘는 책상과 의자, 분필 가루가 묻어 있는 칠판, 약간 비뚤하게 놓인 교탁. 카에데는 창문에 손을 댄 채 교실 안을 쳐다보았다. 당연히 어두운 교실 안에는 아무도 없었다.

1분, 2분…… 아니, 조금 더 길었을까. 아무 말 없이 교실을 지그시 바라보던 카에데가…….

"오빠."

……하고 작은 목소리로 말했다.

"응?"

"다음에는 한낮의 학교에 와보고 싶어요."

"한밤의 학교를 제패한 카에데라면 그 정도는 식은 죽 먹기일 거야."

"그, 그럴까요?"

"왜냐면, 한밤의 학교에는 무서운 귀신이 나오거든."

"귀, 귀신?!"

카에데는 비명에 가까운 목소리로 외쳤다.

"어? 방금 뭔가가 움직였어."

사쿠타는 카에데를 놀릴 생각으로 교실 안쪽을 쳐다보았다.

"어?! 아, 흰색의 길쭉한 뭔가가 있었어요!"

카에데는 손가락으로 교실 안을 가리켰다.

"아, 그건 커튼일 거야."

"귀, 귀신일지도 몰라요. 이, 이제 한밤의 학교에는 질렸어요. 도, 돌아가죠, 오빠!"

카에데는 사쿠타의 팔을 잡아당겼다.

"응. 그러자."

사쿠타는 자신의 손을 잡아끄는 카에데와 함께 운동장 한가운데를 가로질렀다.

교문 앞에 도착한 두 사람은 들어올 때처럼 교문을 넘어
서 학교 밖으로 나갔다.

　카에데는 한동안 사쿠타에게 꼭 붙어 있었지만, 자신들이
사는 맨션이 보이자 좀 안심이 되는지 오빠에게서 떨어졌다.

　"오빠."

　"왜?"

　"오늘로 노트에 쓴 모든 목표에 동그라미를 칠 수 있겠어요!"

　"아~. 그렇구나."

　"판다, 푸딩, 그리고 학교로 컴플리트예요."

　"그럼 축하를 해야겠네."

　"예! 아, 그래도 학교는 삼각형으로 해둘래요."

　"동그라미도 괜찮지 않아?"

　카에데는 고개를 좌우로 흔들었다.

　"한낮의 학교에 가면 동그라미를 칠래요."

　"그래?"

　"하지만 왠지 해낼 수 있을 것 같은 느낌이 들어요."

　"응?"

　"카에데, 내일은 한낮의 학교에 갈 수 있을 것 같은 느낌
이 들어요."

　사쿠타는 그 말의 근거가 무엇인지 짐작조차 되지 않았
다. 하지만……

　"그렇구나."

……하고 자연스럽게 대답했다.

"내일이 기대돼요!"

자신감으로 가득 찬 카에데의 미소를 보자, 불가사의하게
도 그녀의 말이 믿어지니까…….

"내일이 정말 기다려져요."

한밤중인데도, 기쁨에 찬 미소를 짓고 있는 카에데의 표
정은 찬란히 빛나고 있으니까…….

분명 내일은 기쁜 하루가 될 것이다.

카에데의 밝은 미소는 사쿠타가 그런 생각을 품게 만들었다.

5

입가가 왠지 간지러웠다.

부드러운 붓으로 간지럼을 태우고 있는 듯한 느낌이 들었다.

그런 느낌이 든 직후, 사쿠타의 콧잔등을 누군가가 핥았다.

"냐옹~."

사쿠타는 잠이 덜 깬 상태에서 약간 언짢은 듯한 울음소
리를 들었다. 나스노의 울음소리였다.

사쿠타가 눈을 반쯤 뜨자, 흐릿한 시야에 얼룩 고양이가
들어왔다.

"배고픈 거야?"

"냐옹~."

사쿠타의 가슴 위에 있는 나스노가 그 말에 대답했다.

"지금 몇 시지?"

사쿠타는 나른한 몸을 억지로 움직여서 시계를 향해 손을 뻗었다.

자명종의 바늘은 일곱 시 반을 가리키고 있었다. 아무래도 이미 아침이 된 것 같았다. 그런 생각을 한 순간, 의식이 확연해졌다. 눈도 떠졌다.

커튼 너머에서 쏟아지는 햇빛이 아침이 되었다는 사실을 알리고 있었다.

사쿠타가 몸을 일으키려고 하자, 나스노는 허둥지둥 침대 밑으로 내려갔다. 그리고 사쿠타는 상체를 일으켰다.

평소 같으면 카에데가 깨우러 올 시간이지만, 동생의 기척이 느껴지지 않았다. 물론 사쿠타의 침대 안에 들어온 것도 아니었다. 문밖 또한 묘하게 조용했다.

"또 근육통 때문에 일어나지 못하는 걸지도 몰라."

카에데는 어제 동물원에서 어린애처럼 뛰어다녔다. 그 탓에 근육통이 나더라도 이상할 것이 없었다. 얼마 전에 바다에 갔을 때도 다음 날에는 근육통으로 꼼짝도 못 했었다.

사쿠타는 그때의 카에데를 떠올리면서 자신의 방을 나섰다.

세면대에서 세수를 한 사쿠타는 부엌에 가서 아침 준비를 재빨리 마쳤다. 시간이 없기에 토스트와 요구르트, 그리고 적당히 자른 토마토를 준비한 다음, 달걀 프라이를 접시에 놓았다.

사쿠타는 2인분 식사를 다이닝 테이블에 놓았다.

사쿠타가 그러는 동안에도 카에데의 방문은 침묵을 지키고 있었다.

"카에데, 밥 다 됐어. 일어날 수 있겠어?"

사쿠타는 그 방문을 향해 그렇게 말했다.

"……."

대답이 없었다.

사쿠타는 어쩔 수 없이 방문을 열었다.

"문 연다~."

일단 사후 보고를 한 사쿠타는 카에데의 방 안에 들어갔다.

"쿨~, 쿨~."

평온한 숨소리가 들렸다. 표정 또한 행복해 보였다.

카에데는 평소와 마찬가지로 판다 무늬 잠옷을 입고 있었다.

그런 그녀의 양옆에는 어제 동물원에서 산 판다 인형이 하나씩 있었다. 그러고 있으니 판다 가족 같았다. 그 모습이 왠지 웃겼기에, 사쿠타는 웃음을 터뜨렸다.

"카에데, 아침이 됐어. 오늘은 더 잘 거야?"

"으음~."

사쿠타의 목소리에 카에데가 반응했다.

미간을 찌푸리면서 약간 괴로운 듯한, 그리고 졸린 듯한 표정을 지었다.

하지만 몸에서 힘을 빼더니, 한 번 더······.

"으음~."

······하고 신음을 흘리면서 천천히 눈을 떴다.

그녀는 천천히 상체를 일으켰다. 아무래도 근육통이 난 것 같지는 않았다. 다리를 쭉 뻗은 채 침대에 앉은 그녀는 5초 정도 멍하니 있었다. 그리고······.

"오빠, 좋은 아침~."

······하고 말한 카에데는 눈을 비비면서 사쿠타를 올려다보았다.

그녀는 여전히 멍한 표정을 짓고 있었다.

사쿠타는 그런 카에데의 반응을 보며 약간의 위화감을 느꼈다. 방금 카에데는 「좋은 아침~」 하고 말했다.

분명 말했다. 「오빠, 좋은 아침~」 하고 말이다.

머릿속으로 그 말을 떠올린 순간, 사쿠타가 느끼고 있던 위화감이 점점 부풀기 시작했다.

뭔가가 달랐다. 뭔가가 이상했다.

사쿠타의 머릿속에서 차분한 음색의 경종이 울렸다. 그 소리는 점점 커져갔다. 그리고 그에 비례하듯, 사쿠타를 올려다보는 카에데의 표정에도 의문이 어렸다.

"어라······?"

카에데는 이상하다는 듯이 사쿠타를 쳐다보았다.

"오빠, 맞지?"

왜, 그런 소리를 하는 것일까.

"……그래."

왜, 사쿠타는 이런 대답을 하는 것일까.

마음속에 생겨난 의문이 점점 커지더니, 사쿠타의 심장을 두근거리게 만들었다. 그리고 심장이 뛰면 뛸수록 그 박동은 빨라져만 갔다.

"머리카락이 하루 만에 엄청 자랐네."

눈앞에 있는 카에데가 왠지 멀게 느껴졌다.

"사람 머리카락이 그렇게 순식간에 자랄 리가 없잖아."

자신의 입에서 나온 말이, 마치 남이 한 말처럼 느껴졌다.

"뭐? 하지만……."

카에데는 삐친 듯한 표정을 지으며 그럴 리가 없다고 주장했다. 약간 뿌루퉁해진 듯한, 어리광을 부리는 분위기가 느껴졌다.

사쿠타는 마음속으로 이미 결론을 내렸다. 하지만 그 결론을 입에 담지 못했다.

"어이, 카에데."

"응?"

"너……."

사쿠타는 말을 잇지 못했다.

"정말, 왜 그래?"

카에데는 그렇게 말하면서 침대에서 나오려고 했다.

"윽. 다리가 부었네."

"어제 동물원에서 엄청 뛰어다녔잖아."

"동물원?"

카에데는 고개를 갸웃거렸다.

"나, 어제 동물원에 안 갔는데? 오빠, 무슨 소리를 하는 거야?"

카에데는 걱정스러운 표정으로 사쿠타의 얼굴을 쳐다보았다.

"무슨 소리를 하는 거야. 갔었잖아……."

"안 갔다니깐. 나, 어제는…… 어? 나, 어제 뭐했었지?"

카에데는 당혹스러운 표정을 지으면서 생각에 잠겼다. 아무것도 생각이 나지 않는지 어리둥절해 했다.

"역시 기억이 안 나는 거야?"

사쿠타가 겨우겨우 쥐어짜 낸 목소리는 메말라 있었다.

"……응?"

카에데는 영문을 모르겠다는 듯이 고개를 갸웃거렸다.

"판다를 보고 좋아했었잖아. 판다 인형도 기념 삼아 사 왔었다고."

침대 위에는 판다 인형 두 개가 굴러다니고 있었다. 카에데는 그중 하나를 꼭 껴안더니…….

"귀엽네. 이건 어디서 난 거야?"

……하고 순진무구하게 물었다.

"······."

이제 답은 나온 것이나 다름없었다.

"어, 어라? 방이 왜 이렇지? 내 방, 원래 이랬어?"

위화감이 느껴지기만 하는 게 아니었다. 결정적으로 달랐다. 카에데와는 너무나도 다른 것이다.

그렇기에, 사쿠타는 그 말을 입에 담을 수밖에 없었다.

"너······ 『카에데(花楓)』야?"

"다, 당연하잖아. 오빠, 대체 무슨 소리를 하는 거야?"

그녀는 간지럼을 타는 듯한 멋쩍은 미소를 지었다. 그것은 바로 『카에데(花楓)』의 미소다.

불가사의하게도 마음은 차분했다.

놀랍지도, 당혹스럽지도 않았다. 갑작스럽게 이런 사태가 벌어졌는데도, 사쿠타는 카에데 앞에서 흐트러진 모습을 보이지 않았다.

하지만 몸의 감각이 이상해졌는지, 눈에 보이는 모든 것이 평소보다 흐릿해 보였다. 평소보다 멀게 느껴졌다.

평소와 다른 점은 그게 다였다. 머릿속 또한 묘하게 맑았다. 「잠깐만 기다려」 하고 카에데에게 말하고 그 방에서 나온 사쿠타는 우선 아버지에게 전화를 했다.

『사쿠타, 무슨 일이니?』

"카에데의 기억이 돌아온 것 같아."

아버지가 전화를 받자, 사쿠타는 사실대로 이야기했다.

『……..』

아버지는 말문이 막혔는지 바로 말을 잇지 못했다.

『정말이니?』

잠시 후, 다시 말문이 열린 아버지는 확인을 하듯 그렇게 말했다.

"아마 그런 것 같아. 내가 카에데를 알아보지 못할 리가 없잖아."

『그건 그렇지..』

"지금부터 병원에 데려갈 건데, 올 수 있겠어?"

『알았어. 평소 가던 그 병원에 갈 거지?』

"응."

『그럼 병원에서 보자꾸나. 그때까지 카에데를 부탁하마.』

"알았어."

사쿠타와 아버지는 담담하게 대화를 나눴다.

둘 다 감정적인 말은 입에 담지 않았다.

사쿠타는 아버지와 통화를 끝낸 후, 다시 수화기를 들었다. 카에데를 데리고 가기 전에 병원 측에 연락을 해두기 위해서다.

카에데의 현재 상태와 진찰을 받고 싶다는 걸 알리자, 병원 측은 「예, 기다리고 있겠습니다」 하고 말했다.

사쿠타는 마지막으로 택시 회사에 전화를 했다.

병원에 도착하자, 지난번에 진찰을 했던 정신과 의사와 뇌신경내과 의사가 기다리고 있었다.

첫 진찰을 마친 후, 병원 측에서는 정밀 검사를 해야 하니 며칠 동안 입원을 할 필요가 있다고 사쿠타에게 알렸다.

사쿠타는 이미 예상하고 있었던 일이기에…….

"알았습니다."

……하고 대답하며 고개를 끄덕였다.

당사자이자 옆에서 이야기를 듣고 있던 카에데는 아직도 자신이 어떤 상황인지 이해가 되지 않는지 진찰 중에도 어리둥절한 표정을 짓고 있었다.

자신이 왜 병원에 온 것인지, 그리고 자신이 왜 검사를 받아야 하는지도 전혀 모르는 듯한 반응이었다.

"아무래도 기억을 잃은 동안에 있었던 일을 전혀 기억하지 못하는 것 같군요. 아직 자각 증상이 거의 없지만, 곧 기억의 공백 부분 때문에 당혹스러워할 겁니다. 진정될 때까지 병원에 입원하는 편이 좋지 않을까 싶습니다."

아버지가 도착하자, 의사는 그런 이야기를 했다.

"잘 부탁드립니다."

아버지는 그렇게 말하면서 고개를 숙였다. 사쿠타도 기계적으로 덩달아 고개를 숙였다. 아직도 눈에 보이는 모든 것이 멀게 느껴지며, 현실미가 없었다.

진찰과 간단한 검사를 마친 카에데는 개인 병실에서 기다리고 있었다.

　사쿠타와 아버지가 의사의 이야기를 듣고 병실에 가자, 카에데는 불만을 표시했다. 아무래도 자신이 입원을 해야 한다는 사실을 납득하지 못하는 것 같았다.

　"나, 딱히 아픈 데가 없단 말이야."

　카에데는 앳된 느낌이 남아 있는 삐친 표정을 지었다.

　"진짜로 카에데구나."

　아버지의 목소리는 떨리고 있었다. 2년 만에 딸을 만났으니 당연했다.

　오랫동안 쌓여왔던 딸을 향한 마음 때문에 가슴이 떨리고 있었다. 아버지는 2년 동안 이날이 올 거라고 믿으며 기다려왔던 것이다. 그리고 드디어 이날이 왔다.

　"아, 아빠, 왜 그래?"

　아버지의 눈가에는 눈물이 맺혀 있었다.

　"아, 아무것도 아니란다……."

　아버지는 얼버무리지 못했다.

　아버지의 어깨는 지금도 떨렸다. 기쁨의 눈물을 흘리며 온몸을 떨고 있었다.

　"보, 보는 내가 다 쪽팔리네."

　"그래."

　아버지는 감정을 억누를 수가 없는 것 같았다.

"저, 정말 주책이라니깐……."

카에데는 난처한 표정을 지었다.

아버지와 여동생이 2년 만에 대화를 나누는 모습을, 사쿠타는 남 일처럼 쳐다보고 있었다. 왠지 현실미가 없었다. 고전 영화를 보는 듯한 느낌이 들었다.

카에데의 기억이 돌아온 것을, 아버지처럼 기뻐할 수가 없었다. 분명 기쁨을 느끼고 있지만, 감정이 겉으로 드러나지 않았다. 드러낼 수가 없었다. 그 감정은 사쿠타의 가슴속에 존재하는 거대한 무언가에 끌려갔다. 빨려들었다. 집어삼켜진 것이다.

그리고 그 거대한 무언가는 시간이 지날수록 점점 커지더니, 지금은 사쿠타의 몸 안에서 넘쳐 나오려 했다.

그 사실을 자각한 순간, 눈시울이 뜨거워졌다. 코 안쪽이 시큰거렸다. 목에서 울먹임이 흘러나오려 했다. 마음속에서 뭔가가 서두르라고 외쳤다. 빨리 도망치라고 고함을 질러댔다.

"화장실 갔다 올게."

사쿠타는 짤막하게 그렇게 말한 후, 아버지와 카에데의 대답을 듣지 않고 복도로 뛰쳐나갔다.

사쿠타는 문이 닫히기도 전에 걸음을 옮겼다. 그의 걸음은 점점 빨라지더니, 곧 복도를 내달리기 시작했다. 그리고 병원에서 뛰쳐나왔을 때는 전력 질주를 하고 있었다.

병원에서 뛰지 말라는 간호사의 목소리도 들리지 않았다.

처음에는 『카에데(花楓)』가 돌아온 것이 기뻤다. 아버지가 기뻐하는 모습을 보고 가슴이 뜨거워졌다. 하지만 그 감정은 나중에 뒤쫓아 온 거대한 너울에 삼켜졌다.

병실 안에서, 아버지와 카에데 앞에서…… 그 거대한 너울을 견뎌낼 자신이 없었다.

그제야 감정이 밀려온 것이다. 사쿠타는 모든 것을 집어삼키는 상실감을 느꼈다. 시꺼먼 입으로 모든 것을 집어삼키는 괴물이 그의 가슴속에 존재했다.

그 괴물로부터 도망칠 수는 없다. 그 녀석이 사쿠타의 가슴 한가운데에 존재하기 때문이다. 그런데도 사쿠타는 있는 힘껏 내달렸다. 아무튼 필사적으로 도망칠 수밖에 없었다.

이윽고 그 어둠은 사쿠타를 따라잡았다.

"아아아……."

병원 부지 밖으로 나간 순간, 사쿠타는 가슴을 움켜쥐며 몸을 웅크렸다.

"아아아아아……!"

그 감정은 말이 되지 않았다. 말이 되지 않았지만, 무언가를 토해내지 않았다간 머릿속이 엉망이 되어버릴 것만 같았다.

눈에 보이는 것은 지면과 자신의 발뿐이다. 눈물을 필사적으로 참고 있지만, 주위는 커다란 눈물방울에 젖고 있었다. 사쿠타는 그제야 밖에 비가 내리고 있다는 사실을 눈치챘다.

"또 판다를 보러 가기로 했었잖아!"

사쿠타는 목이 찢어져라 고함을 질렀다.

"연간 패스포트의 본전을 뽑을 거라면서!"

사쿠타는 자신의 몸속에서 휘몰아치고 있는 당혹감을 토해냈다.

"내일은 학교에 갈 수 있을 것 같다고…… 갈 수 있을 것 같다고…… 말했으면서……."

말이 무너져갔다. 목소리가 무너져갔다. 마음이 부서질 것만 같았다.

"말했잖아, 카에데!"

격렬한 호우가 사쿠타의 몸을 두들겼다. 하지만 사쿠타가 느끼는 감각은 단 하나뿐이었다. 그저 몸의 단 한 부분만이 아팠다.

"아야야."

사쿠타가 움켜쥔 가슴이 아팠다.

견딜 수가 없을 정도로 아팠다.

가슴을 쳐다보니, 티셔츠의 가슴 부분이 붉은색으로 물들어 있었다.

"……."

그것은 사쿠타의 손가락을 적셨다.

티셔츠의 한가운데가 새빨간 색으로 물들었다.

"……빌어먹을."

불가사의한 현실과 마주친 사쿠타의 입에서는 그런 심플한 말이 흘러나왔다. 그 말에 실려 있는 것은 고통도, 놀라움도 아니었다.

"빌어먹을……."

사쿠타의 가슴을 물들인 검붉은 얼룩은 커져만 가고 있었다.

사쿠타는 무슨 일이 벌어진 것인지 알 수 없었다. 하지만 이 현상은 전에도 경험한 적이 있었다. 2년 전, 사쿠타를 덮친 사춘기 증후군이다.

그것이 이제 와서 재발했다는 것은 머리로 이해했다. 그렇기에 사쿠타의 가슴속에는 순수한 짜증만이 샘솟고 있었다. 그는 짜증에 완전히 휩싸여 있었다.

왜 이럴 때, 왜 이제 와서 사쿠타를 방해하는 걸까…….

"빌어먹을……."

사쿠타는 격렬한 감정을 느끼고 있지만, 몸에 힘이 들어가지 않았다. 몸이 감정을 따라가지 못했다. 갈 곳을 잃은 감정이 허무하게 공회전을 하고 있었다.

사쿠타는 몸을 움직이는 방법을 잊은 것처럼, 몸을 웅크린 채 꼼짝도 하지 못했다.

"빌어, 먹을…… 빌어먹을!"

그것은 못난 자기 자신을 향해 한 말이다.

자신을 탓하자, 가슴이 더욱 아팠다. 아프다. 아프다. 아프다. 견딜 수 없을 정도로 아프다. 얼굴을 들 수도 없다. 빗방울이 떨어지고 있는 지면을 쳐다보는 것 이외에는 아무것도 할 수 없다.

그런 사쿠타의 시야에 누군가의 신발이 들어왔다. 자그마한 발이었다. 남자의 발이 아니다. 여자의 발이다.

"괜찮아요."

의식이 몽롱해지는 가운데, 사쿠타는 여성의 목소리를 들었다.

"괜찮아요."

또 들렸다. 기분 탓이 아니다.

그 목소리에 조종당하는 것처럼 몸이 움직였다. 사쿠타는 고개를 들었다. 고개를 들어야만 할 것 같은 느낌이 들었다. 여성의 목소리에는 사쿠타가 그렇게 만드는 힘이 어려 있었다.

여성은 비에 젖는 것을 개의치 않으며 사쿠타의 곁에 앉았다. 사쿠타의 어깨를 끌어안으며, 그의 얼굴을 응시했다.

"사쿠타 군은, 괜찮아요."

그 여성은 사쿠타가 아는 사람이었다.

"……"

이제 아무 생각도 할 수 없었다. 무슨 일이 일어나고 있는 건지도 알 수가 없었다. 아무것도 모르는 그의 머릿속에 떠오른 것은 단 하나였다.

그것은, 그녀의 이름이다.

그립지만, 그립지 않은…… 그리고 사쿠타에게 있어서 특별한 의미를 지니는 이름이다.

사쿠타는 그 이름을, 갓 글자를 익힌 어린애처럼, 입에 담았다.

"쇼코 씨."

그러자 그녀는 미소 지었다.

"예. 쇼코 씨예요. 제가 왔으니까 이제 괜찮아요."

6

빗소리가 들렸다.

먼 곳에서 비가 내리고 있었다.

아니, 사쿠타가 그렇게 느끼는 것은 지금 그가 창문이 닫힌 실내에 있기 때문이다.

그는 이 방이 눈에 익었다. 그것도 그럴 것이, 지금 사쿠타가 있는 곳은 자신의 방이었다.

사쿠타는 자신이 항상 잠을 자는 침대 가장자리에 걸터앉아 있었다.

커튼은 활짝 걷혀 있었다. 창밖에서는 비가 격렬하게 내리고 있었다. 그 빗소리는 실내의 정적을 강조했다.

이 세계에서 이 방만이 동떨어져 있는 것처럼 소리가 멀게 느껴졌다.

그 사실을 자각한 순간, 사쿠타는 그제야 자신이 집에 있다는 사실을 눈치챘다.

"나, 왜……."

의문은 문 쪽에서 들려온 노크 소리에 삼켜졌다.

밖에서 빗소리가 들려오는데도 그 노크 소리는 선명하게 들렸다.

"옷 갈아입었나요?"

뒤이어 들려온 것은 온화한 목소리였다. 귀에 그리움이 감돌게 하는 따뜻한 음색이었다. 그저 듣고만 있어도 눈물이 날 것만 같은 목소리였다.

하지만 지금은 눈물이 나지 않았다. 눈물샘이 전혀 반응을 하지 않았다.

"대답을 안 하니까 열어볼게요. 옷 갈아입는 도중이더라도 사고니까 양해해주세요."

문이 천천히 열렸다. 문틈 사이로 방 안을 들여다본 사람은 바로 쇼코였다.

"아직 갈아입지 않았나요?"

쇼코는 어이없다는 듯이 문을 활짝 열었다.

사쿠타는 그런 쇼코의 얼굴을 보고서야 자신이 어떻게 집으로 돌아왔는지 떠올렸다. 느닷없이 나타난 쇼코가 그를 집으로 데려왔던 것이다.

사쿠타가 신발과 양말을 벗자, 쇼코는 젖은 옷을 갈아입으라면서 그를 방에 밀어 넣었다.

하지만 방에서 혼자가 된 순간, 전부 귀찮아졌다. 침대에 앉은 그의 몸 어디에도 한 줌의 기력조차 남아 있지 않았다.

"감기 걸려요."

쇼코는 사쿠타의 머리에 수건을 씌우더니 약간 거칠게 머리카락의 물기를 닦았다.

"자, 만세를 해보세요."

사쿠타는 쇼코가 시키는 대로 두 손을 들었다. 그러자 쇼코는 그가 입고 있던 긴소매 티셔츠를 단숨에 벗겼다. 그 순간 가슴에서 통증이 느껴졌다. 응고된 피딱지가 떨어지면서 피부가 자극을 받은 것 같았다.

그의 가슴에는 손톱자국 같은 세 줄기 상처가 존재했다.

겉보기에는 피부가 부르튼 채 아문 것처럼 보였다. 지금은 딱딱하게 굳은 피로 뒤덮여 있었다. 입고 있던 긴소매 티셔츠도 마찬가지였다. 가슴 부분이 피로 범벅이 되어 있었다.

의문은 느꼈다. 왜 다치지도 않았는데 이렇게 많은 피가 나고, 옷은 선혈에 물든 걸까. 왜 지금은 정체불명의 출혈이 멈춘 걸까. 아까 느낀 고통은 착각은 아니었는데, 왜 지금은 아무렇지도 않은 걸까.

그리고 가장 신경 쓰이는 것은 옷장 안을 뒤지고 있는 쇼코라는 존재다.

그녀는 올해 여름에 처음으로 만났던 중학교 1학년, 마키노하라 쇼코가 아니었다.

2년 전에 시치리가하마의 바다에서 만났던 쇼코로 추정되는 쇼코가 이 자리에 있었다. 그때보다 두 살 정도 나이를 먹은 것처럼 보였다.

수수께끼, 의문, 불가사의한 상황.

사쿠타는 그 중심에 있는데도 불구하고 그것들의 답을 알고 싶다는 생각이 들지 않았다.

지금은 그런 것들조차 아무래도 상관없었다.

사쿠타를 지배하는 것은 사라지고 만 카에데였다.

압도적인 상실감 때문에, 그 모든 것에 대한 흥미가 사라진 것이다.

아까부터 눈에 보이는 세계가 멀게 느껴졌다. 그 모든 것이 흐릿하게만 보였다.

그런 와중에 옷장에서 갈아입을 옷을 꺼낸 쇼코가 사쿠타를 향해 돌아섰다. 긴소매 티셔츠와 집 안에서 입는 운동복 바지, 그리고 팬티를 들고 있었다.

"이제 물도 데워졌을 거니까 사쿠타 군은 목욕을 하고 오세요."

쇼코는 사쿠타를 향해 걸어왔다.

사쿠타가 올려다보자, 쇼코는 주저 없이 그의 두 손을 움켜잡았다. 그리고 사쿠타를 일으켜 세우기 위해 잡아당겼다.

저항하는 것도 귀찮았기에, 사쿠타는 순순히 몸을 일으켰다.

그러자 쇼코는 사쿠타의 등 뒤로 가서 그를 밀었다. 그리고 그를 탈의실로 데려갔다.

"바지와 팬티도 제가 벗길까요?"

쇼코는 진지한 표정으로 그렇게 물었다.

"직접 벗을게요."

생각을 하는 것조차 귀찮았다.

사쿠타는 양말과 긴소매 티셔츠를 이미 벗었기에, 바지와 팬티만 탈의실에서 벗었다. 아직 탈의실에 있던 쇼코가 뭐라고 말했지만 전혀 개의치 않았다.

사쿠타는 비명 소리를 들으면서 욕실로 들어가더니, 문을 닫았다.

"저, 정말, 그런 걸 보여주면 어쩌냔 말이에요. 오, 옷은 여기 둘게요."

불투명 유리로 된 문 너머에서 쇼코는 화를 내고 있었다. 왜 저렇게 화를 내는 걸까.

사쿠타는 욕조 안의 물을 세면 대야로 퍼서 머리에 끼얹었다. 가슴의 상처는 완전히 아물었는지 아프지 않았다.

욕조 안에 들어가자, 몸의 감각이 조금은 돌아온 듯한 느낌이 들었다.

잠시 동안 천장을 올려다보던 사쿠타는⋯⋯.

"쇼코 씨."

……하고 무의식적으로 말했다. 탈의실에서는 아직 쇼코의 기척이 느껴졌다.

"예?"

"나는…… 아무것도 못 했어요."

목소리에 감정이 어려 있지 않았다.

"그렇지 않아요."

"하지만, 카에데는……."

사쿠타는 사실만을 입에 담았다.

"사쿠타 군은 최선을 다했어요."

"쇼코 씨가 뭘 안다고 그런 소리를 하는 거죠?"

사쿠타는 마음이 담기지 않은, 그저 소리만으로 된 말을 입에 담았다. 온화함과 따뜻함이 담긴 쇼코의 목소리와는 정반대였다. 자신의 목소리 같지 않았다. 하지만 그것은 사쿠타가 한 말이 틀림없었다.

"카에데 양을 위해 해줄 수 있는 것이 더 있었을지도 모른다며 후회하는 사쿠타 군의 마음이라면 알고 있어요."

"……."

"쇼코 씨는 모르는 게 없답니다."

쇼코는 사쿠타가 기억하는 것처럼 약간 성가신 말투로 그렇게 말했다. 사쿠타는 그 말이 우스웠지만, 웃음이 전혀 나오지 않았다. 웃을 마음이 생기지 않았다. 마음속 깊은 곳에 생겨난 커다란 구멍이 모든 것을 삼키고 있었다. 사쿠타의 마음속에서는 메마른 바람만이 불고 있었다. 그 바람소리만이 공허하게 울려 퍼지고 있었다.

"카에데 양이 사쿠타 군을 원망하던가요?"

"……."

"사쿠타 군을 쭉 좋아했죠?"

쇼코의 목소리는 따뜻했고, 마음이 어려 있었다.

"……해줄 수 있는 일이 더 있었을지도 몰라요."

사쿠타는 그 말을 듣고 가슴속의 고통을 토했다. 자신을 향한 저주를 토했다.

"다음 기회에 그러면 되겠네요."

"카에데에게 다음 기회는 없어요……."

"사쿠타 군이 이러니, 카에데 양이 불쌍하군요."

"……."

"사쿠타 군이 후회하지 않도록, 이번에 그렇게 최선을 다했는데 말이죠."

"……."

사쿠타는 쇼코의 말을 이해하지 못했다. 대체 『이번』이라는 게 무슨 소리일까.

"사쿠타 군의 곁에 있는 게 자신의 행복이라는 걸, 카에데 양은 최선을 다해 당신에게 전했잖아요."

"……."

"그 마음이 사쿠타 군에게 전해지지 않았으니, 카에데 양이 불쌍해요."

문 너머에 있는 쇼코의 실루엣이 진해졌다.

그 그림자는 곧 절반 정도의 크기로 줄어들었다.

욕실 문 앞에서 바닥에 앉은 것 같았다.

쇼코의 실루엣은 무언가를 쥐고 있었다. 네모난 무언가를 말이다. 쇼코는 책 같아 보이는 그것을 펼쳤다.

"―『오늘부터 일기를 쓰기로 했어요. 카에데의 일기예요. 이름은 오빠가 붙여줬어요. 노트와 펜도 오빠가 사줬어요』."

쇼코는 뭔가를 읽듯이 그렇게 말했다.

사쿠타는 그것이 무엇인지 바로 눈치챘다. 사쿠타가 카에데에게 사준 노트다. 저 두꺼운 노트는 카에데가 생각한 것을 적어둔 일기 같은 것이다.

사쿠타는 카에데가 저 노트에 무엇을 적어뒀는지 알지 못했다.

쇼코는 그 노트의 내용을 부드러운 어조로 읽었다.

카에데에게는 아빠와, 엄마와, 오빠가 있어요.

하지만, 잘 모르겠어요.

카에데에게는 기억이 없는 것 같아요.

해리성 장애에 의한 기억 상실에 걸렸다고, 의사 선생님이 말했어요.

힘드네요.

얼마 전까지 카에데는 카에데가 아니었다고 해요.
카에데(花楓) 씨가 카에데였다고 들었어요.
하지만 카에데는 카에데 씨를 몰라요.
만난 적이 없어요.
역시, 힘드네요.

오늘, 엄마가 의사 선생님과 계속 이야기를 했어요.
병에 대해 이야기를 하는 것 같았어요.
카에데는 병에 걸린 걸까요.
열은 없어요.
기침도 하지 않아요.
콧물도 나지 않아요.
건강해요.
하지만 엄마는 「언제 낫나요?」 하고 몇 번이나 의사 선생님
에게 물었어요.
가슴이 따끔거려요.

카에데 씨의 기억이 돌아오면, 카에데는 어떻게 될까요?
카에데가 카에데 씨가 되는 걸까요?
카에데는 어딘가에 가버리는 걸까요?

그런 생각을 하다 보니, 무서워서 눈물이 났어요.

왠지 엄마와 아빠가 힘들어 보여요.
「차근차근 치료해보자」 하고 말하면서 머리를 쓰다듬어줬어요.
하지만, 잘 모르겠어요.
카에데는 카에데지, 카에데 씨가 아니에요.
슬퍼져서, 오늘도 엉엉 울었어요.

카에데는 심한 말을 했어요.
엄마와 아빠에게 「같이 있고 싶지 않다」고 말했어요.
죄송해요.
하지만 카에데는 카에데 씨가 아니라서 괴로워요.
카에데에게서 카에데 씨를 찾는 엄마와 아빠의 눈빛을 받을 때마다 너무 괴로워요.

카에데는 이사를 하기로 했어요.
옆 마을인 후지사와 시로 간다고 해요.
오빠 말에 따르면 에노시마 근처라고 해요.

오늘부터 이사 준비를 해요.
오빠는 가져갈 물건을 카에데가 골라도 된다고 말했어요.

카에데 씨의 방에 있는 것들은 좀 거북해요.

침대도, 책상도, 쿠션도 귀여워서 마음에 들지만, 도저히 자기 방처럼 느껴지지 않아요.

책과 책장만 가지고 가기로 했어요.

전에 오빠가 사준 소설의 작가가 쓴 다른 책이 있었어요. 카에데도 읽어볼 생각이에요.

카에데 씨가 모은 책이 잔뜩 꽂혀 있어요.

나스노도 같이 이사할 거예요!

새 집에 도착했어요.

카에데의 방도 있어요.

침대도, 책상도, 쿠션도, 커튼도, 카탈로그를 보면서 오빠와 함께 골랐어요. 전부 오빠가 준비해줬어요.

카에데는 이 집에서 어엿한 여동생이 되고 싶어요.

오빠의 진짜 여동생이 될 수 있도록 노력할게요.

카에데에게 주어진 시간이 얼마나 되는지는 알 수 없어요.

카에데는 언젠가 나을 거라고 생각해요.

나으면 카에데 씨가 돌아올 거라고 생각해요.

그러니 카에데는 이 새로운 집에서, 카에데를 카에데로 대해준 오빠를 위해, 어엿한 여동생이 되겠어요.

오빠는 봄부터 고등학생이에요.

미네가하라 고교라는 학교에 다닌대요.

오빠 말에 따르면 학교에서 바다가 보인대요.

카에데도 가보고 싶어요.

하지만, 밖에 나가는 게 무서워요.

카에데를 쳐다보는 사람들이, 왜 카에데 씨가 아니냐면서 화내는 것 같아 무서워요.

가짜를 쳐다보는 듯한 사람들의 눈길이 무서워요.

카에데는 카에데이면 안 되는 걸까요.

오빠가 요리를 만들어줬어요.

맛은 그렇게 좋지 않았어요.

하지만 카에데는 맛있다고 말하면서 먹었어요.

오빠는 「진짜 맛없네」 하고 말했어요.

오빠의 요리 실력이 쑥쑥 좋아졌어요.

쑥! 쑥! 좋아지는 게 느껴졌어요.

오빠의 말에 따르면 요령은 레시피대로 만드는 거래요.

오빠가 아르바이트를 시작했어요.

밤늦게 돌아와요.

쓸쓸하지만, 나스노와 함께 열심히 집을 지킬래요.

오빠는 처음 받은 급료로 카에데에게 판다 DVD를 선물해줬어요.

판다는 멋져요. 보고만 있어도 마음이 치유돼요.

오빠가 출장 영업을 하는 전문가 언니를 방으로 불렀어요.

카에데는 이해심 넘치는 여동생이니 필사적으로 눈감아줄 생각이에요.

엄청 예쁜 언니였어요.

맙소사! 오빠에게 애인이 생겼어요!

이럴 수가!

진짜예요!

진짜로, 이럴 수가!

상대는 전에 봤던 출장 영업 언니……가 아니라, 사쿠라지마 마이 씨예요.

유심히 보니, 정말 아름다운 사람이에요.

오빠가 저 언니에게 속고 있는 건 아닌지 걱정이에요.

책에서 보니 이 세상에는 꽃뱀이라는 사람들도 있대요. 정말 오빠가 걱정돼요.

마이 씨는 정말 좋은 사람이에요.

텔레비전에도 나오는 인기 연예인이에요.

대단해요. 카에데는 절대 마이 씨처럼 되지 못할 거예요.
정말 대단해요.
카에데에게 옷을 줬어요.

오늘부터 오빠의 친구가 한집에서 지내게 됐어요.
후타바 리오 씨예요.
가슴이 정말 커요.
카에데에게 좀 나눠줬으면 좋겠어요.
리오 씨는 카에데에게 키가 커서 좋겠다고 했어요.
좀 교환했으면 좋겠어요.
카에데는 여동생치고는 몸집이 너무 커요.

오빠가 비행 청소년이 됐어요.
하지만, 그렇지 않았어요.
노도카 씨는 마이 씨의 동생이었어요.
화려하고 멋진 사람이에요.
역시 아이돌이네요!
카에데와도 친해졌어요.

요즘 자주 꿈을 꿔요.
어린 카에데가 어린 오빠와 노는 꿈이에요.
그림을 그리거나, 소꿉놀이를 해요.

하지만 카에데는 오빠와 그런 걸 한 적이 없어요.

카에데는 어렸던 적이 없어요.

어린 오빠를 본 적도 없어요.

카에데는 알아요.

오빠는 항상 후회를 하고 있어요.

카에데 씨가 겪은 일 때문에요.

괴롭힘을 당해 괴로워하는 카에데 씨를 도와주지 못한 걸 오빠는 후회하고 있어요.

오빠한테서 직접 들은 건 아니지만, 카에데는 알 수 있어요.

만약 이대로 카에데가 사라진다면, 분명 오빠는 또 후회할 거라고 생각해요. 카에데에게 아무것도 해주지 못했다고 생각할 거예요.

그러니 카에데는 목표를 잔뜩 만들기로 했어요.

오빠와 함께 이룰 목표예요.

카에데가 없어져도, 카에데는 오빠가 후회하지 말아줬으면 해요.

카에데의 꿈을 잔뜩 이뤄줬다고 가슴을 펴며 말해줬으면 해요.

슬픈 기억보다, 즐겁고, 기쁘고, 미소를 지을 수 있는 기억을 잔뜩 남기고 싶어요.

카에데가 없어도, 오빠가 카에데를 웃으면서 떠올릴 수 있으면 기쁠 것 같아요.
　그러기 위해, 카에데는 최선을 다할 거예요.

　팔에 멍이 생겼어요.
　전에 본 적이 있는 멍이에요.
　오빠가 걱정할 테니 빨리 나았으면 좋겠어요.

　카에데의 안에서 누군가가 무섭다고 외쳐요.
　밖에 나가는 게 무섭다며 울고 있는 것 같아요.
　하지만 괜찮아요.
　카에데는 오빠가 있으니까 괜찮아요.

　바다는 정말 넓었어요.
　파도가 쏴아~ 하는 소리를 내며 시원하게 쳤어요!
　마이 씨가 만들어준 주먹밥은 맛있었어요.
　오빠도 즐거워 보여서, 카에데도 기뻤어요.
　또 다 같이 바다에 갔으면 좋겠어요.

　병원에서 눈을 떴어요.
　카에데는 의식을 잃고 갑자기 쓰러졌대요.
　여러 가지 검사를 받았어요. 카에데는 건강한 것 같아요.
　하지만 오빠는 좀 기운이 없어요.

카에데를 쓸쓸한 눈길로 쳐다봐요.
아마 카에데에게 남은 시간은 많지 않은 것 같아요.

무서워요.
매일 꿈을 꿔요.
카에데는 이미 알고 있어요.
그건 카에데 씨의 기억일 거예요.
그래서 무서워요.
카에데가 언제까지 카에데일 수 있을지 모르겠어요.
모든 목표를 달성할 수 있을지 모르겠어요.
오빠가 후회를 하게 될까 봐 무서워요.

부탁이에요.
카에데에게 조금만 더 시간을 주세요.
오빠가 카에데를 떠올릴 때, 카에데는 오빠가 웃었으면 좋
겠어요.
모든 추억을 미소로 가득 채우고 싶어요.
그러니, 카에데에게 조금만 더 시간을 주세요.

오빠 덕분에, 카에데는 동그라미를 잔뜩 칠 수 있었어요.
참 잘했어요~예요!
항상 무서웠던 집 밖에도 나갈 수 있게 됐어요.

마이 씨의 집에도 놀러 갔어요.

전철도 탔어요.

바다에도 놀러 갔어요.

도시락도 먹었어요!

판다도 봤어요!

학교에도 갔어요! 한밤중이라 아무도 없을 때이기는 하지만요!

전부, 오빠 덕분이에요.

오빠가 카에데를 잔뜩 행복하게 해줬어요.

카에데는 오빠의 동생이어서 정말 행복했어요.

지금도, 지금까지도, 지금부터도, 사랑해요!

내일은, 한낮의 학교에 갈 거예요.

사쿠타는 하염없이 흘러나오는 눈물을 참지 못했다.

욕조 안에서 몸을 웅크린 사쿠타는 오열을 하며 어린애처럼 울었다.

쉴 새 없이 터져 나오는 감정에 저항할 수가 없었다.

자신 이외의 무언가에게 희롱당하고 있었다. 어찌할 방법이 없었다.

그래도 사쿠타는 필사적으로 저항했다.

샤워기를 틀어서 울음소리를 숨기려 했다. 물을 뒤집어써서 눈물을 없애려 했다. 하지만, 울음도, 눈물도, 멎을 기색조차 보이지 않았다.

오히려 가슴을 가득 채운 마음은 부풀어만 갔다.

카에데가 남겨준, 따뜻한 마음이 말이다…….

"참지 않아도 돼요."

탈의실 쪽에서 쇼코의 목소리가 들려왔다.

샤워기를 틀었지만, 그래도 쇼코는 사쿠타의 오열을 들은 것 같았다.

"사쿠타 군은 바보군요."

"나는 울 수 없어요!"

사쿠타의 목소리는 눈물에 젖었기에 알아들을 수 없을 것이다. 말을 한 본인 또한 알아듣지 못했다.

"눈물을 흘려서, 카에데의 마음을 배신할 수는 없단 말이에요!"

카에데는 무엇 때문에 그렇게 노력한 것일까.

남겨진 사쿠타가 미소를 지어줬으면 해서, 그렇게 최선을 다했던 것이다.

사쿠타가 후회하지 않도록, 그 많은 목표를 달성했던 것이다.

최선을 다해, 사쿠타가 동생을 아끼는 좋은 오빠이게 해줬던 것이다.

동생의 소원을 들어준 멋진 오빠로 만들어줬던 것이다.

그러니, 울어서는 안 된다.

사쿠타는 그렇게 생각했다.

"카에데의 필사적인 노력을, 내가 헛수고로 만들 수는 없단 말이에요……."

"그래요. 사쿠타 군의 말이 옳아요."

쇼코의 상냥한 목소리가 사쿠타의 감정을 부드럽게 받아줬다.

"사쿠타 군의 말이 옳지만, 그래도 지금은 울어도 괜찮아요."

"하지만, 그랬다간 카에데가……!"

"노트의 동그라미와 마찬가지로, 그 슬픔 또한 카에데 양이 사쿠타 군에게 준 소중한 것이니까요. 그 슬픔의 크기가 카에데 양이라는 존재의 크기 그 자체니까요."

"윽!"

"사쿠타 군은 오빠니까, 카에데 양의 모든 것을 받아주세요."

쇼코는 질책했다. 그 상냥한 질책 또한 눈물에 젖어 있었다.

"으, 으윽, 아아……."

하지만 사쿠타는 반사적으로 또 눈물을 참으려 했다.

"으아아, 아아아아아!"

하지만 참을 수 있을 리가 없었다.

쇼코의 말은 너무도 정확하게 사쿠타의 마음속에 존재하는 상냥한 부분을 찔렀다.

이 슬픔은 카에데가 준 것이다.

카에데와 보낸 2년이라는 나날이 분명 존재했다는 증거다.

사쿠타의 기억에 「카에데」가 새겨져 있기에 생겨난 감정인 것이다.

그렇게 커다란 것을 마음에 가둬두는 것도, 부정하는 것도, 가능할 리가 없었다.

"으아아아아아아아!!"

사쿠타는 샤워기에서 나오는 거센 물줄기를 맞으면서 어린애처럼 소리 내어 울었다. 감정에 몸을 맡긴 채 오열을 흘렸다.

앞으로도 카에데의 기억과 함께 살아가기 위해서…….

언젠가, 카에데의 이야기를 웃으면서 할 수 있도록…….

상냥한 마음으로 그 기억을 떠올릴 수 있도록…….

사쿠타는 카에데와 보낸 나날을 하나하나 곱씹으면서 미아가 된 어린애처럼 하염없이 흐느꼈다.

7

뱃속이 텅 비었다.

다음 날 아침, 사쿠타는 극심함 굶주림 때문에 잠에서 깨어났다.

자신의 배에서 꼬르륵 소리가 났다.

사쿠타는 그 소리를 듣고 정신을 차렸다.

그는 텅 빈 배에 손을 대면서 몸을 일으켰다.

그러자 꼬르륵 하는 소리가 방 안에서 공허하게 울려 퍼졌다.

"배고프네."

그렇게 말한 사쿠타의 목소리는 희미하게 갈라져 있었다.

목소리가 갈라진 이유 중 절반은 극도의 공복감 때문이다. 그리고 남은 절반은 어젯밤에 꼴사나울 정도로 엉엉 울어댔기 때문이리라.

눈물은 어느새 완전히 말랐지만, 아직도 눈가가 딱딱하게 굳어 있었다.

사쿠타는 세수라도 하자고 생각하며 몸을 일으켰다. 세면장의 거울에는 눈가가 퉁퉁 부은 사쿠타가 평소처럼 멍한 표정을 지은 채 비치고 있었다.

사쿠타는 차가운 물로 얼굴을 씻었다.

남아 있던 졸음이 사라지자, 머릿속이 맑아졌다.

사쿠타는 다시 거울을 쳐다보았다.

"얼굴이 엉망이네."

그렇게 말하며 무심코 웃었다.

"배도 엄청 고파."

농담이 아니라 진짜로 뱃가죽이 등에 붙을 것만 같았다. 이 정도의 공복감은 쉽게 맛볼 수 있는 게 아니다. 진짜로 뱃속이 텅 빈 것 같았다.

　그런 불가사의한 느낌을 실감한 사쿠타는 왠지 우스웠다.

　그리고 한 번 우습다고 생각하자, 그 감각은 천천히 부풀어 오르기 시작했다. 사쿠타는 또 소리를 내서 웃었다. 어깨까지 떨면서 웃어댔다. 웃음을 참을 수가 없었다. 눈가에는 이미 메마른 줄 알았던 눈물이 맺혀 있었다.

　눈물은 멎지도 않았고, 참을 수도 없었다.

　제아무리 즐거워도, 제아무리 슬퍼도, 제아무리 비탄에 잠겨 있어도, 그런 감정과 상관없이 배는 고파진다.

　눈치 없는 자신의 몸이, 사쿠타는 마치 구세주처럼 느껴졌다. 진심으로 고맙게 느껴졌다. 매일같이 영위해야만 하는 행위를 코미컬하게 떠올리게 해줬으니까 말이다. 왠지 「배가 고픈데 어떻게 하냐고」 같은 말을 들은 것 같은 기분이 들었다.

　확실히 맞는 말이다.

　겨우 웃음이 멎자, 사쿠타는 부엌으로 향했다.

　사쿠타는 사뒀던 식빵을 입에 넣었다. 굽지도 않았고, 잼이나 마가린을 바르지도 않았다. 하지만 밀가루의 단맛이 느껴졌다. 지금까지 신경 쓴 적이 없지만, 빵만 먹어도 맛이 느껴졌다.

　냉장고 안에 있던 토마토는 물에 씻어서 통째로 먹었다. 식감이 신선했다. 목을 통해 들어온 수분이 메마른 몸에 직접 스며드는 것 같았다.

선 채로 식사를 마친 사쿠타는 샤워를 하고 교복을 입었다. 오늘은 평일인 금요일이다. 학교에서는 평소와 다름없이 수업을 하고 있을 것이다.

다이닝 테이블의 의자 세 개를 나란히 두고, 그 위에서 몸을 동그랗게 만 채 자고 있는 쇼코에게…….

─학교에 갔다 올게요.

하고 적힌 메모를 남긴 후, 사쿠타는 평소보다 한 시간 이상 일찍 집을 나섰다.

사쿠타는 홀로 맨션 앞까지 걸어갔다.

아침의 차가운 공기가 지금은 기분 좋았다.

몸이 정화되어가는 느낌이었다.

불가사의하게도 발걸음은 가벼웠다.

그런 사쿠타가 향한 곳은 학교가 아니었다.

잠시 후 그가 도착한 곳은 카에데가 입원한 병원이다.

면회 시간은 아니지만 너스 스테이션에 얼굴을 비치자, 그를 기억하는 간호사가 면회를 허락해줬다.

사쿠타는 그 간호사에게 고맙다고 말한 후, 카에데의 병실로 향했다.

병실 앞에서 멈춰 선 사쿠타는 주저 없이 노크를 두 번 했다.

"드, 들어와도 돼요."

사쿠타는 카에데의 약간 긴장한 듯한 목소리를 들으면서 천천히 문을 열었다.

"아."

카에데는 사쿠타를 보더니 입을 동그랗게 벌렸다.

"좋은 아침."

"아, 응. 좋은 아침이야."

사쿠타는 문을 닫고 침대 옆으로 이동했다. 사쿠타가 원형 의자에 앉자…….

"어제는 어떻게 된 거야?"

……하고 카에데가 물었다.

"응?"

"오빠, 어제 화장실에 간다면서 나가서 돌아오지 않았잖아."

"설사를 엄청 해대는 바람에 화장실과 단짝 친구가 됐어."

사쿠타는 대충 거짓말을 했다. 진실을 말할 수는 없었던 것이다.

"정말, 더럽다니깐."

카에데는 사쿠타와 약간 거리를 두며 그렇게 말했다.

"그것보다 카에데."

"왜?"

"너, 판다 좋아해?"

"응? 갑자기 무슨 소리를 하는 거야?"

"좋아해?"

"……으음, 싫어하지는 않아."

카에데는 잠시 생각에 잠긴 다음, 그렇게 대답했다.

"그럼 퇴원하고 같이 보러 가자."

"그건 괜찮은데, 왜 갑자기 그런 소리를 하는 거야?"

"내가 보고 싶거든. 같이 가자. 응?"

"오빠, 판다를 좋아했었어?"

카에데는 어리둥절했다. 사쿠타가 판다를 좋아한다는 것을 전혀 몰랐다는 투였다.

"요즘 들어서 좋아하게 됐어."

"흐음."

카에데는 아직 납득하지 못했다.

"하지만 오빠는 이제 고등학교 2학년이지?"

"고2는 판다를 좋아하면 안 되는 거야?"

"그, 그게 아니라, 판다 같은 건 여동생이 아니라 애인과 데이트 삼아 보러 가야 하는 거 아냐?"

카에데는 사쿠타를 놀리는 듯한 미소를 지으며 그렇게 말했다.

"뭐, 불쌍하니까 같이 가주기는 할게."

아무래도 카에데는 사쿠타에게 애인이 있을 리가 없다고 생각하는 것 같았다.

"뭔가 착각을 한 것 같은데, 나는 애인 있어."

"……뭐?!"

카에데는 잠시 동안 얼빠진 표정을 지은 다음, 경악했다.

"거짓말!"

"왜 그렇게 놀라는 거야?"

"오, 오빠한테 애인이 있다는 거야?!"

아무래도 카에데에게 있어서 사쿠타에게 애인이 생겼다는 것은 중대사인 것 같았다. 하지만 그 정도로 놀라서는 곤란했다. 엄청난 사람이 애인이니까 말이다.

"다음에 소개해줄 테니까 각오해둬."

설마 오빠의 애인이 『사쿠라지마 마이』일 거라고는 생각도 못 할 것이다. 아마 엄청 놀라리라.

"오, 오빠한테 애인이 생기다니……."

"아직도 그딴 소리를 하는 거야?"

"그, 그게……."

사쿠타는 서두르지 않으면 지각할 수 있는 시간까지 카에데와 이야기를 나눴다. 전부 별것 아닌 이야기였지만, 그래도 괜찮다고 생각했다. 오빠와 동생의 일상적인 대화란 원래 그런 것이다. 그런 별것 아닌 대화를 나눌 수 있는 남매면 되는 것이다.

그런 식으로 별것 아닌 나날을 보내면 된다. 「카에데」를 떠올리면 지금도 눈물이 날 것 같지만, 코끝이 시큰거리지만, 그래도 당연한 듯이 찾아오는 하루하루를 어떻게든 넘기면 된다.

그러는 와중에 또 새로운 무언가가 시작될 것이다.

종 장

해후

정밀 검사 결과, 카에데에게 신체적인 문제는 없었다.

하지만 병원 측은 즉각 퇴원이라는 판단을 내리지도 못했다.

의식이 돌아오기는 했지만, 카에데의 기억에는 약 2년간의 공백이 존재한다. 『카에데(花楓)』가 『카에데』였던 시간만큼의 공백이 말이다.

말하자면 그것은 어느 날 눈을 떠보니 2년 후였다…… 같은 당치도 않은 상황인 것이다. 결국 느닷없이 지나가고 만 시간, 그리고 그 사이에 변화한 환경에 대한 재활이 필요하다고 병원 측은 판단했다.

사는 마을도 달라졌고, 다니는 학교도 다르다. 자신이 중학교 1학년이라고 여기며 정신을 차려보니, 어느새 중학교 3학년이 되어 있는 것이다. 그것도 2학기가 거의 끝나가는 시기다.

금세 모든 것을 받아들이고, 이해하며, 아무 일도 없었다는 듯이 일상생활을 할 수 있을 리가 없다.

인식과 현실 사이의 갭은 크다.

카에데는 사쿠타를 대할 때도 약간 서먹서먹했다.

"왠지 어른이 됐네."

카에데는 사쿠타를 쳐다보며 그렇게 평가했다.

그런 오차를 하나씩 올바르게 수정할 필요가 있다. 그리고 그런 문제들은 하루아침에 해결되지 않는다.

일주일간의 입원 생활은 그것을 위한 준비 기간이다.

사쿠타에게는 반대를 할 이유가 없었다. 그리고 그동안 사쿠타는 방과 후가 되면 매일같이 카에데가 입원한 병원에 갔다.

12월 1일. 월요일.

올해도 한 달밖에 남지 않았다.

이날, 사쿠타는 수업이 끝나자 아르바이트를 하러 가야 하는 시간까지 카에데의 병실에 얼굴을 비치기로 했다.

사쿠타는 병실 문에 노크를 했다.

"들어오세요."

사쿠타는 대답을 들은 다음 문을 열었다.

병실 안에 들어가 보니 카에데가 침대에 앉아 있었다. 벽에 등을 맡긴 그녀는 두 무릎을 세우고 있었다. 그리고 무릎 위에 책 한 권을 펼쳐두었다. 아니, 유심히 보니 그것은 책이 아니었다.

손때가 묻은 노트였다. 그것은 바로 『카에데』의 노트다.

2년 동안 있었던 일을 알고 싶어 하는 카에데에게, 사쿠타는 그 노트를 건넸다.

카에데는 그 노트를 받더니 펼쳐보는 것을 주저했다. 하지만 결국은 읽어보기로 한 것 같았다.

카에데는 열심히 노트의 글자를 눈으로 좇고 있었다.

사쿠타가 침대 옆에 의자를 놓고 앉자, 카에데는 얼굴을 새빨갛게 붉히며 노트를 덮었다. 그리고 약간 허둥대면서 사이드 테이블에 노트를 두었다.

"이상한 거라도 적혀 있었어?"

사쿠타가 알기로 얼굴을 붉힐 만한 내용은 적혀 있지 않았다.

"아, 아무것도 아냐."

카에데의 얼굴은 여전히 붉었다.

"저, 저기 말이야."

"응?"

"오빠한테 좀 확인할 게 있어."

"확인?"

남매간의 대화에서 쓰이기에는 꽤 딱딱한 표현이다.

"내, 내가 오해한 거면 그렇다고 말해줘."

"알았어."

"저, 저기…… 말이야……."

카에데는 머뭇거리면서 사쿠타를 힐끔 쳐다보았다.

그녀는 베개를 꼭 끌어안았다.

"뭔데 그렇게 뜸을 들이는 거야?"

"내, 내가, 오빠의 침대에 숨어들기도 했었어?"

"그래. 했었지."

"모, 못 하게 했어야지!"

"저기, 카에데가 멋대로 숨어들었잖아. 나보고 뭘 어쩌라는 거야."

"안 했어! 안 했단 말이야!"

카에데는 부정을 하면서 베개에 얼굴을 묻었다. 그녀는 귀까지 새빨갰다.

"나는 부끄러워서 그런 짓 못 해."

카에데는 베개를 향해 그런 소리를 했다.

"어이, 하려고 하지 마. 이제 다 컸잖아."

"나, 심리적으로는 아직 열세 살이거든?"

베개에서 얼굴을 뗀 카에데는 원망 섞인 표정으로 사쿠타를 쳐다보았다.

"중학생쯤 되면 다 큰 거나 다름없다고."

"부우~."

카에데는 불만을 표시하듯 입술을 쑥 내밀었다. 카에데가 지금 느끼고 있는, 말로 형용하기 힘든 기분에 어울려주지 않겠다는 듯이 사쿠타는 화제를 바꿨다.

"그러고 보니 카노 양이 병문안을 오고 싶어 하던데, 어떻게 할까?"

사쿠타는 어제, 카에데의 기억이 돌아왔다는 소식을 카노 코토미에게 전화로 알렸다. 코토미는 잠시 동안 말을 잇지 못할 만큼 놀랐지만, 사쿠타의 설명을 계속 듣고 있던 그녀는 수화기 너머에서 울음을 터뜨렸다. 그것은 기쁨의 눈물이었다.

"코미가?"

"그래."

"……."

카에데는 이불을 응시하며 생각에 잠겼다. 그녀의 머릿속을 스친 것은 예전에 다니던 학교에서 있었던 일일 것이다. SNS와 게시판, 무료 전화 어플리케이션의 메시지 기능을 이용해 남들에게서 심한 말을 들어야 했던 괴로운 시절을 떠올린 것이리라.

그런 나날에 대한 마음의 정리는 아직 되지 않았을 것이다. 카에데는 2년 동안 휴식을 취하고 있었으니까 말이다.

그러니 아직 아무것도 해결되지 않았다.

카에데는 기억이 되돌아온 후에도 스마트폰이나 핸드폰을 만지려고 하지 않았다. 주위에 핸드폰을 쓰는 사람이 있으면 고개를 돌렸다. 벨소리와 진동음에도 민감하게 반응했다.

그것은 앞으로 카에데가 극복해야만 하는 문제라고 생각한다. 사춘기 증후군도 포함해서 말이다…….

카에데는 오랫동안 생각한 다음…….

"만나고 싶어."

사쿠타의 눈을 쳐다보면서 그렇게 말했다.

"그럼 그렇게 전해둘게."

"으, 응. 저, 저기 말이야."

"응?"

"오, 오빠도 같이 있어줄 거지?"

"뭐, 내가 카노 양을 데리고 병원에 오게 될 테니까 말이야."

"알았어."

카에데는 안도한 것처럼 베개를 꼭 끌어안았다.

"카에데, 또 하고 싶은 건 없어?"

"하고 싶은 거?"

"퇴원한 후라도 말이야."

"으음~."

카에데는 잠시 동안 고민하는 듯한 시늉을 한 다음, 곧 뭔가가 생각났는지…….

"아."

……하고 말했다.

"저, 저기, 오빠."

카에데는 사쿠타를 똑바로 쳐다보았다. 그녀의 눈동자에는 긴장감이 어려 있었다.

그런 카에데는 심호흡을 한 번 했다.

그리고 한 번 더 심호흡을 한 다음…….

"학교에 가고 싶어."

……하고 진지한 목소리로 말했다.

"학교에 갈 수 있게 되고 싶어."

사쿠타를 쳐다보던 카에데의 눈이 사이드 테이블을 향했다. 그곳에 놓여 있는 것은 『카에데』가 남긴 노트다.

"이제 무섭지 않은 거야?"

카에데는 예전에 매일같이 학교에 가기 싫다고 말했다. 아침이 올 때마다 침대에 숨어서 하루가 빨리 끝나기만을 바랐다. 하지만 또 다음 날 아침이 찾아왔다. 그런 고통스럽기만 한 사이클에 갇혀 있었던 것이다.

"괘, 괜찮을 거라고 생각해."

그녀의 주저 섞인 목소리에는 자신감이 어려 있지 않았다.

하지만 카에데가 살며시 가슴에 손을 대는 모습을 보자, 사쿠타는 그녀가 하고 싶은 말이 뭔지 눈치챘다.

"나는 혼자가 아니잖아."

그렇게 말한 카에데는 멋쩍은 듯이 웃었다. 약간 어색한 미소. 허세가 어린 미소.

사쿠타는 그 미소를 본 순간 마음이 가벼워졌다.

왠지 구원을 받은 것만 같은 기분이 들었다.

아직 뭔가를 해낸 것은 아니다. 이제부터 시작인 것이다.

커다란 첫걸음을 내디딘 것은 아니다. 지금은 그저 고개를 들었을 뿐이다…….

하지만, 사쿠타의 가슴속은 따뜻한 마음으로 가득 차 있었다.

카에데가 남겨준 상냥한 마음으로 가득 차 있었다.

병문안을 마친 후, 예정대로 아르바이트를 한 사쿠타는 밤 아홉 시 반경에 자신이 사는 맨션으로 돌아갔다.

문 앞에 선 사쿠타는 갑자기 쏟아진 비 때문에 젖은 교복의 물방울을 털었다. 가랑비인 줄 알고 우산을 쓰지 않았는데, 옷을 만져보니 꽤 젖었다. 머리카락도 흠뻑 젖었다.

　사쿠타는 호주머니에서 꺼낸 열쇠로 문을 열었다.

　"다녀왔어요."

　사쿠타가 그렇게 말하며 들어간 실내에는 불이 켜져 있었다. 현관도, 복도도, 안쪽에 있는 거실도 밝았다. 밝은 거실쪽에서 슬리퍼를 신은 누군가의 발소리가 들려왔다.

　"어서 와요."

　미소를 지으며 사쿠타를 맞이해준 사람은 앞치마를 걸친 연상의 여성이었다.

　"밥부터 먹을래요? 목욕부터 할래요? 아니면……."

　"오늘이야말로 뭐가 어떻게 된 것인지 가르쳐주면 안 될까요?"

　사쿠타는 상대의 말을 끊으면서 가슴속을 가득 채운 의문을 입에 담았다.

　그날 이후, 앞치마를 걸친 연상의 여성……『쇼코 씨』는 사쿠타의 집에서 지내고 있었다. 풀 네임은 마키노하라 쇼코. 나이는 본인의 말을 믿자면 열아홉. 사쿠타가 쇼코와 재회하고 하루가 지난 금요일 밤, 그녀는「갈 곳이 없어서 그러는데, 한동안 신세 지면 안 될까요?」하고 그에게 말했다.

　카에데의 일도 있었던 탓에 동요한 사쿠타는 일단 오케이를 했다. 하지만 자초지종에 대해서는 오늘까지 묻지 않았다.

　그 이유 중 하나는 역시 카에데다. 사쿠타는 다른 일을 신경 쓸 여유가 없었기 때문에 주말에 제대로 캐물어 보지 못했고, 결국 이렇게 월요일을 맞이하고 말았다.

　그리고 또 다른 이유는 물어봐도 쇼코가 계속 얼버무렸던 것이다.

　어제도 같은 질문을 던졌지만, 「쇼코 씨는 이제부터 목욕을 할 거예요」 하고 말하면서 사쿠타를 멀리했다. 그리고 목욕을 마친 다음에는 「밤늦게까지 깨어 있는 건 피부에 좋지 않으니 잘래요」 하고 말하면서 일찌감치 잠들었다.

　"여자애라면 누구나 비밀 한두 개 정도는 가지고 있어요."

　오늘도 얼버무릴 생각인 것 같았다.

　"여자애…… 쇼코 씨는 꽤 어른스러우니까 이제 비밀 같은 건 없어도 될 것 같은데요?"

　사쿠타의 기억 속에 존재하는 『쇼코 씨』보다 눈앞에 있는 쇼코는 확실히 어른스러웠다. 여자 고등학생 누님이 여자 대학생 누님으로 성장한 것이다.

　"나도 상당한 위험을 감수하며 쇼코 씨를 이 집에 묵게 해주고 있는 거라고요."

　이 사실을 마이가 안다면 무슨 소리를 들을지 상상조차 되지 않았다. 아직 들키지 않은 것은 마이가 영화 촬영 때문에 열흘 동안 집을 비웠기 때문이다. 하지만 계속 비밀로 할 수는 없다. 어제 통화 때 마이는 사흘 후에는 돌아갈 거라고 말했다.

즉, 마이가 돌아오는 사흘 후가 바로 사쿠타에게 주어진 타임 리미트인 것이다.

마이가 돌아올 때까지 이 상황을 어떻게든 해야만 한다. 하다못해 자초지종을 제대로 설명할 수 있을 정도의 정보를 확보하고 싶었다.

대체 쇼코의 정체는 무엇인가. 중학생인 쇼코와 눈앞에 있는 쇼코의 관계도 아직 알지 못했다. 중학생인 쇼코에게 어제와 그저께 전화를 해봤지만 그녀는 받지 않았다. 그녀에게서 전화도 오지 않았다.

"어쩔 수 없군요. 알았어요."

쇼코는 체념한 것처럼 「휴우~」 하고 한숨을 내쉬었다.

"하지만 그 전에 사쿠타 군은 목욕을 해주세요. 꽤 긴 이야기니까 지금 이대로 듣다간 감기에 걸리고 말 거예요."

딱히 이 상황을 모면하기 위해 이런 소리를 하는 것 같지는 않았기에, 사쿠타는 순순히 쇼코의 말에 따르기로 했다. 게다가 한겨울의 비는 꽤나 차가웠기에 몸도 오슬오슬했다.

사쿠타는 욕조에 몸을 담갔다.

비 때문에 차가워진 몸속 깊은 곳까지 따뜻해졌다.

솔직히 말하자면 마음이 조급하기는 했다. 실은 한시라도 빨리 목욕을 마친 후, 쇼코에게『꽤 긴 이야기』라는 것을 듣고 싶었다.

하지만 사쿠타가 그러지 않은 것은 상대에게 조바심이 난 듯한 인상을 주는 게 싫었기 때문이다. 그랬다간 쇼코에게 주도권이 넘어갈지도 모르며, 그녀는 또 적당히 둘러댈지도 모른다.

사쿠타는 쇼코와의 줄다리기에서 승리하기 위해 일부러 평소보다 더 오랫동안 목욕을 했다. 몸이 축 늘어진 후에야 욕실에서 나갔다.

수건으로 닦은 몸은 갓 삶은 것처럼 시뻘겋다. 어쩌면 쇼코는 이 점을 이용할지도 모른다.

사쿠타가 그런 생각을 하면서 팬티를 입었을 때, 인터폰 소리가 들렸다.

"지금 나가요~."

그 뒤를 이어 발소리가 탈의실 앞을 지나갔다. 그 발소리는 거실 쪽에서 현관으로 향하고 있었다.

현재 시각은 밤 열 시경일 것이다. 이런 시간에 대체 누가 온 것일까. 택배일까. 하지만 사쿠타는 짐작 가는 데가 없었다.

"⋯⋯."

왠지 사쿠타는 불길한 예감이 들었다.

"기다려요, 쇼코 씨!"

사쿠타는 허둥지둥 탈의실 문을 열었다. 쇼코가 현관문을 여는 것을 저지해야만 한다고 그의 본능이 외치고 있었다. 미친 듯이 울부짖으며 위기가 찾아왔다는 것을 사쿠타에게 알리고 있었다.

하지만 결론부터 말하자면, 전부 부질없는 짓이었다.

이미 현관문이 열려 있었던 것이다.

게다가 쇼코는 미소를 지으며 손님을 집에 들이고 있었다.

"……"

사쿠타는 입을 벌린 채 아무 말도 하지 못했다. 탈의실 문을 연 채 그대로 굳어버렸다. 팬티 차림인 사쿠타의 시간은 얼어붙고 말았다.

그런 사쿠타의 눈에 두 여성이 들어왔다. 두 사람 다 사쿠타보다 연상이었다. 한 명은 며칠 전부터 사쿠타의 집에서 신세를 지고 있는 앞치마 차림의 쇼코다.

그리고 다른 한 사람은 차분한 색상의 코트를 걸친 마이였다. 그녀는 종이봉투를 들고 있었다. 아마 로케이션 촬영지인 가나자와의 토산품일 것이다.

마이는 사쿠타와 시선이 마주치자마자, 그대로 뒤돌아섰다.

"가, 가지 마요, 마이 씨!"

사쿠타는 허둥지둥 그렇게 외쳤다. 하지만 사쿠타는 그렇게 외칠 필요가 없었다.

차가운 쇳소리가 들렸다.

마이가 문을 잠근 것이다. 그리고 체인도 걸었다. 마치 누군가를 우리에 가두는 것처럼 철저하게 문을 잠갔다. 그리고……

"며칠 동안 통화를 할 때마다 태도가 좀 이상했던 이유를 이제야 알겠네."

……하고 말하면서 사쿠타와 쇼코를 향해 돌아섰다.

"카에데 때문에 힘들어하고 있을까 봐 걱정이 되어서 돌아온 건데 말이야."

마이는 신발을 벗더니 현관으로 올라왔다.

"저기, 사쿠타."

"아, 예."

"뭐가 어떻게 된 건지 제대로 설명해줄 거지?"

"물론이죠. 얼마든지 해드릴게요."

하지만 난처하게도 사쿠타 본인 또한 쇼코에 대해 잘 알지 못했다. 대체 어쩌다 이렇게 된 것일까……

그런 사쿠타를 곁눈질하면서……

"이런 걸 뭐라고 하죠? 아, 그래요! 수라장!"

……하고 말한 쇼코는 자기 일이 아니라는 듯이 손뼉을 치며 기뻐했다.

기나긴 밤이 시작되었다.

■작가 후기

  이 책은 『청춘 돼지』 시리즈의 제5권입니다.

  제1권은 『청춘 돼지는 바니걸 선배의 꿈을 꾸지 않는다』, 제2권은 『청춘 돼지는 소악마 후배의 꿈을 꾸지 않는다』, 제3권은 『청춘 돼지는 로지컬 마녀의 꿈을 꾸지 않는다』, 제4권은 『청춘 돼지는 시스콤 아이돌의 꿈을 꾸지 않는다』라는 타이틀입니다. 이 책을 읽고 흥미를 가진 분이 계시다면 다른 책들도 읽어주시면 감사하겠습니다.

  이 책이 1권인 줄 알고 구매하신 분께는…… 진심으로 사죄드립니다.

  이런 사고가 일어나지 않았기를 여러분과 같은 하늘 아래에서 기도드리고 있습니다.

  자아, 드디어 이 시리즈도 다섯 권이나 나왔습니다만, 다음으로 독자 여러분에게 전해드릴 것은 소설이 아닐 듯합니다.

  우선 나나미야 츠구미 씨가 그린 코미컬라이즈판의 연재가 곧 전격 G's코믹에서 시작될 테니 체크해주시길 바랍니다. 마이 씨를 다양한 각도에서 즐길 수 있는 작품입니다.

또한, 띠지를 통해 정보가 공개될 거라고 생각합니다만, 니코니코 동화 측에서 청춘 돼지 시리즈를 이용해 뭔가를 한다고 합니다. 실은 뭘 하는지 알고 있습니다만 이 글을 쓰고 있는 단계에서는 아직 제가 맡은 일의 진도가 거의 나가지 않은지라…….

소설 본편뿐만 아니라 다른 청춘 돼지 월드도 독자 여러분께서 즐겨주시길 진심으로 빕니다.

이번에도 일러스트 담당이신 미조구치 케이지 님, 담당 편집자이신 아라키 님, 후지와라 님에게 많은 도움을 받았습니다. 정말 감사합니다. 앞으로도 잘 부탁드립니다.

이 책을 끝까지 읽어주신 독자 여러분에게도 진심으로 감사드립니다.

그럼 6권 후기에서도 다시 뵐 수 있을 거라 믿으며 이만 줄이겠습니다.

카모시다 하지메

안녕하십니까. 근로청년 번역가 이승원입니다.
『청춘 돼지는 집 보는 여동생의 꿈을 꾸지 않는다』를 구매해주셔서 진심으로 감사드립니다.

어느새 12월에 접어들었습니다.
날씨가 꽤나 쌀쌀해졌군요.
슬슬 겨울에 대비해 문풍지 신공을 펼칠 때가 되었습니다.
저희 집은 도로변에 있는지라 바람이 정말 많이 들어옵니다. 특히 겨울이 되면 방에 스토브를 틀어둬도 틈새 바람 때문에 손이 시릴 지경이죠.^^
그래도 문풍지로 틈새를 막고, 유리창에 신문지를 붙이면 버틸 만합니다.
올해 겨울도 살아남기 위해서, 열심히 문풍지를 붙이고, 붙이고, 또 붙이겠습니다!
……돈 많이 벌어서 샤워할 때 이외에도 보일러를 켤 수 있는 남자가 되고 싶어요.
뭐, 2년 전만 해도 한겨울에도 찬물로 목욕을 해야 했으니 그때보다야 나아지긴 했습니다만(털썩).

언젠가, 한겨울에도 후끈후끈한 집 안에서 반팔 티셔츠 차림으로 생활하는 남자가 되겠습니다!

원래라면 이제 이번 5권에 관한 이야기를 해야겠습니다 만…… 이번에는 생략할까 합니다.

제가 어떤 이야기를 하든, 결국 독자 여러분에게 사족이 될 것만 같기 때문입니다.

독자 여러분이 이 책을 읽으며 받은 느낌을 저 또한 이 작품을 번역한 역자로서, 그리고 한 사람의 독자로서 느꼈다는 점만 밝혀두고 싶습니다.

……나이가 들면 눈물이 많아져서 큰일입니다.

그럼 이만 줄이겠습니다.

L노벨 편집부 여러분. 항상 재미있는 작품을 맡겨주셨지만, 이번에는 정말 최고였습니다. 몇 번이나 모니터 화면이 뿌옇게(?) 변할 정도였습니다. 번역하면서, 교정보면서, 몇 번이나 안구에서 땀(?)이 났는지 모르겠습니다. 정말 감사합니다. 앞으로도 잘 부탁드립니다!

인터넷에 올라온 만두 핫딜 정보를 제공해준 악우들이여. 알려준 건 고마운데 왜 배송 날짜를 궁금해하는 건데? 왜 그날 내가 외근이라고 하니 대신 받아주겠다고 자원한 건데? 왜 저녁에 일부러 우리 집에 가져다주겠다는 건데? 왜 만두와 함께 찜통&프라이팬을 들고 온 건데? 왜 당연한 듯이 우리 집 부엌에서 찐만두와 군만두를 양산(?)하는 건데? 왜 너희가 가고 나니 만두가 하나도 안 남아 있는 건데?!

옛(?) 여자와 지금(?) 여자, 그리고 여자 사람 친구(?)로 이뤄진 하렘이 펼쳐지는 다음 권 역자 후기 코너에서 다시 뵙겠습니다!

2016년 12월 중순
역자 이승원 올림

청춘 돼지는 집 보는 여동생의 꿈을 꾸지 않는다 5

1판 1쇄 발행 2017년 1월 10일
1판 10쇄 발행 2023년 6월 13일

지은이_ Hajime Kamoshida
일러스트_ Keji Mizoguchi
옮긴이_ 이승원

발행인_ 최원영
편집장_ 김승신
편집진행_ 권세라 · 최혁수 · 김경민 · 최정민
편집디자인_ 양우연
관리 · 영업_ 김민원

펴낸곳_ (주)디앤씨미디어
등록_ 2002년 4월 25일 제20-260호
주소_ 서울시 구로구 디지털로 26길 111 JnK디지털타워 503호
전화_ 02-333-2513(대표)
팩시밀리_ 02-333-2514
이메일_ lnovellove@naver.com
L노벨 공식 카페_ http://cafe.naver.com/lnovel11

SEISHUN BUTAYARO HA ORUSUBAN IMOTO NO YUMEWO MINAI 5
© HAJIME KAMOSHIDA 2015
Edited by ASCII MEDIA WORKS
First published in 2015 by KADOKAWA CORPORATION, Tokyo.
Korean translation rights arranged with KADOKAWA CORPORATION, Tokyo,
through KCC.

ISBN 979-11-278-3977-2 04830
ISBN 979-11-86906-06-4 (세트)

값 7,200원

이 가면 악마에게 상담을!

아카츠키 나츠메 지음 | 미시마 쿠로네 일러스트 | 이승원 옮김

"길 잃은 소녀여, 상담소에 잘 왔다!
그 어떤 고민이든 주저 말고 이 몸에게 털어놓거라!"
액셀 마을의 으슥한 뒷골목에 있는 『위즈 마도구점』은
장사 수완이 제로인 얼간이 점주, 위즈 탓에 항상 가난하다.
전직 마왕군 간부이자 지옥의 공작— 지금은 보잘 것 없는
아르바이트생인 바닐은 『미래를 내다보는』 능력으로
모험가들의 상담 상대가 되어주고 보수를 받으려 하는데—.
바닐과 위즈의 만남이 드디어 밝혀진다!

신작 에피소드도 수록된 스핀오프!!

©2015 Tsuyoshi Yoshioka
Illustration:Seiji Kikuchi
KADOKAWA CORPORATION

현자의 손자 1권

요시오카 츠요시 지음 | 키쿠치 세이지 일러스트 | 최승원 옮김

사고로 죽었을 청년이 갓난아기의 모습으로 이세계에서 환생!
구국의 영웅 「현자」 멀린 월포드에게 거둬진 그는 신이라는 이름을 받는다.
손자로서 멀린의 기술을 흡수해가며 놀라운 힘을 얻게 된 신이었지만,
그가 열다섯 살이 되자 할아버지는 이렇게 말했다.
"상식을 가르치는 걸 깜빡했구만!"
이런 이유로 신은 상식과 친구를 얻기 위해
알스하이드 고등 마법학원에 입학하게 되는데—.

『규격 외』 소년의 파격적인 이세계 판타지 라이프, 여기서 개막!